KB180357

WUNDERSMITH : The Calling of Morrigan Crow

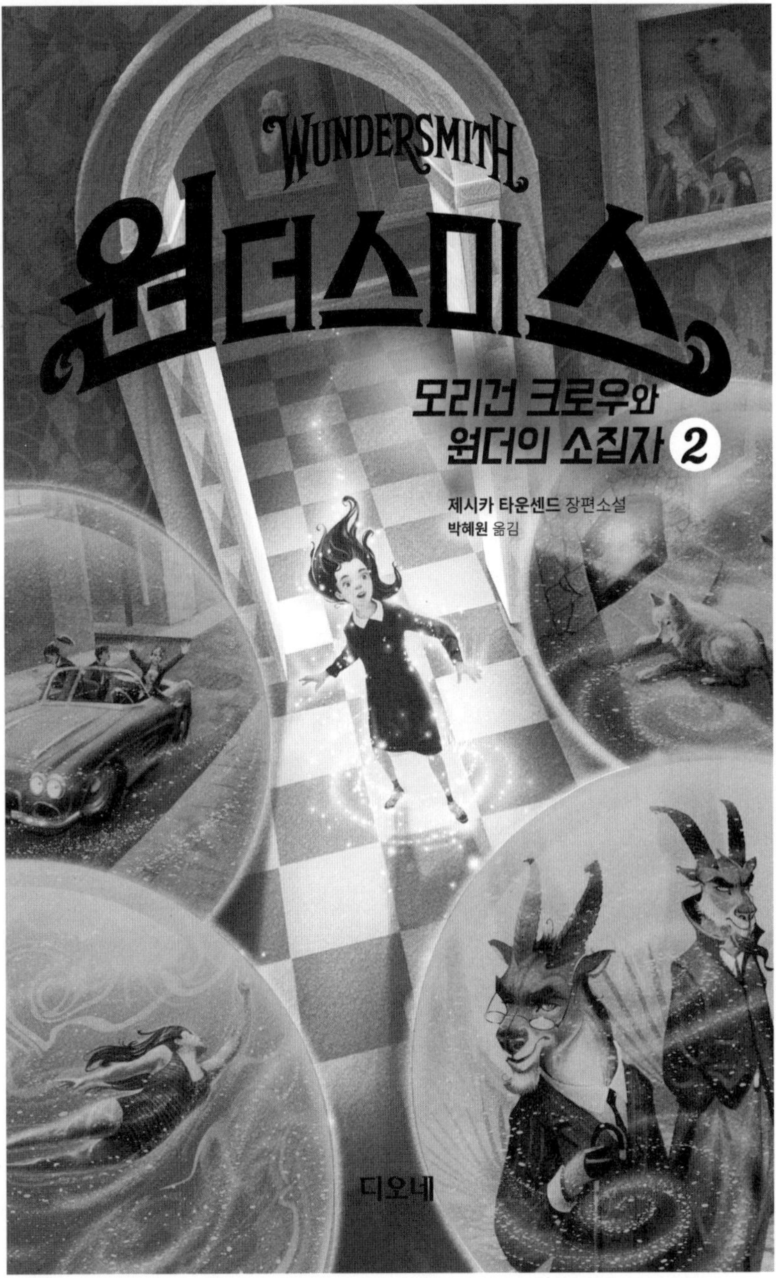
WUNDERSMITH
원더스미스
모리건 크로우와
원더의 소집자 2
제시카 타운센드 장편소설
박혜원 옮김
디오네

사랑과 감사의 마음을 담아
나를 건너편으로 이끌어 준 여성들에게
이 책을 바칩니다.

그중에서도 제마와 헬렌에게
또한 타키노 후미에가 일본의 할머니들과 함께 결성한 치어리더 팀에게

모리건 크로우 Morrigan Crow

작은 키에 새까만 머리카락과 비뚤어진 코를 가진 열두 살의 소녀. 공화국에서 태어나 저주받은 아이로 살아오다가 지난 연대의 마지막 날인 이븐타이드에 네버무어로 넘어 왔다. 원드러스협회의 919기 신입 회원이 되어 네버무어에서 영원히 살 수 있는 자격을 갖게 되지만, 마지막 평가전을 치르며 자신이 원더스미스라는 것을 알게 된다. 원드러스협회에 들어가면 평생을 소원했던 진정한 친구이자 형제자매를 얻게 될 것이라 기대하고 있지만, 어쩐 일인지 시작부터 협회 생활이 녹록하지 않다.

주피터 노스 Jupiter North

키가 크고 화려한 복장을 즐기는 생강색 머리의 남자. 흔히 '주피터 노스 대장'이라고 불리며 원드러스협회, 탐험가연맹, 네버무어호텔경영자연합 등 다양한 곳에 소속되어 있다. 호텔 듀칼리온의 주인이며, 많은 이들의 관심을 받는 유쾌하고 특별한 분위기로 가득한 사람이다. 저주받은 아이라고 불리던 모리건을 네버무어로 데려왔다. 공화국에 진짜 가족을 두고 온 모리건의 실질적인 보호자이며 가족이다. 위트니스의 능력이 있어 모든 사람과 사물을 꿰뚫어 볼 수 있다.

[원드러스협회 919기 동기들] ···

호손 스위프트 Hawthorne Swift

모리건이 네버무어에 와서 사귄 최초의 친구이자 원드러스협회 919기 동기. 쾌활하고 엉뚱하며, 모리건이 원더스미스라는 사실을 놀라울 정도로 아무렇지 않게 받아들인다. 걸음마를 떼면서부터 용을 탔으며, 용타기 기술을 비기로 가지고 있다.

케이든스 블랙번 Cadence Blackburn

검은 머리를 길게 땋은 여자아이로, 최면술을 비기로 가지고 있다. 사람들에게 최면을 걸어 마음껏 조종한다. 하지만 그 부작용으로 대부분 사람이 케이든스의 존재를 기억하지 못한다. 유일하게 자신을 기억하는 모리건에게 관심이 많은 듯하다.

타데 매클라우드 Thaddea Macleod

건장하고 각진 어깨, 큰 키, 헝클어진 빨간 머리, 발그레한 얼굴을 한 여자아이로, 증명 평가전에서 성인 트롤과 싸워 이겼을 만큼 뛰어난 능력의 파이터다. 의욕이 넘치고 지는 걸 싫어한다. 모리건이 원더스미스라는 사실이 못마땅하다.

아나 칼로 Anah Kahlo

통통하고 예쁘게 생긴 금발 곱슬머리의 여자아이로, 힐러의 능력을 가지고 있다. 모리건이 원더스미스라는 걸 안 뒤 눈만 마주쳐도 놀라며 항상 멀리 떨어져 앉는다.

아칸 테이트 Archan Tate

소매치기 능력을 비기로 가지고 있다. 하지만 외모는 더없이 귀엽고 순수한 천사처럼 생긴 남자아이이다. 원더스미스인 모리건을 외면하면서 조금 미안한 마음을 가지고 있다.

마히르 이브라힘 Mahir Ibrahim

다양한 언어를 구사할 수 있는 비기를 가졌다. 심지어 용의 언어까지도 듣고 말할 수 있다. 모리건이 원더스미스라는 사실을 알고 적대적으로 반응한다.

프랜시스 피츠윌리엄 Francis Fitzwilliam

천상의 기분을 느끼게 하는 음식을 만들 수 있다. 후원자인 고모 헤스터를 무서워한다. 모리건이 원더스미스라는 사실보다 모리건 때문에 협회에서 쫓겨나 고모에게 혼날 것을 더 두려워하는 듯하다.

램버스 아마라 Lambeth Amara

작고 연약해 보이는 여자아이로, 가까운 미래를 예지할 수 있다. 모리건이 타의로 동기들과 어울리지 못한다면, 램버스는 스스로 어울릴 생각이 없는 것처럼 보인다.

[919기 차장 및 교사진] ·······························

마리나 치어리 Marina Cheery

919기 홈트레인을 운행하는 차장으로, 굉장히 밝고 상냥하다. 919기 아이들이 머물게 되는 홈트레인을 정성 들여 꾸며 놓았다. 모리건이 원더스미스라는 걸 알고 있지만, 모리건을 대할 때 주저하지 않는다.

둘시네아 디어본 Dulcinea Dearborn

일반예술학교의 주임 교사로, 금발에 가까운 머리를 높이 올려 묶고 단정한 옷차림을 한 깐깐한 성격의 소유자다. 창백한 피부와 얼음처럼 연한 파란색 눈동자, 그리고 칼날처럼 매서운 광대뼈가 차갑고 딱딱한 인상을 준다.

마리스 머가트로이드 Maris Murgatroyd

마력예술학교의 주임 교사로, 기괴한 외모와 그보다 더 기괴한 성격을 가지고 있다. 활기 없이 탁한 눈빛과 백발의 머리를 하고 있다. 깐깐한 디어본도 머가트로이드와 비교하면 부드럽게 느껴질 정도다.

헤밍웨이 Q. 온스털드 Hemingway Q. Onstald

거북보다는 사람에 가깝지만, 그래도 흡사 거북 같은 모습을 하고 있는 거북원 교수로 원더스미스를 매우 혐오한다. 모리건에게 〈사악한 원드러스 행위의 역사〉 수업을 가르친다. 수업 내내 과거 원더스미스들이 저질렀던 온갖 만행을 주제로 강의하고 과제를 낸다. 모리건의 협회 생활을 매우 우울하게 만든 장본인이다.

헨리 마일드메이 Henry Mildmay

특이지형반 소속으로 〈네버무어 판독〉 수업을 가르친다. 협회를 졸업한 지 얼마 되지 않아 학생처럼 풋풋하고 활기가 넘친다. 919기 아이들에게 곳곳에 위험이 도사리고 있는 미지의 도시 네버무어를 안전하게 탐험할 수 있는 방법을 알려 준다. 모리건에게 칭찬을 아끼지 않는다.

〔호텔 듀칼리온 사람들〕 ···

잭 Jack

모리건보다 조금 큰 소년으로 주피터의 조카이다. 원래 이름은 존 아르주나 코라파티이지만 다들 잭이라고 부른다. 기숙학교에 다니고 있어 방학이나 주말을 이용해 듀칼리온에 온다. 주피터와 마찬가지로 위트니스의 능력을 가지고 있지만, 원드러스협회에 지원조차 하지 않았다. 아직 능력을 완전히 통제하지 못해 한쪽 눈을 안대로 가리고 다닌다. 은근히 모리건을 걱정하고 챙긴다.

피네스트라 Fenestra

듀칼리온의 시설관리 책임자이자 성묘인 암컷 고양이로 까다롭고 도도하지만 맡은 일에는 매우 진지하다. 주피터가 없을 때 모리건의 보호자 노릇을 한다.

케저리 번스 Kedgeree Burns

듀칼리온의 총괄 관리자. 백발에 노령이지만 항상 단정한 차림새를 유지하며 능숙하게 업무를 처리한다.

마사 Martha

듀칼리온의 객실관리 직원. 상냥하고 친절하며 모리건의 식사와 기타 여러 가지를 돌봐 준다.

프랭크Frank

옥상 행사 총괄 책임자이자 파티 기획자인 흡혈난쟁이. 나른하고 괴팍한 성격이지만 흥미로운 일에 관심이 많다. 최근 근처에 새로 문을 연 호텔 오리아나의 파티 기획자 두 명과 경쟁이 붙어 매주 토요일 밤마다 각종 파티를 열고 있다.

챈더 칼리 여사Dame Chanda Kali

소프라노이자 원드러스협회의 회원. 노래로 동물을 불러 모으는 능력을 가지고 있다. 듀칼리온에 머물고 있으며, 모리건에게 다정하다.

〔기타 인물들〕 ··

에즈라 스콜Ezra Squall

공화국에서 유일하게 원더를 생산해서 공급하는 스콜인더스트리스의 경영자이다. 하지만 실체는 사악한 존재라고 알려진 원더스미스로, 네버무어에서 추방당해 공화국에 머물고 있다. 고사메르 노선을 이용해 네버무어에 나타난다. 모리건을 위기에서 구해 주고 심지어 원더스미스로의 능력을 발휘할 수 있는 방법을 가르쳐 주겠다고 제안한다.

천사 이스라펠Angel Israfel

주피터의 친구로, 천사처럼 날개를 가지고 있다. 원더스미스인 모리건이 원드러스협회의 회원이 되기 위해서는 보증 동의서에 평판 좋고 존경받는 인물 아홉 명의 서명을 받아야 하는데, 이스라펠이 아홉 번째 서명인이 되어 준다. 강인한 근육질의 몸과 밤처럼 까만 깃털의 날개, 멋진 검은 피부의 비현실적인 외모와 달리, 머무는 곳은 쓰레기통처럼 지저분하다. 주피터에 따르면 노래로는 견줄 자가 없다고 한다. 이스라펠의 노래를 들으면 완벽한 평온이 찾아든다.

카시엘Cassiel

천계의 유력 인사다. 날개가 있어 하늘을 날 수 있는 천상의 존재로, 이스라펠과 같은 부류다. 어떤 인물인지 아직 베일에 싸여 있다. 이스라펠을 만나러 간 주피터는 카시엘의 실종 소식을 듣고, 이스라펠에게 카시엘을 찾겠다고 약속한다.

팍시무스 럭Paximus Luck

'플러키'라고 불리는 원드러스협회 회원으로, 유명한 마술의 대가이자 보이지 않는 장난꾸러기이자 자경단원인 길거리 예술가이다. 919기 신입 회원에게 원드러스협회의 VIP용 견학 코스를 안내해 주기로 약속했지만, 실종되어 나타나지 않는다.

바즈 찰턴Baz Charlton

원드러스협회 회원으로 기수마다 다양한 회원의 후원자 노릇을 하고 있다. 모리건을 네버무어에서 쫓아내기 위해 갖은 방법을 동원했던 비열한 어른이기도 하다. 919기 중에서는 케이든스를 후원하고 있다.

찰턴 오총사

바즈 찰턴이 후원하는 원드러스협회 회원으로 구성되어 있으며, 바즈 찰턴과 마찬가지로 비열한 행동을 일삼는 협회의 문제아들이다. 모리건의 비기가 비밀이라는 걸 트집 잡아 괴롭힌다. 그러던 중 오총사의 하나인 알피가 쪽지만 남기고 사라지는 사건이 발생한다. 알피의 여자친구인 엘로이즈는 모리건이 알피를 헤쳤다고 생각한다.

최고원로위원

원드러스협회에서는 매번 연대가 끝날 때마다 협회를 다스릴 세 명의 원로 위원을 선발한다. 이를 최고원로위원회라고 하며, 이번 연대에는 그레고리아 퀸, 헬릭스 웡, 앨리어스 사가가 새로운 최고원로위원이 되었다.

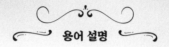

네버무어

원터시 공화국 사람들은 모르는, 숨겨진 다섯 번째 주인 자유주의 1포켓을 말한다. 모리건은 열한 살 생일에 주피터와 함께 공화국을 떠나면서 처음으로 그 존재를 알게 되었다. 주피터에 따르면 "모든 이름 없는 영토 가운데 가장 좋은 곳"이라고 한다.

원드러스협회

네버무어에서 가장 재능 있는 사람들이 모인 기관으로, 회원이 되면 W 배지와 함께 다양한 의무와 특권이 주어진다. 매년 이전 해에 열한 번째 생일을 맞은 아이들을 대상으로 신입 회원을 선발한다. 지원자가 되려면 반드시 협회 회원인 후원자가 있어야 하며, 네 가지 평가전을 통과한 아홉 명만이 최종 선발된다.

비기

자신만이 가진 신비한 재능으로, 원드러스협회의 마지막 평가전을 통과하기 위해서는 반드시 비기가 있어야 한다. 모리건의 비기는 원더스미스로, 주변에 원더가 모인다는 것을 증명해서 평가전을 1위로 통과했다.

원더

헤아릴 수 없는 방식으로 세상에 힘을 불어넣는 신비로운 마법의 에너지원이다. 철도를 움직이고 전력을 가동하여 각종 사업을 진행할 수 있게 한다. 원더를 이용해서 운용되는 것을 원드러스 장비라고 한다. 위트니스처럼 원더를 볼 수 있는 이들의 눈에는 반짝이는 빛으로 보인다.

원더스미스

원더를 자유자재로 다룰 수 있는 능력을 가진 자를 원더스미스라고 한다. 원더스미스로 타고난 사람에게는 원더가 스스로 모여든다. 더 나아가 원더스미스로의 재능을 자각하고 수련하면 필요할 때마다 원더를 소집할 수 있다. 원더스미스는 원더를 이용해 원하는 모든 걸 창조해 낼 수 있으며, 또한 파괴할 수도 있다.

고사메르 노선

영토 탐험 과정에서 발견된 것으로 알려져 있으며, 고사메르 노선을 이용하면 어디든 갈 수 있다. 기발한 이동 수단이지만, 고사메르 노선이 실재한다는 걸 모르는 이들도 많다.

호텔 듀칼리온

주피터가 소유하고 있는 호텔로, 스스로 방의 모양과 내부 장식 등을 바꾸는 신비로운 곳이다. 모리건이 머무는 집이기도 하다.

프라우드풋 하우스

붉은 벽돌의 원드러스협회 본관을 말한다. 담쟁이덩굴에 뒤덮인 5층짜리 건물이다. 협회 회원만 안으로 들어갈 수 있으며, 식당과 기숙사를 비롯해 각종 교실과 실습실 등이 가득하다. 보이는 것은 5층 높이가 전부지만, 지하로 9층 규모의 공간이 더 있다.

홈트레인

원드러스협회 회원의 이동 수단이자 쉼터이자 기지로, 일반적인 열차에서 객차 한 칸을 떼어 놓은 것 같은 모양새를 하고 있다. 기수마다 자신들만의 홈트레인과 자신들만의 승강장이 있다. 919기 아이들은 919에 모여 홈트레인을 타고 프라우드풋 하우스역으로 갔다가 일과를 마치면 다시 홈트레인을 타고 919역에 도착해 각자의 집과 이어져 있는 문으로 들어간다. 919역에는 각자의 집으로 향하는 문 아홉 개가 있다.

일반예술학교

원드러스협회의 회원이 되면 각자 가지고 있는 비기의 특성에 따라 일반예술학교와 마력예술학교 중 한 곳으로 분류되어 교육을 받는다. 일반예술학교 학생은 회색 셔츠를 입는다. 네버무어에서 가장 유명한 예술가, 정치인, 공학 기술자, 곡예사 등이 일반예술학교 출신의 원드러스협회 회원이다.

마력예술학교

마력예술학교 학생은 흰색 셔츠를 입는다. 회원 수로는 일반예술학교에 미치지 못하지만 단순하게 힘으로 겨룬다면 마력예술학교가 두 배는 셀 거라고도 한다. 마법과 초자연현상, 비밀리에 전해지는 지식 분야 등을 공부한다. 919기 회원 중에는 케이든스와 램버스가 마력예술학교에 배정된다. 주피터 또한 마력예술학교 출신이다.

레일포드

레일에 매달린 커다란 황동 구체 모양의 이동 수단이다. 복잡한 프라우드풋 하우스 안을 움직일 때 이용하며, 외부의 지정된 원더철역으로도 이동 가능하다.

워니멀

동물의 특징을 가지고 있지만 분별력과 자각이 있고 지능을 갖춘 존재를 말한다. 언어를 구사하고 창의력을 발휘하며 예술적 표현을 이해하는 등 복잡한 작업을 처리하는 능력이 사람과 같다. 곰의 특징을 가지고 있으면 곰원, 치타의 특징을 가지고 있으면 치타원 등으로 불린다. 인간의 형체와 가까울수록 비쥬류, 동물의 모습에 가까울수록 주류 워니멀로 분류된다. 반면, 지적 능력이 없는 일반적인 동물은 우니멀이라고 한다.

등급별 원드러스 행위 축약사

온스털드 교수가 집필한 저서로 역대 원더스미스들의 사악한 행위를 정리한 책이다. 모리건의 수업 교재이기도 하다. 이 책에서는 과거의 원더스미스들이 만들었던 '캐스케이드 타워'와 '제미티 놀이공원' 등을 흉물로 규정하고 있다.

원드러스 행위 등급위원회

원더스미스가 원더를 이용해 벌인 행동의 등급을 결정하는 곳이다. 온스털드 교수에 따르면 "과오, 실책, 실패작, 흉물, 파괴" 등으로 등급이 구분된다고 한다. 하지만 온스털드 교수가 밝히지 않은 다른 등급이 더 있는 것으로 보인다.

실황 지도

네버무어 전체를 정밀한 모형으로 축소해 놓은 지도다. 단순하게 인형의 집 같은 걸 줄세워 놓은 게 아닌, 살아 숨 쉬는 삼차원 입체 도시를 표현하고 있다. 심지어 지도 속에서 작은 사람들이 움직이기까지 한다. 네버무어와 시민들의 모습을 100퍼센트에 가깝게 사실 그대로 재현하고 있어 거의 살아 있다고 할 수 있다.

교묘한 길

네버무어에만 있는 부조리한 길이다. 작은 골목이나 보도 중에 사람이 들어가면 어떤식으로든 변하는 길을 말한다. 반쯤 걸어 들어갔더니 뒤돌아 나온 것도 아닌데 방금 들어왔던 방향이 앞에 보이는 길, 들어갈수록 벽이 점점 다가와서 돌아 나오지 않으면 찌부러지게 되는 길 등 종류가 다양하다.

스텔스

원드러스협회 수사국을 뜻한다. 쉽게 말하면 비밀경찰이다. 말 그대로 비밀스럽게 활동하는 경우가 많아 마주치기 어렵다. 살인 사건이나 원드러스협회와 관련된 사건 등이 발생했을 때 움직인다. 반면, 일반적인 네버무어경찰국을 부르는 속칭은 스팅크다.

데블리시 코트

모리건과 호손과 케이든스가 〈네버무어 판독〉 수업 중에 찾아간 교묘한 길 중 하나다. 골목으로 깊게 들어갈수록 구역질이 점점 심해진다. 구역질을 참고 길 끝으로 가면 뜻밖의 장소로 나가게 된다.

네버무어 바자

네버무어의 유명한 장터 축제로 여름 내내 금요일 밤마다 열린다. 네버무어 바자를 보기 위해 자유주 7포켓 전역에서 사람들이 모여든다. 금요일마다 사람들은 신나는 모험을 떠나듯 네버무어 바자로 향한다.

섬뜩한 시장

일종의 암시장을 말한다. 비밀리에 암거래가 이루어진다고 알려져 있는데, 실재하는 곳인지는 불분명하다. 무기, 우니멀과 워니멀, 사람의 장기, 법으로 금지된 마법 재료 등이 거래된다. 하지만 어린아이를 겁주기 위한 괴담이라는 이야기가 지배적이다. 실재하더라도 아주 오래전의 일일 거라는 게 일반적인 네버무어 사람들의 견해다.

백골(백골단)

원드러스협회 회원을 납치해 비기를 훔쳐서 섬뜩한 시장에 판다는 정체불명의 생명체다. 섬뜩한 시장과 마찬가지로 실재하는, 혹은 실재했던 존재인지는 알 수 없다.

연기와 그림자 사냥단

에즈라 스콜이 만들어 낸, 사냥개와 말을 탄 사람들의 형상을 한 검은 그림자 사냥단이다. 공화국에서부터 모리건을 추적해 온 적이 있어, 모리건에게는 공포의 상징과도 같은 존재다.

가로챈 순간들의 미술관

유리구로 된 장식장이 가득한 미술관이다. 유리구마다 삶의 한 장면을 보여 주는 조각 작품이 들어 있다. 조각품은 실물처럼 보일 만큼 정교하고 섬세하다. 모리건이 고사메르를 타고 온 에즈라 스콜과 다시 만나게 되는 장소이기도 하다. 에즈라 스콜이 고른 장소이기 때문에 보이는 것과는 다른, 수상한 점이 있는 것 같기도 하다.

차례

· **1**권 ·

14장
원로관

모리건은 우뚝 솟은 자수정 조각상의 그림자 안에 서 있었다. 게슴츠레한 눈을 한 불길한 형상의 인형사가 갈고리처럼 구부린 손을 높이 쳐들고 춤추는 꼭두각시 인형의 줄을 당겼다. 인형은 모리건의 머리 위로 축 늘어져 있었다.

모리건 옆에 선 치어리 차장 쪽으로는 4미터 반 정도 높이로 깎은 하얀 대리석의 여자 조각상 둘이 있었다. 귀여운 얼굴이 서로 겹쳐진 채 이어진 쌍둥이는 장식이 화려한 가면으로 눈을 가린 모습이었다. 심장 언저리에서부터 둘로 쪼개진 모습이 마치 한 나무에서 갈라져 나온 가지 같았다.

원로관은 케이든스에게 원로들과의 비밀 만찬 자리에 참석할 기회를 빼앗겼던 지난해부터 들어와 보고 싶던 곳이었다. 퀸 원로와 웡 원로, 사가 원로의 은밀한 내실인 원로관의 출입 허가를 받는 일은 매우 어려웠다. 협회 회원들 사이에서도 원로관에 들어간다는 건 쉽게 누릴 수 없는 행운이자 영광이었다.

하지만 모리건은 운이 좋다거나 영광스럽다고 생각되지 않았다. 이런 식으로 보고 싶은 게 아니었다. 이런 이유로 원로관에 불려 오고 싶지 않았다.

모리건은 조각상이 몇 개인지 세어 보았다. 다른 데로 생각을 돌리고 싶었기 때문이었다. 조각상은 총 아홉 개였는데, 다들 품위가 넘치는 자세를 취하고 있었다. 얼굴은 투지 가득하거나, 근엄하거나, 다정하거나, 무심해 보였다. 눈가리개를 한 터키석 남자와 여덟 쌍의 팔을 밖으로 펼친 장미석영 여자도 있었다. 호박으로 조각된 남자 조각상은 손이 촛불이었는데, 팔뚝 밑으로 촛농이 길을 만들며 흘러내렸다.

겁에 질려 원협을 볼 기회도 이번이 마지막이라는 확신에 사로잡히지 않았다면 신비롭고 장엄한 형상에 흠뻑 빠졌을 것이다. 하지만 모리건은 조각상에 집중할 수 없었다. 그날 들어 두 번째로 토하고 싶은 속을 꾹 눌러 참고 있을 뿐이었다.

모리건과 치어리 차장은 충격에 휩싸인 이들을 승강장에 남겨 둔 채 프라우드풋 하우스까지 걸어오는 내내 입을 꾹 다물었다. 치어리 씨가 뭐라 표현하기 힘들 만큼 끔찍한 걱정으로 심란해하는 게 모리건에게도 느껴졌다.

"아직도 피가 나요." 비로소 치어리 씨의 얼굴을 쳐다볼 용기를 끌어모은 모리건이 말을 걸었다. 모리건이 스웨터 소매를 손끝까지 당겨 치어리 씨의 얼굴에 흐르는 피를 닦아 주려고 팔을 뻗자, 치어리 씨는 움찔하며 몸을 피했다가… 미안해하는 얼굴로 얼핏 미소를 지었다.

모리건은 눈물이 핑 도는 느낌이 들어 빠르게 숨을 삼켰다가 뱉으며 호흡을 골랐다.

원로관 한쪽의 나무문이 휙 열리더니, 주임 교사 디어본이 또각또각 정장 구두 소리를 크게 울리며 안으로 들어왔다.

디어본이 치어리 씨를 손가락으로 가리키며 말했다. "당신, 부속병원으로 가요. 상처부터 치료해요."

"하지만 디어본 선생님, 제가 여기 있어야—"

"*당장.*"

치어리 씨는 머뭇거리며 떠나기 싫은 얼굴로 모리건을 힐끔 바라보았지만, 선택의 여지가 없었다. 치어리 씨는 자리를 뜨면서 모리건의 팔을 다정하게 잡아 주고 지나갔다.

곧이어 원로들이 줄지어 들어왔고, 그 뒤로 역겨운 바즈 찰턴이 자기가 옳았다는 얼굴로 우쭐하게 따라 들어왔다. 모리건은 가슴이 덜컹 내려앉았다. *맞아. 엘로이즈의 후원자였지.*

바즈 찰턴의 뒤를 이어서는 유난히 더 작아 보이는 온스털드 교수가 납작한 거북 발을 끌고 인내심을 시험하는 속도로 느릿느릿 들어왔다. 등을 덮은 거대한 등딱지 때문에 갑자기 넘어질까 위태위태해 보였다. *교수님*은 여기서 뭘 하고 있었지? 모리건은 의아했다.

이 세상에서 모리건을 가장 증오하는 사람들로 원로관이 가득 채워졌다고 생각했을 때, 부스스한 생강색 머리털이 헐레벌떡 들어와서 온스털드 교수를 밀치고 곧장 모리건이 있는 곳으로 다가왔다.

"주피터 아저씨!" 모리건이 주피터를 만난 기쁨을 주체하지 못하고 크게 소리 질렀다.

"모리건!" 조마조마한 목소리로 부르며 다가온 주피터가 모리건의 어깨에 두 손을 얹고 물었다. "괜찮니?"

모리건은 자신의 후원자를 빤히 올려다보았다. 주피터가 왔다. 정말로 눈앞에 주피터가 있었다. 어떻게 이렇게 빨리 온 거지? 어떻게든지 상관없었다. 혼자가 아니라는 생각만으로도 안도감이 밀려왔다. 주피터가 근심으로 가득 찬 선명한 파란 눈을 휘둥그레 뜨고 모리건의 눈을 뚫어지게 바라보았다.

"모그?" 주피터가 대답을 재촉했다. 모리건은 목이 메어 말을 할 수 없었다. 대신 고개를 끄덕이자 말없이 서로를 이해하는 조용한 침묵이 둘 사이를 오갔다.

"*저 애*더러 괜찮냐는 거야? 저 돼먹지 않은 사고뭉치가 이, 이 사달을 냈는데? 지금 웃는 거야, 노스?" 바즈 찰턴은 성급한 마음에 말을 마구 내뱉었다.

주피터는 그 말을 들은 체도 하지 않았다.

"이건 실패한 실험입니다." 디어본이 초조한 기색을 흘리며 원로관을 왔다 갔다 했다. 디어본은 목을 옆으로 우두둑 꺾으며 눈을 잠시 감았다가 떴다. "작년 증명 평가전이 끝난 다음 제 충고를 받아들이라고 청했지만, 원로님들께서 무시하신 결과가 지금 이―"

다이본이 다시 목을 꺾고 어깨를 둥글게 구부리더니 쇳소리 같은 숨소리를 냈다. 알고 봐도 경악할 광경이었다. 그곳에 모인 어른들조차 움찔움찔 겁을 내며, 몸을 뒤틀던 일반 학교 주임 교사가 마력 학교 주임 교사로 탈바꿈하는 모습을 지켜보았다. 마치 꽃이 시드는 장면을 몇 배속 빨리 감기로 보는 느낌이었다. 까칠까칠하게 쭈그러진 희뿌연 눈의 머가트로이드가 나타나, 누런 이를 드러내며 공허한 눈길을 모리건에게 고정했다. 머가트로이드는 거칠게 쉰 목소리로 말했다.

"내가 뭐랬어요. 저 애를 *내* 학교로 데려가야 한다고 했지요. 우리 둘시 말이 옳아요. 이건 실패한 실험이에요. 하지만 실패

25

한 건 저 들짐승 같은 아이가 아니에요. 들짐승 같은 아이에게 도움을 주지 못한 여러분 모두가 실패한 거지요. 내가 말했지, 둘시―"

서늘한 푸른빛이 머가트로이드의 얼굴을 덮더니, 목구멍 속에서 물이 꾸르륵거리는 듯한 비명과 뼈가 으드득거리는 소리가 나며 순식간에 디어본으로 바뀌었다. 모리건은 몸서리를 쳤다. "네가 상관할 일 아니야, 마리스. 참견하지 마!" 디어본이 날카롭게 쏘아붙였다.

다시 모습이 뒤바뀌며 머가트로이드가 돌아오더니 으스스한 저음으로 으르렁거리듯 말했다. "하지만 걱정돼. 어린 맹수 같은 저 아이에게 누군가는 참혹 예술Wretched Arts을 가르쳐야 한다고 내가 말했지. 그렇지 않으면 참혹 예술이 발현될 때 어떤 적절한―"

탁. 우두둑. 디어본이 뼈가 부러지는 소리와 함께 귀환했다. 그곳에 있는 사람들 모두 움찔거렸지만, 모리건만은 방금 머가트로이드의 입에서 나온 말에 정신이 팔렸다. 참혹 예술이라고? 이 말을 예전에 어디서 들었더라?

"여긴 네가 있을 곳이 아니야, 이 미치광이 헛소리꾼아! 저 아이는 일반 학교 학생이야. 네가 좋다고 하거나 말거나." 소리를 지르던 디어본이 주저 없이 원로들에게 돌아섰다. "죄송합니다만, 퀸 원로님, 일이 끔찍이도 잘못될 거라고 제가 경고했죠."

퀸 원로가 한숨을 쉬더니 조용히 말했다. "그랬죠. 전부 다 너무 급작스럽긴 하지만, 둘시네아, 이런 식으로는 우리가 행동 방침을 결정하는 데 아무런 도움이 안 됩니다." 퀸 원로는 몹시 지친 얼굴로 모리건을 돌아보았다. "크로우, 이 소식으로 네 마음이 가벼워질지는 모르겠지만, 엘로이즈 레드처치가 병원에서 회복 중인데, 영구적인 상해는 입지 않았다는구나."

모리건은 눈을 감고, 덜덜 떨며 긴 숨을 내쉬었다. "가, 가벼워져요. 당연히 안심되죠. 엘로이즈를 다치게 할 마음은 없었어요, 퀸 원로님. 맹세해요. 저도 어떻게 된 일인지 몰라요. 전 그저—"

"그럼 알피는?" 바즈 찰턴이 말을 끊고 원로들을 바라보았다. "제가 후원하는 알피 스완, 그 아이가 사라졌어요. 엘로이즈는 저 애가…" 그가 모리건을 가리켰다. "그 일과 관계가 있다고 생각합니다."

모리건은 불현듯 생각했다. 바즈 찰턴이 찰턴 오총사에게 자신이 공화국 출신인 걸 말해 주고 공격하라고 부추겼을 거라는 확신이 들었다. 바즈 찰턴이 알피의 실종도 꾸민 걸까? 모리건에게 누명을 씌워 원드러스협회에서 쫓아내려는 음모일까?

그렇다면 919기 아이들에게 협박 쪽지를 보낸 사람도 바즈 찰턴이 아닐까? 하지만 그렇게 해서 얻을 수 있는 게 무엇인지 모리건은 딱히 알 수가 없었다. 바즈 찰턴이 왜 그런 위험을 감수하겠는가?

퀸 원로가 참다못해 혀를 찼다. "아, 그 스완이라는 아이. 물속에서 숨을 쉬는, 맞지? 찰턴, 억지 부리지 말게. 알피는 1년 내내 자기 한계 때문에 고민했어. 아가미만 가지고 할 수 있는 건 딱 거기까지라는 걸 깨닫기 시작했지. 이제부터 고된 노력이 필요하다는 것을." 퀸 원로는 인내심이 다해 바즈 찰턴을 날려 버리고 싶은 사람처럼 손을 흔들었다. "시간이 지나 원협에서 얼마나 특권을 누렸는지 깨닫는 날이 오면, 학교로 돌아와 다시 시작하겠지. 그건 그렇고 엘로이즈의 폭력적인 행동을 어떻게 벌할지도 결정해야 해. 우리 원로들은 지금껏 이… 이 *연이*은 실종 소식이 밖으로 새어 나가지 않게끔 수습했네. 공포가 확산되고 유언비어가 퍼지는 걸 막으려고 말이야. 그런데 지금 우리가 어떤 상황인지 보게. 아주 장하게도 입이 가벼운 어떤 학생 덕분에 말일세."

바즈 찰턴이 뭔가 대꾸하려 했지만, 사가 원로가 발을 쿵 구르며 가로막았다.

"다들 엉뚱한 소리만 하고 있군요. 남은 문제는 원더스미스를 어떻게 할 것인가예요." 황소원bullwun이 툴툴거렸다.

"보증 동의서를 발동해야지요." 바즈 찰턴이 요구하는 조로 말했다.

그곳에 있던 어른들 모두 흠칫 놀랐다. 디어본마저 두려운

28

얼굴이었다. 모리건은 사람들의 얼굴을 휙 훑었다. 바즈 찰턴이 한 말이 무슨 뜻이기에, 저렇게 믿을 수 없다는 듯 격분한 얼굴을 하는 걸까? 마지막으로 자신의 후원자인 주피터의 얼굴을 바라본 모리건은 침을 꿀꺽 삼켰다.

주피터는 분노의 기운을 뿜어내며 찰턴에게 다가갔다. 양옆으로 주먹을 꽉 움켜쥐고 이를 악문 채였다. 움찔한 바즈 찰턴이 뒤로 물러서며 여러 개의 팔을 펼쳐 든 장미석영 여자 조각상에 기대 몸을 웅크렸다. 원로들은 주피터가 바즈 찰턴을 때릴까 걱정되었는지 다 같이 앞으로 나섰다. 주피터가 진정하기 위해 호흡을 고르고 주먹을 펼치는 게 보였다. 그런데도 그가 바즈 찰턴에게 얼굴을 들이대고 더없이 낮고 위험한 목소리로 입을 열자 모리건은 목덜미가 오싹해졌다.

"생각하고 말해. 변변치 못한 인생에서 단 한 번이라도, 찰턴. 말이라고 나불대기 전에 그 백치 같은 입에서 흘러나오는 말이 무슨 뜻인지 한 번쯤 *생각*하라고."

몇 초간 쥐 죽은 듯이 조용한 침묵이 흘렀다. 바즈 찰턴은 도발하는 표정을 지으려고 애썼지만, 이미 키가 몇 치수는 졸아들어 보였다. 찰턴은 원로들을 바라보았다. "그, 그게 그런 뜻이 아니라… 제 말은 단지……."

주피터가 바즈 찰턴에게 눈을 떼지 않은 채로 말했다. "모리건, 밖에 나가서 기다려."

모리건은 싫다고 말하고 싶었다. 자리에 남아 자신의 운명에 관해 듣고 싶었다. 이제 어떻게 되는지, 결정되자마자 알고 싶었다. 하지만 방 안에 감도는 긴장과 굳어 버린 주피터의 목소리 때문에 억지로 그곳을 나와야 했다.

호손이 복도에서 모리건을 기다리고 있었다. 눈길을 끄는 대리석 흉상 뒤에 숨어 있던 호손이 옆으로 나왔다. 창백한 얼굴로 심각한 표정을 짓고 있었는데, 눈이 평소보다 두 배는 더 커져 있었다.

"너 괜찮아?" 호손이 다급하게 소곤대며 물었다.

"응. 그런 것 같아." 모리건도 목소리를 낮게 깔고 대답했다.

"너…" 호손은 갑자기 말을 멈췄다가 이었다. "모리건, 넌 네가 그런 걸 할 수 있다는 걸 *알고 있었던* 거야? 네가… 불을 뿜을 수 있다는 걸 알고 있었어?"

모리건은 마음속에 걱정과 혼란이 안개처럼 자욱한 와중에도 호손이 엉뚱한 질문을 한다는 걸 얼핏 눈치챌 수 있었다. 그 때문에 짜증이 났다. 그리고 묘하게도, 이 상황이 평소와 다름없다는 게 고마웠다. 호손은 여전히 바보 같은 질문을 하고, 자신은 여전히 그 질문에 짜증을 낼 수 있다는 게 반가웠다. "너무 사소한 일이라 알았다면 아마 말하지 않았을까?"

둘은 잠시 입을 다물었다.

"어떻게 할 거래?" 호손이 물었다.

"쉿. 나도 몰라." 모리건이 육중한 나무문에 귀를 가져다 대자 호손도 똑같이 따라 했다. 몇 분 동안은 웅얼웅얼하는 소리만 새어 나오더니, 주피터가 다시 화를 내며 언성을 높이는 소리가 들렸다.

이를 악물고 말하는 듯 단어 하나하나에 힘이 들어갔다. "그애는, 그저, 어린, 여자애라고요. 그 애가 무슨 괴물이라도 되는 양 *말하지* 말아요. 머가트로이드 말이 맞아요. 그 애를—"

"—그 애는…" 온스털드 교수가 말을 하자 소리가 다시 중얼중얼 잦아들었다. 모리건은 문에서 얼굴을 뗐다. 가슴이 꽉 조여드는 기분이었다. 모리건은 서성이면서 회색 셔츠 옷단을 잡아당겨 손가락으로 둘둘 말았다.

그 애가 무슨 괴물이라도 되는 양 말하지 말아요.

"너를 쫓아내진 않을 거야. 그렇지?" 호손이 불안해하며 조용히 물었다.

"모르겠어."

"그러면 안 되지!" 호손이 버럭 소리를 질렀다가 다시 목소리를 낮췄다. "네가 잘못한 것도 아닌데. 너는 치어리 차장님을 보호한 거잖아. 누굴 쫓아내야 한다면 그건 엘로이즈지. 내가 가서 말해야겠어."

모리건은 아무 말도 하지 않았다. *이 일로 나를 쫓아낼까? 그렇게 될까?* 협회 회원 자격을 잃게 되면 네버무어를 떠나야 할

테고, 그러면…….

안 돼. 모리건은 격하게 고개를 흔들었다. *그건 사고였어.* 모리건은 자신에게 말했다. *사고가 났다고 쫓아낼 순 없어.*

바즈 찰턴의 말이 머릿속을 맴돌았다. "보증 동의서를 발동해야지요." 무슨 뜻인지는 모르지만, 좋은 뜻이 아닌 건 분명했다. 모리건은 걸음을 멈추고 앞을 똑바로 바라보았다. 손의 움직임도 멈췄다. 불현듯 깨달았다. … 모리건은 보증 동의서가 무엇을 위한 건지 전혀 알지 못했다. 물어본 적도 없었다.

어째서 한 번도 묻지 않았을까?

잠시 후 주임 교사 디어본이 문을 열고 나왔다.

"스위프트!" 디어본이 낮게 으르렁거렸다. "교실로 돌아가!" 호손이 중얼중얼 죄송하다고 말한 뒤 자리를 뜨면서 걱정스러운 눈초리로 뒤를 힐끔거렸다. 디어본은 모리건을 바라보았다. 이번에도 얼음 가면을 쓴 듯, 속을 들여다볼 수 없는 얼굴이었다. "들어와."

모리건은 앞서 걷는 디어본의 뒤를 달리다시피 쫓아 원로관으로 들어갔다. 주피터와 바즈 찰턴, 온스털드 교수, 그리고 원로들이 방 한가운데 서 있었다. 거대한 아홉 석상 탓에 왜소해 보였지만, 그래도 모리건보다는 훨씬 컸다.

모리건은 주먹을 꽉 쥐고 떨지 않으려 애썼다. 어른들의 표정을 살폈지만, 결과가 좋은지 나쁜지 헤아리기 어려웠다. 바즈 찰턴은 대놓고 부루퉁한 얼굴로 눈이 돌아가라 모리건을 노려보고 있었는데, 주피터도 딱히 기분 좋아 보이지는 않았다.

"크로우 양." 퀸 원로가 모리건에게 앞으로 나오라고 손짓했다. 미간에 주름이 깊이 잡혀, 인상을 펴도 그 주름이 사라질 것 같지 않았다. "사가 원로와 윙 원로와 나는 결정을 내렸단다. 원드러스협회에서 생활하며 받는 압박감이 네게 큰 피해를 주었다는 게 우리의 의견이고, 그런—"

"저를 쫓아내시면 안 돼요!" 모리건이 겁에 질려 퀸 원로의 말을 가로막았다. "그건 사고였어요. 저는 결코 누구를 다치게 할 생각이 없었어요. *부탁드려요.* 퀸 원로님, *제 말을 믿어*—"

"너를 믿고말고." 퀸 원로가 목소리를 높여 모리건의 말을 끊었다. "조용히 하렴, 크로우 양." 그리고 자신도 잠시 말을 멈추었다. 모리건은 자신을 변호하고 싶은 충동을 누르느라 입가를 깨물었다. "나의 의견은 네 행동이 악의적이었다는 게 아니다. 하지만 최고원로위원회는 우리의 보호 아래 몸을 맡긴 모든 사람을 책임져야 한단다. 네 동기와 다른 협회 회원들의 안전을 보장할 수 있는 조치를 취해야만 하지. 그 조치가 장기적으로 어떤 형태를 띠게 될지 우리도 모르지만, 지금 당장은 너도 이곳에서 공부하는 부담을 다시 생각해 보는 게 좋겠다."

주피터가 미간을 찡그렸다. "그게 정확히 무슨 뜻입니까, 퀸 원로님?"

퀸 원로는 무겁게 숨을 내쉬었다. "장기적으로는, 나도 그게 어떤 의미인지 전적으로 확신하지 못하네. 하지만 단기적으로 크로우는 다른 학생들과 함께 수업을 듣지 못하고, 원협 출입도 못할 거야."

모리건은 심장이 철렁 내려앉았다. 눈물이 핑 돌았다. 원협에서 쫓겨난다고? 생각만 해도 견딜 수 없었다.

"크로우, 당분간 온스털드 교수와의 개인 교습은 계속하게 될 거야. 온스털드 교수가 듀칼리온으로 찾아가 그곳에서 네 수업을 지도해 주실 거란다. 너의 919역 입장 권한은 일시적으로 정지될 거다. 지금 당장 교정에서 나가 줘야겠구나."

"요즘 옆에 많이 있어 주지 못해서 미안하다."

주피터가 집으로 타고 갈 마차를 불러 세웠다. 운이 좋게도 비가 막 내리기 시작하는 순간 마차 안으로 들어갔다. (아니, 운이 아닌가? 주피터 아저씨는 날씨도 미리 볼 수 있나? 모리건은 물어보고 싶었지만, 또다시 목이 메어 말이 나오지 않았다.)

"연맹에서 맡은 일이… 글쎄, 변명밖에 안 되겠구나. 미안해. 할 말이 없다." 주피터는 정말로 미안해하는 얼굴이었다. 아니, 미안한 정도가 아니라 슬퍼 보였다.

"괜찮아요." 모리건이 마침내 꽉 잠긴 목소리로 대답했다. 정말이었다. 주피터에게 화가 나고 아쉬웠던 건 *사실이지만*, 진심으로 사과하는 게 느껴졌고 지금은 그가 무척 막막하고 피곤해 보였기 때문에 더는 실망감에 매달려 있을 수가 없었다. 게다가 그 감정이 이제는 너무 무거워져 마음속에 계속 담아 두기도 힘들었다. 모리건은 실망감을 털어 버릴 수 있어서 기뻤다.

모리건과 주피터는 침묵마저 너무 무거워질 때까지 아무 말 없이 앉아 있었다.

"내가 불을 뿜었어요."

"음."

"내가 그런 걸 할 수 있는지 나도 몰랐어요."

"그래. 나도 몰랐어." 주피터가 다정하게 대답했다.

그러고는 또다시 말없이 마차를 두드리는 빗소리와 땅을 차는 말발굽 소리를 가만히 듣다가 한 블록쯤 지나서 대화를 이어 갔다.

"그런데 *어떻게* 내가 불을 뿜었을까요?"

"나도 모르겠어, 모그."

"내가" 모리건은 말을 멈춘 채 침을 삼키며 간신히 웃음을 참고 말했다. "내가 용 같은 게 되는 건가요?"

주피터가 코웃음을 웃었다. "글쎄, 한번 보자. 비늘이 생겼니?"

"아니요."

"발톱이 갈고리처럼 자랐니?"

모리건이 손톱을 확인했다. "아니요."

"갑자기 보물 같은 걸 몰래 쌓아 두고 싶은 충동이 막 생겨?"

모리건은 잠시 생각했다. "아닌 것 같아요."

"그럼 아니야. 아닌 것 같아."

"나를 다시 받아 줄까요?" 모리건이 주피터를 쳐다보며 물었다.

"원로님들도 생각이 바뀔 거야. 그분들이 생각을 *바꿀* 수 있도록 우리가 방법을 찾을 거고. 약속할게. 그리고 봐, 어쨌든 곧 여름방학이 시작되잖아. 6주 동안 머리를 식히고 마음을 가라앉힐 시간이 생기는 거야. 가을 학기가 시작될 무렵이면 원로님들도 심경의 변화가 생길 거야."

"그렇게 생각해요?"

주피터는 잠시 생각을 더듬다가 마침내 이렇게 말했다. "내가 퀸 원로님을 좀 알지. 그분은… 공평하신 분이야. 가끔은 그분도 무엇이 공정한 건지 가려내는 데 시간이 필요할 뿐이야."

다시 침묵이 흘렀다. 모리건은 빗방울이 후두두 떨어지는 유리창 밖으로 붐비는 거리를 내다보았다. 듀칼리온까지 얼마 남지 않았을 때쯤 주피터가 목을 가다듬었다.

그리고 신중하고 조용한 목소리로 말했다. "네가 지금 당장은 비밀을 알려 줄 마음이 없다는 거 알아. 그래도 나한테 하고 싶은 얘기가 있니, 모그?"

모리건은 망설였다.

"그… 섬뜩한 시장에 대해 들어 본 적 있으세요?"

주피터가 잠시 뜸을 들이다가 모리건에게 되물었다.

"그래. 그건 왜 묻니?"

모리건은 〈네버무어 판독〉 수업 시간에 있었던 일을 모조리 말했고, 주피터는 유심히 들었다. 주피터는 모리건이 마일드메이의 교묘한 길 규칙을 어겼다고 화를 내지도 않았고, 다시는 그러지 않겠다는 다짐을 받지도 않았다. 또 모리건이 보고 들은 것에 대해 조금도 의심하지 않았다.

"데블리시 코트였다고?" 주피터는 주머니에서 작은 공책을 꺼내 교묘한 길의 이름을 적어 넣었다. "내가 들여다볼게."

내가 들여다볼게. 다른 무엇보다도 이 말이 오후 내내 곤두서 있던 모리건의 신경을 쉬게 해 주었다. 네버무어에 와서 겪은 최악의 날에 잔뜩 긴장해 있던 모리건은 주피터의 한마디에 어느 정도 마음이 편해졌다. 온 세상이 다 자신을 의심해도, 주피터는 절대 그러지 않을 거라는 뜻이기 때문이었다. 주피터는 모리건을 믿었다. 모리건을 신뢰했다.

"더 할 이야기 없어?" 주피터가 물었다.

물론 다른 일도 말하고 싶었다. 주피터에게 말하고 싶어 입이 *근질근질했던* 일이, 꼭 하고 싶은 말이 몇 주 동안 쌓여 있었다. 찰턴 오총사가 자신을 나무에 매달아 놓고 머리를 겨눠 날카로운 표창을 던질 때 얼마나 무서웠는지, 또 누가 협박 쪽 지를 보내고 얼마나 어처구니없는 요구를 해 왔는지, 동기들이 어떻게 투표해서 자신의 비밀이 협회 전체에 알려지지 않도록 하자고 결정했는지… 주피터가 오면 쏟아 내려고 마음에 쌓아 뒀던 수만 가지 이야기가 있었다.

하지만 주피터가 눈앞에 있고 그의 관심을 오롯이 독차지한 지금, 그런 이야기는 별로 중요하지 않게 느껴졌다. 모리건은 마침내 주피터가 돌아와서 행복했고, 그것 말고도 하고 싶은 이야기는 많았다.

"우리 차장은 협회 전체를 통틀어서 제일 좋은 사람이에요." 모리건이 이야기를 시작했다.

"정말?" 주피터가 눈썹을 치켜올렸다. **"제일 좋다고?"**

"네, 아저씨보다 훨씬 더 좋아요."

주피터가 웃음을 터뜨렸다. 모리건이 보고 싶었던 시원하고 유쾌한 웃음이었다. 모리건도 주피터를 보며 활짝 웃었다. 그 리고 치어리 씨가 정말 멋지고 밝고 끝도 없이 긍정적인 성격 의 사람이라는 것, 홈트레인에 북극곰 모양의 비스킷 그릇을 늘 놓아둔다는 것, 누구보다 기분 좋은 미소를 짓고 옷도 근사 하게 입는다는 것까지 전부 이야기했다. "참, 그리고 우리 홈트 레인도 직접 꾸미셨는데, *진짜* 편하고 아늑해요. 빈백도 있다니까요!"

그리고 모리건은 치어리 씨가 919기에서 최면술사인 케이든스 블랙번에게 아무런 영향도 받지 않는 유일한 사람이고, 어쩌면 협회 유일의 인물일지 모른다고 이야기했다(물론 주피터에게도 케이든스 블랙번이 누구인지 몇 번이나 다시 알려 줘야 했다). 자신이 〈네버무어 판독〉 수업에서 제일 우수한 학생이라는 이야기도 빼놓지 않았다.

주피터는 한마디도 놓치지 않고 들으며 적재적소에서 딱 바라는 반응을 해 주었다. 이 상황이 무척 익숙하고 편안했다. 마음이 푹 놓일 만큼 일상적이어서 주피터가 원로관에서 바즈 찰턴을 노려볼 때부터 묻고 싶었던 질문은, 목구멍 안쪽에서부터 불타오르며 용이 불을 내뿜듯 모리건의 입 밖으로 솟구쳐 나오려고 넘실대던 그 질문은, 모리건이 물을 방법을 찾기도 전에 스스로 타서 재가 되어 버렸다. 모리건은 재를 쓸어 조용한 마음 한 귀퉁이에 담아 놓고, 답을 듣지 못한 채로 외면했다.

그렇게 오랫동안 되돌아보지 않는다면, 아마 그 질문도 더는 중요치 않을 터였다. 어쩌면 두 번 다시 의미를 갖지 못할 수도 있었다. 어쩌면 "보증 동의서가 뭔가요?"라는 그 질문은 마음 한 귀퉁이 잿더미 속에, 안전하게, 소리 없이, 그리고 의미도 없이, 영원히 파묻혀 있을 수도 있었다.

15장

이렇게 진기한 구경은 처음일걸

"동문 입구로 가는 게 나아."

"여보, 캐트리오나, 거긴 제일 북적거리는 문이야. 작년에도 그쪽으로 들어갔잖아."

"데이브, 날 믿어. 동문이 명당이라니까."

"그래, 알지, 거기가 명당인 거. 그러니까 다른 네버무어 사람들도 지금쯤 다 거기로 모여들었을 거라고. 동문에서 시작하고 싶으면 한 시간 전에 출발해야 했어. 내가 *말했잖아.*"

"괜찮을 거야, 자기야. 그냥 좀 밀치면서 다니면 돼."

"*밀치면서 다닌다고?* 우린 록 페스티벌을 구경 가는 게 아니야, 캣. 우린 교양을 갖춘 성인이라고."

"자기야, *괜찮*을 거라니까. 당신 앞에 밀치기 선수가 있잖아. 왜 사람들이 나를 **밀치기 여왕**이라고 부르는지 몰라?"

"누가 자기를 그렇게 부른다고 그래."

모리건이 본 호손의 어머니 캐트리오나는 성인 여성이 된 호손 같았다. 머리가 조금 더 길어서 어깨 밑으로 내려오는 걸 빼면, 짙은 초콜릿색 곱슬머리는 호손과 똑같았다. 그것 말고 다른 부분은 그냥 다 똑같았다. 눈이 파란 것도, 주근깨가 있는 것도, 팔다리가 가늘고 긴 것도 같아서 어미 기린과 새끼 기린을 연상케 했다.

호손네 가족은 여름방학의 첫 금요일에 열리는 네버무어 바자에 같이 가자며 모리건을 초대했다. 주피터도 바자에 데려가겠다고 약속했지만, 그는 바자가 열리기 직전에 호출을 받아 나가야 했다. 방학이 시작될 무렵인 일주일 전부터 모리건이 얼마나 우울한 기분이었는지 알고 있던 주피터는 이번에는 친구와 함께 바자에 다녀오라고 했다. 모리건은 다행이라고 생각했다. 주피터는 작년 여름에도 바자에 데려가겠다고 매주 약속했지만, 매번 일이 생겼다. 모리건은 올해의 바자를 절대 놓치지 않겠다고 마음먹었다.

"그렇게 부르는 사람이 한둘이 아니야, 여보. 호머한테 물어 봐. 얘가 알 거야. 아빠한테 말해 드려, 호머."

호손의 형이 부모를 보며 얼굴을 찡그렸다. 호머는 아버지를 더 많이 닮았다. 아버지와 마찬가지로 금발 머리에 두꺼운 안 경을 썼으며, 바이킹족 레슬링 선수처럼 키가 크고 체구가 건 장했다. 다른 점이 있다면 텁수룩한 수염이 없다는 정도였다.

열다섯 살인 호머는 현재 생각보존학교Conservatory of Thought 에서 4년째 공부하고 있었다. 호손의 설명에 따르면, 생각보 존학교의 학생들은 공부하는 동안 침묵을 지키기로 서약하고 1년에 단 하루만 말을 하도록 허락받았기 때문에 호머가 가족 과 시간을 보낼 때는 칠판과 분필을 목에 걸고 다니면서 의사 를 전달한다고 했다. 호손은 형이 칠판에 거의 빈정거리는 말 만 쓴다고 덧붙였다.

"아들아, 크게 말해. 정말 부끄러움을 많이 탄다니까."

"그거 별로 좋은 거 아니야." 데이브가 웃음을 참으려고 애 쓰면서 말했다.

호머는 굳이 칠판에 글자를 끼적이려고도 하지 않았다. 또 시작이라는 듯이 눈알을 굴릴 뿐이었다.

호손과 호머의 누나인 헬레나는 바자에 함께 오지 못했다. 헬레나는 고르곤하울 근본주의 기상대학Gorgonhowl College of Radical Meteorology에 5년째 다니고 있었다. 6포켓 해안에서 멀리 떨어진 곳, 소멸하지 않는 사이클론의 눈 안에 위치한 작은 섬에서 공부했다. 헬레나가 집에 오는 건 크리스마스와 여름방학 때뿐이었는데, 사이클론을 뚫고 섬을 나갔다 들어오는 여행은 험난하고 비용도 많이 들기 때문이었다. 그런데 올여름은 폭풍이 매우 거세져서 별도의 통보가 있을 때까지 이동이 중단됐고, 호손은 그게 헬레나와 딱 들어맞는 부분이라고 했다. 거센 폭풍우를 좋아하는 헬레나가 스스로 학교에 남아 피해 상황을 확인하고 싶어 했다는 것이었다.

스위프트 가족의 막내는 두 살 난 여동생 데이비나로, 역시 아빠를 똑 닮았다. 가족들끼리 **아기 데이브**라고 부르는 데이비나는 터질 듯이 포동포동한 볼과 금발 머리의 명랑한 아이였다. 스위프트 가족은 아기 데이브가 아주 영리하다고 했다. 어쩌면 나머지 가족의 머리를 다 합친 것보다 나을 거라고 입을 모아 말했다. 모리건은 긴가민가했다. 모리건은 아직 아기 데이브가 우유를 먹다가 게우고, 먹을 것을 바닥에 내동댕이치고, 지나가는 개에게 꺅 소리를 지르는 것밖에 보지 못했다.

모리건과 다섯 명의 스위프트 가족은 바자에 가기 위해 원더철을 타고 시내로 나갔다. 데이브는 붐비는 사람들 속에서 서로 흩어지지 않도록 모두가 손을 잡게 했다. 캐트리오나는 아이들에게 큰 소리로 노래를 불러 주기 시작했다. 음정을 무시한 노래는 원더철을 타고 가는 내내 계속됐다. 캐트리오나는 노래를 하면 공공장소에서 단체로 손을 잡는 일이 덜 당황스럽게 느껴질 거라고 했다(호머는 칠판에 *나는 이 사람들과 일행이 아닙니다*라고 써 놨다).

마침내 템플역Temple Station에 도착해 인파를 뚫고 동문으로 진격했을 때는 해가 막 지기 시작한 순간이었다. 수천의 인파가 문 앞에 모여 올드타운에 들어갈 시간만 기다렸다. 기대감이 손에 잡힐 듯 대기 속에 감돌았다. 아빠 데이브는 아기 데이브가 앞을 잘 볼 수 있도록 목말을 태웠다. 모리건의 팔을 꽉 움켜잡고 까치발로 펄쩍펄쩍 뛰는 호손은 들떠서 어쩔 줄 모르는 것 같았다. 호머조차도 동문을 말없이 바라보며 경외감에 넋을 잃은 듯했다.

"봤지? 내가 그랬잖아. 여기가 명당이라고." 캐트리오나가 남편에게 미소를 지어 보였다.

동문 안쪽은 아른아른한 은빛 실안개가 덮여 잘 보이지 않았다. 시야를 막은 건 잔물결이 진 거대한 판유리처럼 보이기도 했는데, 다만 유리라기에는 가벼운 바람에도 움직였다.

커다란 석조 아치 꼭대기를 가로지르며 환하게 불타는 어마어마하게 큰 글자가 떠 있었다.

네버무어 바자에 오신 것을

환영합니다

그리고 그 밑으로 불타는 글자에서 피어난 연기로 쓴 글귀가 나타났다. 야심에 찬 약속은 계속해서 다시 쓰이고 있었다.

이렇게 진기한 구경은 처음일걸

"요술이다!" 캐트리오나가 소리를 지르더니, 활짝 웃으며 호머의 옆구리를 팔꿈치로 쿡 찔렀다.

호머는 그만 좀 하라는 얼굴로 분필을 들고 칠판에 글을 적기 시작했다. *싸구려 속임수거든요.*

캐트리오나가 소리 내어 웃었다. 모리건은 캐트리오나와 같은 생각이었다. 저건 *요술*이야. 아닐 수가 없지. *놀랍잖아.*

데이브가 몸을 숙이더니 손짓으로 호손과 모리건을 불렀다. "저건 착시야. 마술사가 만드는 거지. 보이니?" 그는 턱시도를 입은 남자와 여자 몇 명이 걸터앉아 있는 아치 한구석을 가리켰다. 그들은 깊이 몰두한 자세로 굉장히 복잡한 손동작과 기계를 이용하여 계속해서 연기 글귀를 만들어 내고 있었다. 따분하고 복잡한 일 같았다. "마술사가 만드는 착시 현상은 척 보면 알 수 있어. 마술사가 안 보여도 이음매가 보이거든. 잠깐 있어 봐… **저기 있다!** 저거 보여?"

"아!" 모리건은 그제야 눈에 들어왔다. 착시 현상이 뭐랄까…움칫하는 순간이 있었다. 유심히 보면 글귀가 끝 어절인 *처음 일걸*까지 갔다가 다시 시작될 때마다 살짝 삐걱거렸다. 회로의 불완전함을 거의 감지하기 힘든 이음매였다.

"*싸구려 속임수*는 아니야, 호머. *장인 정신*이지." 데이브가 몸을 일으키며 큰아들의 머리카락을 헝클어뜨렸다.

모리건은 맞는 말이라고 생각했다. 하지만 인상적인 착시 마술보다 글귀에 더 눈길이 갔다. 사실 모리건은 진기한 걸 상당히 많이 *봤다*. 그 대부분이 듀칼리온에서였다.

"자, 너희 셋." 데이브가 호손과 모리건과 호머를 불렀다. "돈은 가져왔니? 그래, 잘 넣어 두렴. 바자에는 소매치기가 널렸단다. 자정이 땡 하면 여기서 엄마와 아기 데이브와 날 만나는 거야. *1초도 늦으면 안 돼*. 알겠지? 너희가 자정까지 동문으로 돌아오지 않으면, 엄마한테 너희를 찾기 위한 거리 공연을 하라고 할 거다. 아이들을 잃고 실성해서 자기가 다람쥐가 됐다고 믿는 여자가 나오는 일인극을 할 거야. 알았니?"

모리건은 웃음을 터뜨렸지만, 호손과 호머는 눈이 휘둥그레졌다. "제발 그 노래는 하지 마세요, 엄마." 호손이 말했다.

"장담은 못 해, 요 녀석아. 그러니까 자정 전에 돌아오는 게 좋을 거야. 알았지?" 캐트리오나가 손가락 하나를 호손에게 겨누며 말했다.

두 아들은 고개를 끄덕였다.

"좋아. 그럼 재미있고 놀고―"

"그래도 위험한 데는 가면 안 돼." 데이브가 덧붙였다.

"맛있는 거 많이 먹고―"

"그래도 *제발* 단것 너무 먹지 말고―"

"올해 제일 엉뚱한 기념품을 찾아오는 게 누군지 보자!" 캐트리오나가 두 손가락을 세워 들며 장난스러운 웃음을 지었다.

"그래도 날카로운 거, 살아 있는 거, 폭발하는 거, 현관문보다 큰 거, 무기는 안 돼." 데이브가 호손에게 의미심장한 표정을 지으며 말했다.

바로 그때 수천 개의 종이 딸랑거리는 소리와 함께, 아른아른 동문을 덮고 있던 유리 장막이 고사메르 속으로 사라지듯 없어지며 완전히 달라진 올드타운이 모습을 드러냈다.

바자의 풍경이 눈앞에 펼쳐지고 소리가 울려 퍼지자 모여 있던 사람들은 잠시 기쁘고 아득한 침묵에 빠져들었다. 그리고 곧 일제히 서로를 밀치며 앞으로 몰려나갔다. 모리건과 호손은 마주 보며 씩 웃고 나서 즐겁게 밀쳐지며 강물에 흘러가듯 사람들 틈에 섞여 문으로 들어갔다.

캐트리오나와 데이브가 시야에서 사라지자마자 호머는 칠판에 뭔가를 끼적여 호손에게 들어 보였다.

11:45. 템플문*Temple doors.*

호손이 엄지손가락 두 개를 들어 보이자, 호머는 썼던 글을 지우고 다시 뭔가를 썼다.

쉽지 않겠지만 되도록 멍청한 짓 하지 마라.

호손은 형에게 얼굴을 찡그려 보였다. 호머는 동생의 귓불을 손가락으로 튕기고 사람들 속으로 사라졌다.

"나는 우리 셋이 다 같이 다녀야 하는 줄 알았는데? 너희 아빠가—"

"아, 신경 안 써도 돼. 아빠는 없는 걱정도 사서 하는 분이야." 호손이 대수롭지 않다는 듯이 말했다. 호손은 죽마를 타고 지나가던 여자에게 지도 두 장을 챙겨 와서, 한 장은 보지도 않고 접어 주머니에 넣고 다른 한 장은 모리건에게 건넸다. 지도 맨 위에는 *네버무어 바자 구획도*라고 적혀 있었다. "나만 믿어. 재미없는 구식 호머 형이랑 같이 다니면 안 돼. 형은 재미없는 구식 친구들을 찾으러 갔으니까 자기들끼리 재미없게 구식으로 다니겠지. 우리는 시계 방향으로 가야 해. 괜찮지? 남구를 먼저 갔다가 서구, 북구, 그리고 여기 동문으로 돌아와서 호머 형을 만나면 돼."

모리건은 호손과 같이 신성 템플Temple of Divine Thing을 지나 그랜드대로를 걸어가면서 지도를 살펴보았다. 바자는 올드타운 네 개 구역에 전부 펼쳐져 수십 개의 작은 구획으로 나뉘어 있었는데, 구획마다 용도가 달랐다. 무두질 공방, 골동품 장터,

마녀 상점, 향료 제조소⋯⋯.

"서구에 가면 한 블록이 통째로 치즈 장터야!" 모리건이 지도에 적힌 깨알 같은 글씨를 보려고 눈을 가늘게 뜨며 말했다. "아니다. 잠깐, 쥐불놀이 공연이라고 적혀 있어. 아닌가⋯ 잠깐, 아니다. 미안, 강아지 묘기야. 계속 바뀌잖아!"

"세 개 다 한다는 걸 거야." 호손은 걸음에 속도를 내며, 모리건의 옷소매를 당겨 사람들과 부딪치지 않게 왼쪽으로 오른쪽으로 방향을 틀어 주었다. 그러는 동안에도 모리건은 지도를 보느라 여념이 없었다.

"아, 하룻밤에 하나씩?"

"한 번에 다."

모리건은 걸음을 멈추고 다시 지도를 들여다보았다.

"*서둘러*. 몇 시간밖에 없으니까 빨리 남구로 가야 해. 어서, 내가 아는 지름길이 있어." 호손이 재촉했다.

호손은 그랜드대로에서 옆으로 벗어난 캘러핸거리Callahan Street로 모리건을 데려갔다.

"길이 진짜 정신없지 않아?" 모리건은 여전히 눈살을 찌푸린 채 지도를 살펴보며 말했다. 어떤 구획에는 세 개, 네 개, 심지어 *다섯 개*까지 용도나 행사 명칭이 적혀 있었는데, 대부분 서로 관련이 없었다. 모리건은 호손에게 지도를 들이밀어 보여 주며 말했다. "봐봐, 우리가 곧 암브로시아 광장Ambrosia Square에

49

가는 거 맞지? 지도를 보면 암브로시아 광장에선 탱고 교습하
고 다과회가 *같이* 열려. 근데 말이 안 되는 게, 암브로시아 광
장은 아주 작단 말이야. 어떻게 거기서—"

작은 광장으로 들어가는 입구가 있어야 할 곳에 도착해서 눈
을 들어 앞을 보니, 여러 색깔로 칠해진 실크 커튼이 펄럭이고
있었다.

"이렇게 해서." 호손은 모리건을 끌고 커튼을 지나 탱고 교
습이 이루어지는 곳으로 들어갔다. 암브로시아 광장은 원래 연
립주택이 죽 늘어선 조용한 뜰이었다. 그런데 지금은 감각적인
음악이 흐르고, 드레스가 빙글빙글 소용돌이치며, 격정적인 여
자와 남자가 서로의 팔에 의지해 몸을 뉘었다가 일으키는 생기
넘치는 공간으로 변해 있었다. 그때 병이 박살 나며 임시로 만
든 무도장에 붉은 포도주가 쏟아졌다. 모리건은 깜짝 놀랐다.
싸움이 일어나자 호손은 모리건의 팔을 끌어당겨 들어왔던 곳
으로 돌아가 실크 커튼을 젖히고 나왔다.

커튼을 *한 번 더* 통과했더니 암브로시아 광장은 북적거리는,
그러나 매우 고상한 다과회장으로 바뀌어 있었다. 한쪽 구석에
서는 피아니스트가 잔잔한 곡을 연주했고, 주최 측으로 보이는
여자들이 다과회장을 돌며 잔이 빈 이들에게 차를 따라 주고
삼단 쟁반에 작은 케이크를 쌓았다.

"뭐야, *어떻게* 이런?" 모리건이 물었다.

호손이 어깨를 으쓱이며 말했다. "알 게 뭐야? 가자. 우린 여길 온 게 아니야."

둘은 다시 암브로시아 광장 맞은편 끝에서 깃털 커튼을 빠져나가 조류 시장으로 들어갔다. 그곳에는 온갖 종류의 새가 들어 있는 수백 개의 새장이 매달려 있었다. 밝고 선명한 색의 이국적인 새도 있었고, 자그마한 보석 같은 새도 있었다. 모리건은 크고 무서운 맹금류 같은 새를 보고 할머니를 떠올리기도 했다. 여러 가지 언어를 구사하는 새, 사냥 훈련을 받은 새, 편대 비행을 하는 새도 있었다.

모리건은 멈춰 서서 새를 구경하고 싶었지만, 호손은 모리건을 재촉하며 포도나무 덩굴로 만든 또 다른 커튼을 지나 알록달록한 색이 넘쳐 나는 꽃 시장으로 들어갔고, 다시 사방에서 어질어질한 수천 가지 색전등을 쏘아 대는 조명 시장으로, 그리고 시끌벅적하고 악취가 진동하는 어류 경매와 기도회와 워니멀 권리에 대한 격렬한 토론회를 지나 신선한 과일과 채소가 가득한 농산물 직판장을 거쳐, 축제 마당의 회전목마와 유령 열차와 점핑 캐슬(* jumping castle, 공기 주입식 매트리스 구조의 성 모양 놀이 기구로 트램펄린처럼 뛰어놀 수 있음. – 옮긴이)과 사람들의 이목을 끌어당기는 잡다한 놀잇거리를 지나…….

"호손, 잠깐만. 유령 열차 타 보고 싶지 않아? 조금만 천천히 가. 옆구리 결려!"

하지만 호손은 걸음을 늦추지 않았다. 호손은 목적지가 분명했는데, 말은 해 주지 않았지만("깜짝 놀랄걸!"이라고 했다) 모리건도 짚이는 곳이 있었다. 모리건은 친구를 너무 잘 알았다.

바자가 사람들로 붐비고, 별별 물건을 파는 노점으로 가득하리라는 건 모리건도 알고 있었다. 지난여름, 토요일 아침이면 호텔 듀칼리온의 고객과 직원들이 식사 자리에서 서로 질 새라 끝 간 데 없이 흥미진진한 이야기와 산더미 같은 기념품을 늘어놓으며 바자에 다녀온 뒤풀이를 치르는 광경을 목격했다.

하지만 바자를 실제로 직접 보는 건 또 달랐다. 마치 백 편쯤 되는 서로 다른 연극의 무대 장치를 걸어서 누비는 느낌이었다. 모리건은 머리가 핑핑 돌았다. 이상한 광경을 하나만 보아도 적응이 안 되는데, 가는 곳마다 이상한 일이 벌어졌다.

혼란스러우면서 황홀했고, 어디까지가 진짜고 어디까지가 착각인지 알쏭달쏭했다. 모리건은 가는 곳마다 데이브가 알려준 이음매를 찾아내려고 애썼다. 뭘 찾아야 하는지 깨닫고 보니, 뒤편에서 마술이 계속되게끔 노력하는 사람들을 쉽게 알아볼 수 있었다. 대부분 높은 발코니나 옥상에 걸터앉아 아래를 내려다보며 열심히 집중했다.

"저기야!" 모리건이 호손의 팔을 와락 붙잡으며 소리쳤다. 모리건이 가리킨 곳은 쿠퍼 코트Cooper Court(지도상에서는 야외 손톱 관리 숍과 유니콘 승마 종목을 위한 경기장이 겹쳐진 곳이었다) 위쪽 5층 창문이었다. 그곳에서는 남녀 한 쌍이 뭔가를 쉴 새 없이 중얼거리며 아래쪽 뜰만 뚫어지게 내려다보고 있었다.

"너 그거 꼭 해야 해? 그렇게 따지고 들추고 *하지* 말고 그냥 마술을 즐길 순 없어?" 호손이 툴툴댔다.

"그렇지만 *진짜 재미있어!*"

김이 모락모락 오르는 길을 지나 음식 노점으로 북적거리는 떠들썩한 야외 식당가로 들어섰을 때, 모리건은 드디어 다 왔다고 확신했다. 호손이 찾던 곳은 여기가 분명했다.

한 여자가 어마어마하게 크고 납작한 은 냄비 세 개를 불 위에 올려놓고 한꺼번에 요리하던 곳에서 불길과 증기가 제트기처럼 공중으로 치솟았다. 향신료를 얼마나 넣었는지 모리건의 눈에 눈물이 핑 돌았지만, 뭔지 모를 고기 냄새와 맛있는 향도 났다. 다른 노점에서는 효모를 넣지 않은 납작한 빵과 스튜, 뜨거운 감자튀김, 군만두와 들통에 삶은 게 등을 팔았고… 보는 것만으로도 속이 좋지 않은 버터로 볶은 달팽이, 돼지 내장 튀김, 바삭바삭하게 튀긴 메뚜기, 그리고 마치 이상하게 생긴 막대 사탕처럼 보이는 꼬치에 꿰어 구운 쥐 고기도 있었다.

"쥐 꼬치 먹을래? 아니면 돼지 내장? 어떤 거 주문할래?" 모리건이 얼굴을 잔뜩 찡그리며 호손에게 권했다.

하지만 호손은 *이번에도* 모리건을 끌고 구획 맞은편 끝으로 갔다. 그곳에는 솜사탕 벽이 있었다. 평평한 구름 같은 분홍색 솜사탕 커튼이었다. 호손은 모리건을 돌아보며 씩 웃더니 솜사탕을 길쭉하게 쭉 뜯어 입속에 넣고 혀 위에서 녹아내리는 맛을 먼저 음미한 다음, 달콤하고 끈적거리며 종잇장처럼 얇은 커튼을 지나 깜짝 놀랄 목적지로 앞장서 들어갔다.

"디저트 거리야!" 호손이 크게 외치면서, 자신의 마음의 고향에 방문한 모리건을 환영한다는 듯이 두 팔을 활짝 벌렸다. 디저트 거리는 장장 세 블록을 꽉 채우며 이어졌다. 그곳에는 초콜릿을 파는 사람과 토피 사탕을 만드는 사람, 펑펑 튀어 오르는 캐러멜 콘을 금속 냄비에 한가득 넣고 휘젓는 사람, 케이크 가판과 크레이프 가게, 얼음사탕과 봉봉 사탕이 수북이 쌓인 탁자, 그리고 선데이 아이스크림을 60센티미터 높이로 담아 주는 아이스크림 전문점이 있었다.

호손에게는 자기 집 앞마당 같은 곳이었다. 호손은 이곳을 매년 찾아오는 듯했다. 어떤 노점으로 가야지만 시간과 돈과 배 속 공간을 가장 알차게 활용할 수 있는지 꽤 단호한 소신이 있는 걸 보면 그랬다.

"자두잼 도넛은 **필수지**." 호손은 튀긴 도넛에 자두잼을 넣어 자줏빛 잼이 진득하게 새어 나오는 데다 계피설탕까지 골고루 묻혀 판매하는 노점을 손가락으로 가리켰다. "장미 셔벗도. 하지만 크레이프는 먹을 생각도 하지 마. 과대평가됐어." 호손은 초콜릿 판매점도 그냥 지나쳤다. 그러면서 머릿속에 떠오르는 대로 온갖 재료로 만든 트뤼플(* truffle, 초콜릿 과자의 일종으로 송로버섯 모양을 닮아 트뤼플이라고 부름. - 옮긴이)을 줄줄이 읊어 대며(코코넛 트뤼플, 복숭아 트뤼플, 박하 트뤼플, 샴페인 트뤼플, 프랄린 트뤼플, 메뚜기 트뤼플… 대체 메뚜기가 트뤼플이랑 무슨 *상관*인데?) 쫀득쫀득한 캐러멜 가락을 파는 곳으로 직행했다. 캐러멜을 손으로 늘려 미터 단위로 파는 곳이었다.

도저히 더는 한 입도 들어갈 수 없다고 생각될 때쯤, 모리건은 계속 먹고 있는 호손을 잠깐 내버려 두고 나와 뿌옇게 서린 옅은 안개를 헤집고 점술가 골목을 거닐었다. 점술가들은 수정 구슬과 타로, 손금, 찻잎, 새의 내장을 보고 점괘를 읽었다. 자기 손바닥에 침을 뱉으라고 하면서 그 모양을 보면 운세가 나온다며 모리건을 부른 점쟁이도 있었다. 정중히 거절했는데도 끈질기게 붙잡는 점쟁이 때문에 뒷걸음질을 치던 모리건은 어쩌다 다른 커튼 뒤로 들어갔는데…….

공허였다. 모리건은 아무것도 보이지 않았다. 아무 소리도 들리지 않았다.

컴컴하기 때문이 아니었다. 모리건이 들여다보고 있는 것은 암흑이 아니었다. 모리건은 어떤 것도 보고 있지 않았다. 시력이 사라지고 없었다.

모리건은 큰 소리로 호손! 하고 불렀다. 하지만 목소리가 나오지 않았다. 아니면 단지 모리건의 귀에 들리지 않았을 뿐일까? 어쩌면 호손은 들을 수 있을지 몰랐다. 모리건은 목에 손을 대고 한 번 더 친구의 이름을 외치면서 진동을 느꼈다. 하지만 소리는 귀까지 와닿지 않았다. 눈도 보이지 않고, 귀도 들리지 않게 된 것이다.

침착해. 모리건은 자신에게 되뇌었다. *침착하자.*

누군가 몸을 스치는 게 느껴졌고, 강렬한 향수 냄새가 코끝을 지나갔다. 또 다른 사람이 모리건에게 부딪쳤고 큼지막한 손들이 양어깨를 와락 붙잡았다. 시큼하고 매캐한 입 냄새 같은 게 풍긴다 싶은 순간, 누구인지 알아내려는 듯 손들이 모리건의 얼굴과 머리를 여기저기 토닥토닥 더듬다가 옆으로 밀쳤다.

침착해 침착해 침착해. 두 번째 단계가 뭐였지? 아, *뒤로 물러서.* 모리건은 있는 힘을 다해 조심스레 뒤로 한 걸음 또 한 걸음 물러섰지만, 또 다른 손이 모리건의 손을 꽉 붙잡았다. 이번에는 조금 전의 손보다 훨씬 작은, 모리건만큼 어린아이의 손이었다.

호손, 너니? 모리건이 악을 썼지만, 귀에는 아무 소리도 들리지 않았다. 모리건은 손으로 그 누군가의 어깨를 단단히 붙잡았다. 키가 모리건과 거의 같거나, 조금 더 큰 듯한 게 호손 같았다.

손이 모리건을 자기 쪽으로 잡아당겼다. 둘은 갈팡질팡하는 눈먼 사람들 틈에서 이리저리 휩쓸리며 서로를 꽉 움켜잡고 같이 앞으로 나아가, 마침내 건너편의 어둠 속으로 뛰어들었다.

모리건은 수면 위로 올라와 공기를 마시는 스킨스쿠버 잠수사가 된 기분이었다. 세상은 다시 색을 입고 빛을 반짝이며 소리를 틀었다. 모리건은 숨을 참고 있었던 것도 아니면서 가쁘게 헐떡거렸다. 다시 찾은 밝은 세상에 적응하느라 눈을 깜박이며 호손을 돌아보았다. "*저게 뭐였어?*"

하지만 자신을 잡아당겨 빼낸 사람은 호손이 아니었다.

모리건 옆에서 숨을 헐떡이며 서 있는 사람은 케이든스 블랙번이었다.

모리건은 놀란 기색을 감추지 못했다. "케이든스! 너 여기서—"

"진짜였어." 케이든스의 두 눈에 두려움과 흥분이 활활 타올랐다. "섬뜩한 시장 말이야! 모리건, 진짜 있어. 그게 *지금* 열리고 있다고."

16장

섬뜩한 시장

"어떤 남자가 데블리시 코트로 들어가는 거야." 케이든스가 모리건을 끌고 시끌벅적한 노점과 커튼을 정신없이 지나치며 북적거리는 바자를 내달렸다. "내가 들어가지 말라고 소리쳤는데, 내 말을 안 듣고 가 버리더라고."

"너, 뭐라고? 아야, 케이든스, 나 팔 아파." 케이든스는 손아귀에 힘을 풀었지만 팔을 놔주지는 않았다. 걸음을 늦추지도 않았다. "그게 무슨 말이야, 네가 방금 데블리시 코트를 *지나오*

다가 어떤 사람을 마주쳤는데—"

"아니, 바보야. 나는 길 건너편에 서서 지켜보고 있었다고. 요사이 일어났던 실종 사건들이랑 네가 했던 이야기, 섬뜩한 시장이랑 네가 봤다는 걸 쭉 생각해 봤거든. 그리고 오늘 오후쯤 그런 생각이 들었어. 만일 그렇다면, 네가 본 게 섬뜩한 시장을 열 준비를 하는 거였고, 실종 사건의 배후에 그 사람들이 있는 거라면, 그럼 시장이 서는 건 틀림없이 오늘 밤일 거라고. 그렇지 않아? 바자가 열리는 날 밤 말이야! 타이밍이 너무 완벽해."

"그런 것 같네. 하지만 케이든스, 잠깐—"

"그래서 데블리시 코트에 누가 나타나는지 확인해 보려고 기다렸어. 거기서 알게 된 거야. 거기는 이제 분홍 경보가 아니야. 바뀌었어. *적색* 경보로 등급이 올라갔더라고. 그런데 그 남자는 그냥 곧장 들어갔어. 망설이는 기색도 없이 말이야. 그러고는 5분 있다가 또 다른 남자가 들어갔는데, 이 사람은 가면을 썼더라고. 다음으로 여자가 한 명 들어갔고. 여자는 스카프로 얼굴을 칭칭 감고 있었어. 이 한여름에! 그래서 너를 찾으러 갔지. 호손이 너도 바자에 왔다고 해서 *사방팔방*으로 찾아다니다가 겨우 발견했는데, 눈앞에서 허무의 뜰Courtyard of Nothing로 쏙 들어가 버리는 거야. 얼른, 이쪽이야."

"그렇지만 호손한테 말은—"

"그 애는 *괜찮을 거야.* 서둘러. 빨리 가야 해." 케이든스가 모리건을 재촉했다.

몇 분 뒤, 둘은 낯익은 데블리시 코트 입구에 도착했다. 들어가는 길이 어찌나 비좁은지 모리건은 이걸 골목이라고 할 수 있을까 생각했다. 벽에 걸린 명판은 정말 바뀌어 있었다.

데블리시 코트

주의!

특이지형반 및 네버무어위원회 령에 의거한

'적색 경보 교묘한 길'

(매우 위험한 함정으로 상당한 상해를 초래할 수 있음)

진입 시 책임은 본인에게 있습니다

모리건은 경고문을 두 번 읽었다. "… *상당한 상해를 초래할 수 있음.* 그렇다면 함정이 바뀌었다는 소리야?"

"그럴 거야. 등급을 재분류했으면. 그런데 넌 저번에 토할 것 같은 기분을 참고 여길 통과했잖아. 그렇지? 내가 봤던 사람들도 분명 저 반대쪽으로 나갔단 말이야. 데블리시 코트의 함정이 어떻게 변했든, 내 생각으로는 *틀림없이* 헤쳐 나갈 수 있어."

"그래도 적색 경보인데……."

모리건은 명판과 케이든스를 번갈아 바라보다가 마지막으로 경고문에 눈을 고정했다. 결심이 굳어지자 맥박도 빨라졌다. 모리건은 섬뜩한 시장을 조사해 보고 싶었다. 그곳에서 카시엘과 팍시무스 럭과 사라진 다른 이들을 찾아보고 싶었다. 이건 기회였다! 실종된 사람들을 쫓는 주피터를 돕는 동시에 그게 모리건 탓이 아니라는 걸, 엘로이즈가 틀렸다는 걸 입증할 기회. 사라진 사람들을 찾아낸다면, 어쩌면 원로들도 모리건을 다시 원협으로 부르지 않을까?

모리건은 세차게 고개를 끄덕였다. "네 말이 맞아. 그렇게 하자."

케이든스가 말없이 웃었다. 둘은 함께 데블리시 코트 안으로 씩씩하게 걸어 들어갔다. 처음에는 아무 일도 생기지 않아서 모리건은 잠시나마 어쩌면 이제 함정이 없어진 게 아닐까, 경고문이 잘못된 게 아닐까 하는 희망을 품었는데… 갑작스레 폐에서 공기가 싹 빠져나가는 느낌이 들었다.

"계속 가." 케이든스가 숨이 멎을 듯한 목소리로 말하며 모리건을 세게 끌어당겼다.

숨을 쉬고 싶은 마음이 점점 간절해진 모리건은 본능적으로 몸을 뒤로 빼며 왔던 길로, 밝고 안전하고 산소가 있는 골목 밖으로 되돌아가기 위해 버둥거렸다.

"나를 믿어." 케이든스가 모리건의 손을 힘주어 꽉 잡았다. "알았지?"

그 말을 듣는 순간 모리건은… 자신이 케이든스를 정말 믿고 있다는 것을 *깨달았다*(언제부터 그렇게 됐지? 모리건은 궁금했다).

모리건은 본능에 저항하며 악착같이 한 발을 다른 발 앞으로 내디뎠다. 폐는 텅 비고, 머리는 터질 것 같았다. 미친 듯이 숨을 들이쉬려 해 봐도 산소라고는 조금도 남아 있지 않아 가슴에 불이 붙은 것만 같은 그때—

모리건과 케이든스는 보이지 않는 장벽 같은 것을 밀어젖히고 밖으로 뛰어나와 가쁘게 숨을 헐떡이며 마침내 공기를 들이마셨다. 모리건은 폐가 아프고 머리가 어질어질해서 정신을 잃을 것 같았다. 하지만 결국 둘이 해냈다. 케이든스가 말없이 손가락을 들어 위를 가리켰다.

동문 위에 걸린 네버무어 바자 환영 인사말을 엉터리로 흉내 낸 것처럼, 머리 위로 둥글게 휜 희고 허름한 목조 아치에 까만 페인트로 새로 쓴 글씨가 적혀 있었다.

섬뜩한 시장

"진짜 *있었어*." 모리건은 숨을 헐떡였다.

"그럴 줄 알았어." 케이든스가 매섭게 말했다.

둘은 넋을 놓고 광장을 바라보았다. 텅 비어 있던 곳이 구매자와 판매자로 들썩들썩했다. 그중 친근감을 주는 사람은 딱히 없었다. 네버무어 바자와는 너무 달랐다. 바자는 반짝반짝 빛이 났고 황홀했고 따뜻했다. 누군가 거기에 침을 뱉고 발로 밟은 다음 흙구덩이에 문질러 놓은 듯한 곳이 섬뜩한 시장이었다.

"당장 가서 마일드메이가 틀렸다는 걸 알려 주고 싶어." 툴툴거리던 케이든스가 모리건의 옆구리를 쿡 찔렀다. "너, 계속 그렇게 살피지 마. 사람들이 보겠어. 침착하게 행동해."

하지만 시장 거리를 걸으면서 모리건은 계속 두리번거렸다. 침착하게 행동할 수가 없었다. 이곳에서 파는 상품은 네버무어 바자에서 본 여느 물건과도 달랐다. 왼쪽의 한 가판에는 여러 종의 우니멀 장기가 갓 끄집어낸 듯 피범벅인 채로 진열되어 있었다. 오른쪽에는 죽 늘어놓은 단지 안에 절인 우니멀 머리와 팔다리가 들어 있었는데, 몸서리쳐지는 정체의 저건—

"저거 *사람 머리야?*" 모리건이 비명을 지르며, 노르스름한 보존액이 든 단지 안에 떠 있는, 쪼그라들었지만 기이하게 평온해 보이는 얼굴을 손가락으로 가리켰다.

케이든스가 모리건을 데리고 멀리 벗어나며 입아귀로 불평을 흘렸다. "제발 침착해."

비밀 매매라는 간판이 걸린 검은색 캔버스 천막을 지나 조금 더 내려가니, "가격만 제대로 쳐주면" 누구든지 윈터시 공화국으로 몰래 들여보내거나 공화국에서 데리고 나와 주겠다는 여자가 있었다.

"이빠아알!" 노점에서 한 남자가 고래고래 소리를 지르는 바람에 그 앞을 지나가던 두 아이는 깜짝 놀랐다. "이빨이랑 송곳니, 너희도 이리 와. 우니멀, 워니멀, 사람 이 다 있어. 있을 때 가져가. 어금니, 송곳니, 사랑니, 엄니, 마법 걸 때도 쓰고, 귀에 걸 때도 쓰고, 돈만 내고 가져가면 어디다 쓰든 암말 안 해. **이빠아아아알**, 와서 골라 봐!"

섬뜩한 시장은 깊이 들어가면 갈수록 어둡고 추악했다. 모리건은 눈을 감고 왔던 길을 다시 돌아 뛰쳐나가고 싶었다. 환하게 불을 밝힌, 신나는 음악이 흐르던 바자가 그리웠다. 섬뜩한 시장의 북적대는 인파 속에서는 길을 잃기 쉬웠으며, 손님들은 누구와도 눈을 마주치고 싶어 하지 않았다. 그런데도 모리건은⋯ 눈에 띄고 있다는 느낌이 들었다. 옷깃에 빛나는 금빛 W 배지를 달고 배회하는 어린아이 단둘, 모리건과 케이든스는 이곳과 전혀 어울리지 않았다.

모리건은 황급히 원협 신분의 증거인 배지를 빼서 주머니에 넣었다. "배지 빼." 모리건이 케이든스에게 귓속말로 전했다.

시장 한가운데에 다른 어떤 곳보다 많은 인파가 몰려 있는 천막이 있었다. 엄청나게 많은 이들이 기다리고 있는 긴 줄 앞에는 덩치가 아주 크고 성질이 고약해 보이는 남자가 천막 문

을 지키고 있었는데, 무시무시하게 생긴 개 네 마리의 가죽 목
줄을 손에 쥐고 서 있었다. 남자는 사람들을 둘씩 안으로 들여
보내며 수를 헤아리다가, 갑자기 손을 들어 순서를 기다리는
이들을 막아 세웠다.

"자 여러분, 자리가 다 찼어요. 경매는 만원이에요. 다음번에
행운을 빌어요."

"이봐, 농담이지? 말도 안 돼. 이건 억지야. 내가 몇 달을 기
다렸는데." 줄 맨 앞에 서 있던 턱수염을 기른 남자가 불만을
토했다.

"그럼 더 빨리 오시든지. 정해진 인원만 입장할 수 있다고요.
먼저 온 순서대로. 여기 사정 잘 알면서 그러시나. 봄 경매 때
도 댁을 본 기억이 나는데." 천막 문지기가 말했다.

턱수염 남자가 몸을 숙이며 중요한 일을 꾸미는 사람처럼 목
소리를 낮췄다. "내 말 잘 들어보라고. 내가 어… 내가 그 큰 물
건을 가져가려고 왔거든. 알 거야, 내가 뭘 말하는지. 난 거금
을 부를 생각이라고. 나도 돈은 남들 못지않게 있어."

모리건과 케이든스는 서로 눈짓을 주고받았다. *큰 물건. 그
게 사라진 사람들 가운데 한 명은 아닐까?*

"물론 그렇겠죠. 시간 개념이 글러서 그렇지. 가을 물건을 기
다려요. 살펴 가시고요." 문지기가 말했다.

남자는 애가 타는 듯이 턱수염을 잡아당겼다. "아니지, 친구,

65

그 짐승은 그때쯤이면 벌써 어디로—"

"**살펴 가시라고요**. 당장 나가지 않으면 내 친구들한테 쫓겨나게 될 텐데." 문지기가 버럭 역정을 내고, 고개를 기울여 목줄을 한 네 마리의 개를 넌지시 가리켰다. 신호를 느낀 개들이 일제히 으르렁거리기 시작했다. 턱수염 남자는 도망치듯 자리를 떠났다. 케이든스가 자리를 빠져나와 옆으로 지나가려는 남자를 팔로 가로막고 물었다.

"저 말을 들으려는 건 아니겠죠?"

남자는 비웃으며 케이든스를 밀치고 가려 했지만, 케이든스가 간단히 "서"라고 하자 그 자리에 섰다. 케이든스는 남자의 얼굴을 빤히 올려다보며 벌떼가 윙윙거리는 듯한 목소리로 말했다.

"저 사람한테 돌아가서 아저씨를 무시하면 어떻게 되는지 보여 줘."

모리건은 남자의 눈빛이 달라진 것을 보았다. 별안간 무언가 의지를 자극한 것 같았다. 쿵쾅쿵쾅 줄 앞으로 돌아간 남자는 고함을 지르면서 뭉툭한 손가락으로 문지기의 가슴을 꾹꾹 찔렀다. 으르렁거리던 개들이 목줄이 팽팽해지도록 달려들었다. 줄을 섰다가 흩어졌던 사람들이 싸움 구경을 기대하며 다시 모여들었다.

"서둘러." 케이든스가 들릴 듯 말 듯 말했다. 둘은 소란을 방패 삼아 캔버스 천막의 작은 틈을 통해 안으로 들어갔고… 그곳은 어둡고 호화로운 연회장처럼 생긴 공간에 나뭇가지 모양 촛대로 불을 밝힌 곳이었다.

모리건은 등 뒤의 캔버스 자락을 밑으로 내렸다. 그러자 불길에 찬물을 끼얹은 듯 순식간에 외부의 소음이 사라지고, 조용조용 고상하게 잡담을 나누는 소리와 유리잔이 쨍그랑거리는 소리만 들렸다. 어리둥절할 정도로 낯선 상황이었다.

모리건은 주인 없는 빈 탁자를 발견했다. 그 자리에는 가면과 복면, 베일 등이 골고루 놓여 있고 *비밀 보장과 편의를 위한 용도입니다*라는 안내문이 적혀 있었다. 고무로 만든 우니멀 가면 두 개를 집어 든 모리건은 그중 털이 달린 고릴라 얼굴을 머리에 뒤집어쓰고 여우 가면을 케이든스에게 내밀었다. 케이든스는 가면을 보고 인상을 쓰며 반발했다.

"아무도 나를 알아보지 못할 텐데." 케이든스가 항의했다.

"주변을 봐." 모리건이 말하자 고무 고릴라 가면을 통해 웅얼거리는 목소리가 흘러나왔다. "여기서 자기 얼굴 내놓고 다니는 사람 보여? 혼자만 튀어 보이려고? 얼른 *써*."

케이든스가 데블리시 코트에서 봤다고 했던 사람들의 모습이 비로소 이해됐다. 이곳에 모인 사람들은 전부 어떤 식으로든 변장을 하고 있었다. 여기서 얼굴이 알려지기를 바라는 사람은 아무도 없었다.

그때 모리건은 그것을 보았다. 천막 맞은편, 붉은 커튼을 두른 높은 단 꼭대기에 마치 트로피처럼 놓인 우리 안에 앉아 있는……

"브램블 박사님의 아기 성묘야!" 모리건은 숨이 멎을 것처럼 놀랐다.

새끼 고양이의 목둘레에는 풍성한 하얀 털이 때가 탄 채 엉켜 있었다. 커다란 파란 눈은 수정 구슬 같았다. 이를 드러내며 쉭쉭 소리를 내고 마음 아프게 울어 대다가 발톱으로 정신없이 금속 창살을 할퀴며 사자처럼 싸우고 있었다. 분명히 겁에 질려 필사적으로 도망치려는 모습이었다. 모리건은 당혹스럽고 역겨웠다. 달려가서 고양이를 풀어 주고 싶었지만, 정말로 실행에 옮기기에는 너무 멍청한 짓이었다.

모리건이 앉아 있는 쪽의 분위기는 교양과는 거리가 멀었다. 사람들은 불쌍한 새끼 고양이에게 음식이나 돌멩이, 빈 병 따위를 던지면서 야유하고 왁자하게 웃음을 터뜨렸다. 하지만 새끼 고양이는 우리 뒤쪽에 몸을 웅크리기는커녕 더 사납게 맞서며 우렁차게 울부짖었다. 선명한 파란 눈이 공포로 번뜩였다. 모리건은 속이 메스꺼웠다. 자신이 무능력하게 여겨졌다. 케이든스의 숨소리도 가쁘고 격해졌다.

"신사 숙녀 여러분, 오늘 선보이는 첫 번째 인기 품목입니다!" 한 남자가 나무 연단 뒤에 있는 아기 성묘 옆에 서서 크게 외쳤다. 남자는 갈색 트위드 정장(* tweed suit, 감촉이 거칠고 두꺼운 모직 천으로 만든 정장 – 옮긴이)을 입고 가면으로 얼굴 윗부분만 가린 모습이었다. 한 손에는 지팡이를 들고 있었는데, 가끔 아기 성묘가 있는 우리의 창살을 탁 소리가 나게 쳤다. "여러분께 이 어엿한, 또한 극도로 희귀한 새끼 성묘를 보여 드립니다. 물론 어린 새끼라 지금은 별로 그렇게 안 보이겠지만, 성묘가 다 자라면 얼마나 엄청나게 커지는지, 그리고 얼마나 엄청나게 쓸모가 많은지! 모르는 사람이 없지요. 본성이 극히 원드러스해서 지독히도 독립적이지만, 유능하고 고분고분한 짐 나르는 짐승으로 키울 수 있습니다. 특히 아기일 때 혀를 잘라 내면 그래요! 공화국에서 어마어마하게 유행하고 있죠. 신사 숙녀 여러분, 성묘의 지능이 보통이 아니라는 악평이 자자한데, 겁내지 마십시오. 이런, 괜찮습니다! 많은 분이 믿는 바와는 달리, 여러분이 제대로 잘 다루기만 하면, 성묘를 길들이고 복종시킬 수 있습니다."

쓰디쓴 분노가 울컥 치솟았다. 모리건은 분노를 자제하려고 애쓰며 힘겹게 감정을 삼켰다. *성묘의 혀를 잘라?* 저 가여운 새끼 고양이의 혀를? 모리건은 문득 구역질이 나는 사실을 깨달았다. 윈터시 대통령도 자기 마차를 끄는 성묘 여섯 마리에게 *저런 짓*을 한 거야? 그 성묘들이 말을 하지 않는 이유가 이거였어?

모리건은 이상하고 성질 나쁜 피네스트라를 생각했다. 그 거대한 잿빛 성묘가 주피터에게 이래라저래라 대장 노릇을 하고, 모리건을 가지고 놀고, 정확히 자기 하고 싶은 대로 행동하고 정확히 자기 하고 싶은 대로 말하는 모습을 떠올렸다. 그리고 피네스트라가 조용하고 고분고분한 모습을 상상해 보았다. 다른 성묘와 쇠줄 하나로 엮여서 우리에 갇혀 지내며 평생 마차를 몰아야 하는 처지에 내몰린 피네스트라를 떠올리자, 메스꺼운 느낌이 더 심해졌다. 정말 단단히 *잘못된* 일이었다.

"그래서 여기 잘생긴 새끼 성묘를 길들일 만큼 용감한 분이 계실까요? 누가 저 짐승을 굴복시킬 수 있을까요? 다 귀찮고 신경 쓰기 싫다 하시는 분은, 가죽을 벗겨서 외투로 입으셔도 좋겠지요."

모리건이 자기도 모르게 작은 소리로 탄식하자, 케이든스가 팔꿈치로 급히 옆구리를 찌르며 "쉿" 하고 주의를 주었다.

경매사가 목청을 가다듬었다. "자, 서두는 이쯤 해 두고, 신사 숙녀 여러분, 입찰을 개시하겠습니다. 입찰가는 매우 합리적인 가격 5,000크레드부터 시작합니다. 5,000크레드 부르실 분 있나요? 저기 문신하신 신사분께서 5,000크레드를 부르셨습니다. 5,500 부르실 분?"

모리건은 심장이 쿵 내려앉았다. 저들은 겁에 질린 새끼 고양이를 경매에 부쳐 입찰가를 제일 높이 부르는 사람에게 넘기려는 것이었다.

"초록 망토 여성분께서 5,500 부르셨습니다. 6,000이 나올까요? 감사합니다, 선생님. 문신하신 신사분께서 6,000 부르셨습니다. 이번에는 6,500 가 볼까요? 누가 6,500을 부를까요? 개 가면을 쓴 신사분께서 6,500을 부르셨습니다. 7,000 갑니다."

입찰 과정이 한동안 계속 이어지고 수많은 입찰자가 경쟁에 참여하면서 분위기가 과열되었다. 이제 모리건은 경매사가 하는 말이 어디로 흘러가는지조차 알 수 없었다. 경매사의 말은 모두 한 가지로 수렴되었다. 웅크린 몸을 흔들흔들하는 아기 성묘는 지쳐 보였다. 사람들은 고함을 지르고 경매사는 지팡이로 우리의 금속 창살을 내리쳐 탁 하고 요란한 소리를 울려 대는 가운데, 아기 성묘는 전쟁터의 포화 소리를 견디는 것처럼 진이 다 빠져 있었다.

모리건은 심장이 쿵쾅쿵쾅 뛰었다. 금방이라도 울음이 터져 나올 것 같았다. 미어지는 마음으로 아기 성묘를 쳐다보는데 아주 잠깐 시선이 마주쳤다. 어쩌면 상상일지도 모르지만, 모리건은 단박에 성묘가 자신에게 도움을 애원하고 있다는 것을 느꼈다.

그 순간 모리건과 케이든스는 같은 무전을 수신받은 사람들처럼 서로를 돌아보고 동시에 말했다. "우리가 뭔가 해야 해."

"좋은 생각 있어?" 케이든스가 물었다. 목소리가 떨렸다.

모리건은 대답 대신 바들바들 떨리는 손을 들었다.

"1만 2,000에 고릴라 가면을 쓴 난쟁이분께서 손드셨습니다." 경매사가 모리건을 똑바로 가리키며 말했다. "1만 2,500으로 올라갑니다. 신사 숙녀 여러분, 감사합니다, 선생님, 1만 2,500, 문신하신 신사분께서 부르셨습니다. 1만 3,000이 나올까요? 빨간 스카프를 두른 숙녀분, 1만 3,000크레드 나왔고요. 자 그럼, 네, 문신하신 분, 1만 3,500이요. 아주 좋습니다, 선생님. 1만 4,000 어떻습니까, 신사 숙녀 여러분, 제가—"

"1만 5,000!" 모리건이 최대한 굵직하고 심술궂고 어른 같은 목소리로 외쳤다. 케이든스가 목이 막힌 듯 캑 하고 조그만 기침 소리를 토하자, 이번에는 모리건이 팔꿈치로 케이든스의 옆구리를 쿡 찔렀다.

"1만 5,000, 고릴라! 그럼—"

"1만 6,000." 문신한 남자가 더 굵고 더 심술궂고 진짜로 걸걸한 목소리로 말했다.

"1만 8,000." 모리건이 응수했다. 사람들이 놀란 듯 웅성웅성 떠들었고, 소란스러운 틈을 타서 케이든스가 모리건에게 조그맣게 툴툴거렸다. "이 돈은 정확히 어디서 가져오는 거야?"

"가져올 데 없어. 쉿." 모리건이 가면을 쓴 채 속닥속닥 대답했다.

"2만." 문신한 남자가 값을 불렀다. 화가 난 듯했다.

"2만 5,000." 모리건이 외치자 좌중이 조용해졌다.

"2만 5,000크레드 나왔습니다." 경매사가 믿기지 않는다는 얼굴로 금액을 반복해서 말했다. "2만 5,000크레드 하나, 2만 5,000크레드 둘…" 경매사가 진행에 뜸을 들이며 문신한 남자 쪽으로 눈짓을 보냈다. "더 안 부르시겠습니까, 신사분? 알겠습니다. 그럼, 2만 5,000크레드로 난쟁이 고릴라에게 낙찰되었습니다." 그는 어안이 벙벙한 목소리였지만, 망치를 두드려 거래를 마무리했다. "직원에게 낙찰금을 내고 물품을 받아 가세요. 마지막 물건을 소개합니다, 신사 숙녀 여러분……."

모리건은 이미 아무 소리도 들리지 않았다. 귀에서 맥박이 고동치고 피해 갈 수 없는 질문이 마음속에서 북처럼 울려 댔다. 이제 어떡하지? 이제 어떡하지? *이제 어떻게 해?*

그런데 케이든스가 직원을 찾아냈다. 직원은 아기 성묘 옆에 서서 손을 흔들며 모리건을 불렀다. "걱정하지 마. 내가 해결할게."

직원이 멀뚱멀뚱 바라보았다.

"이게 뭔가요?"

"아저씨가 받을 돈이지." 케이든스가 말했다. 케이든스는 여우 가면을 벗어서 젊은 남자에게 건넨 참이었다. 직원은 모욕을 느낀 표정이었다가 점차 혼란이 오는 것 같았다. "2만 5,000크레드야. 내가 셌거든. 두 번이나."

"아닌데, 이건… 이건 뭔가 어떤…" 직원은 목욕물을 털어 내려는 강아지처럼 머리를 흔들었다. "무슨 장난을 치려는 거죠?"

모리건이 천막 저쪽을 힐끗 뒤돌아보니 경매가 계속 진행 중이었다. 어서 이곳을 벗어나, 뒤도 돌아보지 않고 뛰어나가고 싶은 마음뿐이었다. 하지만 절대로 아기 성묘를 두고 갈 수는 없었다. 결국 탈진한 성묘는 슬픔과 무력감을 느끼며 우리 바닥에 거꾸러져 있었다.

경매사가 하는 말은 드문드문 토막으로밖에 들리지 않았지만, 고객들은 그가 붉은 벨벳 커튼 뒤에 숨겨 둔 물건에 열광하는 듯했다.

경매사의 목소리가 띄엄띄엄 흘러들었다. "어디에 쓸지 상상해 보세요… 바다 상인과 해적들… 대단한 재능이죠… 속에서 사냥은 말할 것도 없고… 이나 암살자……."

케이든스가 첼로를 켜는 활처럼 매끄러운 목소리로 말했다. "장난치는 거 아니야. 아저씨가 혼동하는 거지. 나는 이 고양이를 사려고 2만 5,000크레드를 내는 거야. 그 돈이 아저씨 손에 있고. 내가 방금 줬지." 케이든스는 직원이 오른손에 들고 있는 가면을 보고 고개를 끄덕거려 보이고는, 왼손으로 꽉 움켜쥔 아기 성묘 우리의 열쇠를 다시 고갯짓으로 가리켰다. "이제 나한테 아기 성묘를 데려와."

"이제 너한테……."

"바로 그거야……."

"하지만……."

"그거라고." 케이든스의 목소리는 최면제 같았다. 젊은 남자는 천천히 눈을 깜박이더니 우리 앞으로 다가가 자물쇠를 풀었다. "그렇지."

몇 분 뒤, 모리건과 케이든스는 천막 입구에 다다랐다. 멍해 보이는 직원은 케이든스의 여우 가면을 현금 2만 5,000크레드라고 믿으면서 육중한 금속 상자에 넣어 잠가 두었다. 모리건은 겁에 질린 새끼 고양이를 꼭 붙잡고 놓치지 않으려 용을 쓰고 있었다. 만약을 대비해 한 손으로 목줄을 잡긴 했지만 고양이가 가여워 안고 가려고 노력 중이었는데, 다 자란 세인트버나드를 안고 걷는 것과 큰 차이가 없었다. 겁을 내는 듯한 고양이 때문에 고릴라 가면도 벗어던져야 했다.

둘은 와글거리는 이들을 피해 가장자리를 빙 돌아 나갔다.

사람들은 아직 마지막 경매 물건을 구경하며 모여 있었다. 경매사가 쩌렁쩌렁한 목소리로 속사포처럼 소음을 갈랐다. "가무잡잡한 의족 신사분 쪽에서 1만 8,500 나왔습니다. 1만 9,000으로 가 볼까요? 진귀한 재능에 비하면 푼돈이죠, 여러분……."

모리건은 성묘를 안고 있는 팔에 힘을 주면서 온갖 실없는 소리를 쉴 새 없이 중얼거리며 어린 고양이를 달랬다. "쉬이, 이제 괜찮아. 세상에, 정말 예쁜 아가구나. 피네스트라가 널 찾으러 돌아다녔어. 이제 조용히 하자. 우리랑 같이 가서 괴팍한 피네스트라를 만나고 싶지 않니? 그럼, 만나고 싶겠지. 피네스트라도 성묘야. 너처럼."

케이든스는 까치발을 하고 서서, 사람들이 무엇 때문에 이렇게 흥분했는지 보려고 했다. "수조 안에 뭐가 있어." 그러고는 끙끙대는 모리건에게 소리 죽여 말했다. "꼭, 엄청나게 큰 수족관 같아."

"그냥 얼른 나가자." 모리건이 가라앉은 목소리로 재촉했다. "나 좀 *제발* 도와줄래?"

하지만 케이든스는 몇 걸음 뒤에 멈춰 서서, 인파 사이로 수조 안에 있는 무언가를 빤히 바라보았다. 케이든스의 눈은 곧 왕방울처럼 커졌다. "모리건… 봐봐."

"얼른 *가야* 한다고. 얘를 오래 안고 있기가—"

"모리건." 케이든스가 다급하게 말을 끊으며 손가락으로 수조를 가리켰다. "*보라니까.*"

모리건은 마지못해 낑낑대며 케이든스가 서 있는 곳으로 돌아갔다. 새끼 고양이는 자기를 괴롭혔던 사람들에게 다시 데려가려는 줄 알았는지, 울부짖고 이빨을 드러내며 위협하면서 발톱으로 모리건의 팔을 아플 정도로 꽉 움켜쥐었다. 하지만 수조 안을 본 모리건은 충격으로 아픔을 느끼지 못했다.

물을 가득 채운 유리 수조 안에는 사슬에 감겨 바위에 묶인… 십 대 남자아이가 있었다.

아이는 살아 있었다. 완전히 낙담한 채 절망적인 모습으로 입술까지 파랗게 질려 있었지만, 살아 있었다.

사실, 살아 있는 건 당연했다. 물속에서도 숨을 쉴 수 있으니까.

"알피잖아!" 모리건이 비명을 질렀다. 어쩔 수가 없었다. 생각할 틈도 없이 그 이름이 밖으로 튀어나왔다. 모리건의 목소리가 경매사와 관중이 만드는 소음을 뚫고 크게 울렸다. 찬물을 끼얹은 듯한 정적이 깔리면서 모든 시선이 모리건과 케이든스와 아기 성묘를 향했다. 성묘는 이제 날카롭게 악을 쓰고 울부짖으며 기를 쓰고 달아나려 했다.

"쟤들은 누구지? 누가 애들을 여기에 들여보냈어? 저 애들을 잡아!" 경매사가 소리쳤다.

건장한 체격에 인상이 험상궂은 보안요원 여섯이 어디선가 불쑥 나타났다. 케이든스가 모리건의 손목을 잡아당겼지만, 모리건은 그 자리에서 꼼짝도 할 수 없었다.

그 일이 다시 일어나고 있었다. 모리건은 느낄 수 있었다.

모리건이 느낀 두려움과 충격, 분노가 몸속에서 교향곡처럼 점점 고조되며 절정을 향해 부풀어 오르더니 어느 순간 모리건의 몸보다 더 거대하게 팽창했다. 지난번과 다른 느낌이었다. 타오르는 게 아니라 *쌓이고* 있었다. 모리건은 갑자기 커져 버린 대담한 힘이 어떤 형체를 취하려 한다는 걸, 걸리적거리는 것을 남김없이 전부 집어삼켜 주변에 있는 모든 것을 증폭시키면서 무언가를… *무언가*를 찾는다는 걸 느낄 수 있었다. 어떤 도구를, 매개체를.

마침내 눈부신 황금빛의 순간, 모리건과 가장 가까이 있는 것이 그 대상이 되었다는 걸 알 수 있었다. 모리건의 손아귀를 벗어나려고 필사적으로 발버둥 치던 아기 성묘는…….

… 결국 원하던 바를 이루었다.

모리건의 품에서 뛰어내릴 때만 해도 성묘는 울부짖는 새끼 고양이였다. 그러나 바닥에 발을 디딘 순간, 모리건이 담아내지 못한 원더의 힘으로 커지고 강해진 섬뜩한 맹수가 되었다. 성묘는 사자 못지않은 오만함을 내보이며 으르렁거렸다. 경매사를 향해 이빨을 드러내자 그는 바로 기절했다.

혼돈에 빠진 천막 안은 비명으로 가득했다. 고양이는 사람들을 향해 앞발을 휘두르고, 이리저리 덮치고 뛰어들며 신나게 그동안 당한 분풀이를 했다. 성묘의 우스꽝스러운 몸짓에 겁먹은 이들이 북새통을 이룬 틈을 타서 모리건과 케이든스는 알피가 갇힌 수조로 달려갔지만, 성묘를 두고 입찰 경쟁을 벌였던 문신한 남자가 앞을 막아섰다. 검은 잉크로 새긴 복잡한 문양의 문신이 옷 밖으로 드러난 피부 여기저기에서 꿈틀거렸다.

"네가 했구나. 어떻게? 어떻게 그렇게 했지? 넌 뭐야?" 남자가 모리건을 똑바로 바라보면서 물었다.

모리건은 남자를 밀치고 알피가 묶인 수조로 향했다. 어떻게든 알피에게 갈 수 있기를, 알피를 빼내서 함께 이곳을 빠져나갈 수 있기를 바랐다. 남자가 모리건에게 달려들었지만, 케이든스가 남자의 정강이를 힘껏 걷어찼다. 남자는 새된 비명을 지르면서 다리를 와락 움켜잡고 고통스러워했다.

"여기!" 남자가 소리치자, 온몸이 근육으로 뒤덮인 그의 친구 세 명이 달려왔다.

"뛰어!" 케이든스가 모리건의 손목을 잡으며 소리쳤다.

두 사람은 공황에 빠진 경매 참가자들 사이를 누비며 천막 입구로 달려가 섬뜩한 시장의 북적거리고 시끌벅적한 혼란 속으로 다시 뛰어들었다.

모리건은 희망과 아쉬움이 교차하는 마음으로 흉포한 맹수가 되었던 성묘가 천천히 움츠러들어 다시 원래의 크기로 돌아가는 광경을 바라보았다. 성묘는 점점 작아지더니 인파 속으로 사라졌다. 새끼 고양이가 지나간 길에는 파괴의 흔적만 꼬리처럼 남았다. 노점은 밟혀 뭉개지고, 탁자는 엎어져 있었다. 상인들은 진짜 범인이 날랜 네 발로 멀리 가고 있는 줄도 모르고 서로에게 언성을 높이며 싸웠다.

도망가, 아기 고양이야. 모리건은 고양이가 모든 어려움을 극복하고 어떻게든 안전한 곳에 이르기를 절실한 마음으로 바랐다. 자신과 케이든스가 더는 아무런 도움도 줄 수 없다는 걸 알았다. 둘은 이제 자신들을 걱정해야 했다.

"저기 있다!" 뒤에서 거친 목소리가 따라왔다. "저 애들을 잡아."

두 아이는 건장한 추격자들을 피하려고 성묘가 남겨 둔 탁자를 일부러 넘어뜨리며 달리기 시작했다. 케이든스가 통을 하나 집어던졌는데, 던지고 나서 보니 선명한 색의 뱀들이 입구까지 가득 들어차 있는 통이었다. 모리건과 케이든스는 동시에 터져 나오는 비명을 뒤로하고 더 힘껏 달렸다.

데블리시 코트에 닿을 때까지 전력을 다해 질주한 둘은 숨통 막히는 함정을 지나고 끝없이 이어지는 네버무어 바자의 구획 사이를 나아가 마침내, 땀을 뻘뻘 흘리고 가슴이 들썩이도록 숨을 몰아쉬면서 신성 템플문으로 나왔다. 자정이 되기 직전이었다.

분홍빛 불길이 타오르는 횃불을 양손에 들고 서성거리던 호손은 잿빛 얼굴을 한 채 아무 말도 꺼내지 않았다. 애타는 마음을 적절히 표현할 길을 찾지 못하는 것 같았다. 하지만 호머는 동생의 침묵을 메우고도 남을 정도로 느낌표와 대문자가 가득한 시끄러운 칠판 대화를 쓰고 쓱싹 지웠다가 또 써 댔다. 그동안 모리건과 케이든스는 가만히 서서 말없이 분노를 가라앉히며 숨을 가다듬었다.

모리건을 잃어버린 호손이 바자 구석구석을 돌아다녔지만, 어디서도 모리건을 찾을 수 없었다는 게 두 형제의 불안을 부추겼다. 하지만 모리건은 개의치 않았다. 다만 호머의 칠판을 보니 떠오르는 게 있었다.

모리건은 숨겨진 재킷 안주머니에 손을 넣어 은빛이 도는 작고 보들보들한 검은 종이를 꺼냈다.

설명할 여유가 없었던 모리건은 글을 쓰고 있던 호머의 분필을 낚아채서 벽에 종이를 대고 이렇게 적었다.

알피 스완과 아기 성묘를 찾았어.

데블리시 코트, 섬뜩한 시장.

주피터 아저씨에게 알려 줘.

스텔스도 불러.

그리고는 "존 아르주나 코라파티, 존 아르주나 코라파티, 존 아르주나 코라파티"라고 잭의 이름을 세 번 중얼거린 뒤 종이를 분홍빛 횃불에 태워 재가 날아가는 광경을 지켜보았다.

17장

한 사람을 위한 호텔 듀칼리온 공부방

"제발, 모그. 교묘한 길에 그만 좀 들어가."

주피터는 핼쑥한 얼굴에 근심스러운 주름을 잡았다. 전날 밤 주피터는 케이든스와 모리건에게 전달받은 정보를 가지고 스텔스와 스팅크, 특이지형반, 그리고 피네스트라(모리건이 생각하기엔 피네스트라가 스텔스 열 명보다 낫고, 스팅크 오십 명 몫도 해내는 것 같았다)까지 대동해서 데블리시 코트를 급습했다.

하지만 너무 늦은 출동이었다. 새끼 고양이가 요란한 탈출극

을 벌이면서 사람들을 너무 놀라게 한 탓에, 주피터 일행이 도
착하기도 전에 이미 시장은 철거되고 주범들은 사방으로 황급
히 흩어졌다. 남은 거라고는 폐허처럼 지저분한 주인 모를 좌
판, 페인트로 쓴 **섬뜩한 시장**이라는 간판, 빈 유리 수조… 그리
고 젖은 옷을 입고 오들오들 떨며 자갈길에 혼자 처량하게 앉
아 있던 십 대 남자아이 한 명이 전부였다.

어쨌든 알피는 데려올 수 있었다.

다음 날 아침의 주피터는 잘됐다고 기뻐하지 않았다. 흡족해
하는 기미조차 전혀 찾아볼 수 없었다. 모리건에게 다시는 교
묘한 길에 들어가지 않겠다는 약속을 받아 내겠다는 결심만 단
단히 서 있었다.

"정말이야. 거기는 너무 위험해. 위험을 감수하면서 갈 만한
곳이 아니야." 주피터가 파란 눈을 반짝이며 말했다.

모리건은 얼굴을 찡그렸다. 어떻게 주피터가 *저런 말*을 하
는지 이해되지 않았다. 자신과 케이든스가 데블리시 코트에 들
어가지 않았다면 섬뜩한 시장을 찾아내지 못했을 것이다. 아기
성묘에게 자유를 찾아 주지도 못했을 것이다. 주피터와 스텔스
는 알피 스완이 어디 있는지 절대 몰랐을 것이다. 모리건이 말
을 쏟아 내려고 입을 달싹이는데 주피터가 손을 들어 막았다.

"알피는 비기를 잃었어." 주피터는 불치병 소식을 전하는
사람처럼 목소리를 낮추고 경건해 보일 만큼 조용히 말했다.

"비기를 잃어요?" 모리건이 되물었다. 주피터가 고개를 끄덕였다. "잃다니… 어떻게요?"

주피터는 깊은 한숨을 쉬며 한 손으로 피로한 눈을 비볐다. "우리도 몰라. 아직 확실하지 않아. 정확히 말해서, *빼앗긴 건지* 아니면… 간혹 극심한 정신적 외상을 입으면…" 주피터가 말끝을 흐렸다. 목소리에는 당혹감이 서려 있었다. 주피터는 알지 못하는 일이었다. 스텔스도 모르는 일이었다.

"카시엘하고 팍시무스 럭은 어떻게 됐어요? 아기 성묘는요? 아직 못 찾았어요?" 모리건이 조용히 물었다.

"카시엘의 흔적은 없었어. 팍시무스는 거기 있었던 것 같아. 경매 목록을 발견했거든. 하지만 사람은 보이지 않았어. 우리 생각에는 아마도…" 생각을 입 밖으로 꺼내고 싶지 않아서인지 차마 꺼낼 수가 없어서인지, 주피터가 또 말꼬리를 흐렸다. "아무튼, 포기는 하지 않아. 피네스트라네 사람들도 나와서 녀석을 찾아다니고 있고. 지금쯤 그 친구들도 어린 고양이가 우리에 갇힌 채 어딘가에 잡혀 있지 않고 거리를 돌아다니고 있다는 걸 알 거야. 그쪽에서 가여운 녀석을 찾을 가능성이 훨씬 높지."

모리건은 미간을 모았다. "도대체 핀네 사람들이 누구예요?"

"핀의 친구들. 대부분 성묘야. 원래 남들하고 어울리지 않는데, 돌아다니는 친구들도 조금 있어. 서로를 지키면서 말이야."

"그런데… 원드러스협회가 돕고 있지 않아요? 스텔스도 있잖아요. 우리가 조사를 더—"

"우리가 아니야, 모그. 이 조사에서 네가 할 일은 없어. 알겠니?" 주피터가 약간 언성을 높였다.

"그건 불공평해요." 모리건 자신이 듣기에도 칭얼거리는 목소리였지만, 어쩔 수 없었다. "제가 시장을 찾았어요. 뭐, 케이든스하고 같이요. 우리가 아기 고양이를 구해 줬고요. 우리가 거기 가서—"

"너희가 거기 가서 재능을 증명했지. 그런 재능을 빼앗아 가려고 돈을 싸 들고 모인 사람들 앞에서." 주피터가 역정을 냈다. 모리건은 살짝 움츠러들었다.

"일부러 뭘 보여 준 건 아니에요." 모리건은 툴툴거리며, 아기 성묘가 변신하던 기이한 순간을 떠올렸다. "말씀드렸잖아요. 나도 어떻게 된 건지 모르겠는데, 그냥……."

"그런 일이 일어났다는 거지. 알아. 그건 나도 설명할 수 없을 것 같다." 주피터는 대신 말을 정리하며 한숨을 쉬었다.

주피터가 잠깐 얄팍한 인내심을 잃었던 순간, 모리건은 그가 토로하는 불만 뒤에 또 다른 뭔가 있다는 걸 감지했다. 주피터는 모리건을 뚫어지게 바라보았고, 모리건은 그가 두려워한다는 걸 알아챘다. "모리건, 믿어야 해. 실종자들을 찾기 위해 모두가 최선을 다하고 있어. 그리고 *제발 부탁이다.* 교묘한 길은 이제 안 돼."

그 뒤로 여름방학은 이상하고, 조금 숨 막히는 꿈처럼 흘러 갔다. 주피터는 여전히 호텔을 자주 비웠지만, 틈틈이 여유가 생길 때마다 떨어져 있던 시간을 보상해 주려고 작심이라도 한 것처럼 굴었다. 또 계속해서 바쁘고 재미있는 일을 만들어 냈 다. 모리건은 이게 섬뜩한 시장에 관해 더 파헤치고 다닐 이유 와 기회, 그리고 혹할 여지를 주지 않으려는 의도라고 거의 확 신했다.

주피터가 직원들의 손을 빌려 올여름 듀칼리온을 정신 못 차 릴 정도로 멋지고 화려한 공간으로 꾸몄다는 사실은 곧 분명해 졌다. 옥상에는 록 콘서트와 자정의 소풍이 준비되었다. 남쪽 의 잔디밭에서는 크로케(* croquet, 나무 막대로 공을 쳐서 세 개의 문을 통 과시키는 스포츠로 한국에서의 공식 명칭은 게이트볼 – 옮긴이) 경기를 열고 거의 매일 밤 불꽃놀이를 즐겼다. 기회가 있을 때마다 섬뜩한 시장에 대한 조사가 어떻게 진행되고 있는지 꼬치꼬치 물어보 며 주피터를 성가시게 만드는 모리건이었지만, 줄기차게 따라 다니는 축제 분위기에 힐끔힐끔 눈이 돌아갈 수밖에 없었다.

프랭크는 거의 주말마다 수영장 파티를 열었는데, 좋아하는 맛을 직접 골라서 만들어 먹을 수 있는 끝내주는 선데이 아이 스크림 전문점과 물풍선 게임까지 완벽하게 준비했다. 주피터는 워터 슬라이드를 설치하게 하고 진짜처럼 생긴 공기 주입식 북극곰 매트리스를 들여왔다. 매트리스에서 공중으로 높이 튀어 올랐다가 푹신한 고무 재질의 팔 위로 떨어져 물속으로 스르륵 잠기는 재미에, 모리건과 호손과 잭은 쉴 새 없이 즐거운 비명을 질렀다.

어느 주말, 모리건은 919기 동기들을 모두 초대하자는 근사한 생각을 떠올렸다. 전혀 위험하지 않은 자신을 원로들이 완전히 오해하고 있다는 사실을 이 기회에 증명할 수 있을지도 모른다는 생각에 설레기도 하고 긴장되기도 했다. 심지어 고급 양피지에 한 명 한 명에게 보내는 초대장까지 썼다.

모리건은 하고 싶은 말을 신중하게 생각했다. 역에서 있었던 일은 미안하다고, 그건 사고였고 나는 절대 고의로 누구를 다치게 하지 않을 거라고, 그리고 이번 토요일에 수영도 하고 스노콘(* snow-cone, 얼음을 갈아 시럽으로 맛을 낸 셔벗의 일종 - 옮긴이)도 먹으러 와 주면 좋겠다고 내용을 정리했다. 완성한 초대장은 주피터가 빌려준 도장으로 정성스레 밀랍 봉인하고, 모리건을 대신해서 호손이 아이들에게 직접 전달했다. 하지만 그날 호텔을 찾아온 건 호손과 케이든스뿐이었다.

모리건은 풀 죽어 있지 않으려고 노력했다. 거의 온종일 케이든스를 데리고 호텔을 구경시켜 주었는데, 두 아이 사이에 새로 싹트기 시작한 우정이 얼마나 얇고 가는지 확인하는 재미있는 시험대가 된 하루였다. 호손과 달리(호손은 듀칼리온의 모든 것에 열광하며 모리건에게 큰 만족감을 주었다), 케이든스의 반응은 엇갈렸다.

레인룸rain room을 보고는 은근히 당혹스러워했고("저게, 그러니까 그냥… 비가 오는 거라고? 방 안에? 계속? *왜?*"), 개성 강하면서 틀에 박힌 기교가 가득한 의상이 잔뜩 진열된 분장실에 들린 후에는 극장이라면 질색했다(모리건은 분명 **장화 신은 고양이** 의상을 입지 말라고 주의를 주었다. 케이든스는 벌써 한 시간 전에 그 의상을 벗었는데도 아직 야옹 하고 울며 귀 뒤를 긁고 있었다). 하지만 석호 연못 한가운데의 모래섬에서 느긋하게 누워 쉬는 건 몹시 마음에 들어 했다. 한들한들 흔들리는 야자수가 있고 고운 우쿨렐레 연주 소리가 훈훈한 미풍에 실려 달랑달랑 흘러들었다.

호손은 방학 중에도 주니어 용타기 리그에 가서 훈련을 계속해야 했지만, 거의 매일 오후가 되면 검댕투성이에 진이 다 빠진 모습으로 듀칼리온에 들렀다. 호손과 모리건과 케이든스는 주로 스모킹팔러에 모여 카드놀이를 하면서 벽에서 흘러나오는 최신의 여름 향기를 들이마셨다. 스모킹팔러는 새로운 계절에 맞춰 다양한 실험을 하고 있었는데, 결과는 엇갈렸다. 코코넛 연기와 시원한 바닷바람 연기, 그리고 딸기 크림 연기는 큰 인기를 끌었다. 하지만 방충제 연기와 윈더철 출근 시간 땀 연기, 그리고 소풍에 가져간 감자 샐러드 연기는 볼품없는 성적을 거두었다.

주피터가 참여하고 있는 수사 활동에 끼어들 수 없었던 모리건은 919기를 협박하는 범인이 누구인지 알아내는 데 집중하려고 했다. 그러나 듀칼리온 밖으로 나갈 수도 없고, 동기들 대부분이 모리건과 말을 하지 않으려고 했기 때문에 할 수 있는 게 많지 않았다.

한 가지 다행인 건, 협박범 역시 지금은 방학 중일 거라는 사실이었다. 어쨌든 다음 학기가 시작될 때까지는 919기 아이들도 당분간 쪽지 같은 건 받지 않을 거로 생각했다.

하지만 그런 행운은 없었다.

"이거 봐." 어느 날 아침, 일광욕 의자 두 개를 나란히 놓고 자리를 잡는데, 케이든스가 쪽지를 건넸다. 케이든스가 선글라스를 쓰고 의자에 등을 대고 눕는 사이, 모리건은 쪽지를 읽었다.

케이든스 리노어 블랙번.

네 후원자는 내일 아침 중요한 공식 석상에 선다.
참신한 방법으로 그가 망신당할 짓을 하게 만들어라.
실패하면 우리는 919기의 비밀을 폭로하겠다.

명심해라.

아무에게도 말하지 마라.

그렇지 않으면 너희의 비밀을 만천하에 알릴 것이다.

모리건의 얼굴에서 핏기가 가셨다. 바즈 찰턴을 좋아하지는 않지만, 만일 *자신*에게 동기를 보호하는 쪽과 사람들 앞에서 후원자에게 망신을 주는 쪽 중 하나를 고르라고 하면 솔직히 어떻게 해야 할지 알 수 없었다.

이 쪽지로 적어도 한 가지 의심은 사라졌다. 확실히 바즈 찰턴이 스스로 망신당할 일을 시키지는 않았을 것이다! 하지만 뒤에서 협박하는 자가 *누구인지* 가려낼 수 있는 단서는 아무것도 찾을 수 없었다.

곁눈으로 힐끔 보니 케이든스는 두 손으로 머리를 받친 채 기분 좋게 눈부신 햇살을 즐기고 있었다.

"이 쪽지가 너한테도 올까 싶었는데." 모리건이 솔직하게 말했다.

"나도 그래. 나를 알고 있을 거라고는 생각도 안 했어." 케이든스가 미간을 찡그리며 말했다.

모리건은 애써 담담한 목소리로 물었다. "그래서, 음, 내일 아침 공식 석상이라는 게 뭐야?"

"오늘 아침이었어. 쪽지가 어제 왔거든. 우리 후원자는 의회에 경계 지역에 관한 법령을 더 엄격하게 고쳐 달라고 청원하러 간댔어. 거창하게 중요한 연설도 하고."

"아." 모리건은 뒷이야기가 궁금했지만 케이든스는 말을 잇지 않았다. "그래서… 어떻게 됐어?"

"글쎄, 난 정말 신중하게 생각했어. 왜 그렇잖아."

"맞아."

"밤새 한숨도 안 자고 어떻게 해야 하나 고민했어. 잘 수가 없더라고."

"그… 그랬겠지." 모리건은 숨을 죽였다.

"그런데 끝까지 결정을 못 내리겠는 거야. 연설하는 내내 침을 흘리게 할까, 아기 목소리로 연설하게 할까, 아니면 마지막에 바지를 내리고 '**바찌 쉬야 마려워**' 하고 외치게 할까." 케이든스가 씩 웃었다. "그래서 세 개 다 해 버렸어."

불꽃놀이와 워터 슬라이드와 록 콘서트는 재미있었다. 하지만 모리건에게 올여름을 통틀어 제일 마음에 드는 순간은, 바로 지금이었다.

———◆———

방학이 끝날 즈음, 주피터는 평소보다 더 오래 걸렸던 탐험을 끝내고 호텔로 돌아와 새벽부터 모리건과 잭을 깨운 다음

마지못해 따라나선 아이들을 데리고 옥상으로 올라갔다. 옥상에는 주피터가 미리 매달아 둔 열기구가 있었다. 네버무어의 건물들 위로 높이 떠다니며 도시를 붉은빛과 황금빛으로 비추는 햇살을 바라보는 기분은 꿈결 같고 마법 같았다. 열기구는 이따금 발열 장치를 통해 소리 없는 열기를 뿜어 올렸다. 모리건은 다시는 저 아래 바닥으로 내려가고 싶지 않았다. 그리고 이 여름이 영원히 끝나지 않았으면 좋겠다고 생각했다.

하지만 모리건은 바보가 아니었다. 이 모든 게 모리건을 정신없고 즐겁고 안전하게 듀칼리온에 잡아 놓으면서, 섬뜩한 시장을 조사하는 일에 기웃거리지 못하게 하고, 또 한편으로는 원협 출입을 금지당하고 받았을 충격을 덜어 주기 위해 여름 내내 진행된 대대적인 노력의 일환이라는 걸 알고 있었다.

모리건은 그 노력이 고마웠다. 진심이었다. 하지만 가을 학기가 시작되면 호손과 다른 919기 아이들은 원협으로 돌아가 수업을 받고 모리건 혼자 남게 되리라는 사실에는 변함이 없었다. 원로들은 아직 모리건이 원협에 돌아와도 안전할지 판단을 끝내지 못했기 때문에 출입 금지 조치는 유지되어야 한다고 했다. 주피터가 애원하고 회유하고 을러 보기도 하고 버럭버럭 화를 내다가 다시 사정해 보기도 했지만, 아무 소용이 없었다.

"그레고리아 퀸 같은 땅고집은 난생처음 봤다니까." 그날도 주피터는 원로관에 갔다가 소득 없이 돌아와 씩씩댔다(나중에

"땅고집"이라는 단어의 뜻을 찾아본 모리건은 주피터의 말에 틀린 부분이 전혀 없다고 결론 내렸다). "아니, 세상에, 네가 아니었으면 스텔스도 알피를 구하지… 찾아 주지 못했을 거라고."

주피터의 말에 순간 불안한 마음이 들었다. 결국 스텔스는 진정한 의미에서 알피를 *구한* 게 아니었으니까. 적어도 원로들이나, 바즈 찰턴이 보기에는… 아니 대부분의 원협 사람들이 그렇게 생각했다. 주피터의 말에 따르면, 그들 모두 알피가 죽기라도 한 것처럼 행동했다. 하지만 사실 그저 조금 더… 보통 사람에 가까워진 것뿐이었다.

"어쨌든 *살아 있잖아요.*" 모리건은 알피가 비기를 잃었다는 이야기가 화제에 오를 때마다 이렇게 대꾸했다. 주피터는 늘 동조했지만, 내심 위트니스의 능력을 잃게 되면 어떤 기분일지 생각해 본다는 걸 모리건은 알고 있었다.

모리건도 *자신*이 이제부터 원더스미스가 아니라는 말을 듣게 된다면 어떤 기분일까 궁금했다. 현재 상황이 너무 우울했기 때문에, 모리건은 그런 일이 생긴다면 파티를 열 수도 있겠다고 생각했다. 하지만 *주피터*가 동의도 없이 재능을 빼앗긴다면 그 마음이 어떨지 짐작할 수 있었다. 그를 특별하고 중요한 존재로 만드는 능력을 잃는다는 건, 죽음과 비슷한 경험일 터였다.

"혹시… 되찾아 올 수도 있어요? 그러니까 그걸 빼앗아 간 사람을 잡으면 말이에요." 모리건이 물었다.

"누가 그걸 *가져간 게* 맞는지도 확실하지 않아. 그런 게 가능한지 나는 확신이 서질 않거든. 알피에게 들을 수 있는 얘기도 별로 없고. 아직 충격이 가시지 않아서 거의 아무것도 기억을 못 해. 어쩌면, *희망 사항이긴 하지만* 큰 충격 때문에 일시적으로 일어난 현상이라 때가 되면 능력이 돌아올 수도 있어."

"혹시 능력이 돌아오지 않아도 협회에 남아 있을 수 있어요?" 모리건이 물었다.

주피터는 잠시 침묵했다. 모리건의 마음이 불편하지 않도록 적당히 거짓말을 하려는 건가 싶었다. 하지만 주피터는 잘 모르겠다는 듯이 어깨를 으쓱일 뿐이었다.

"솔직히 말하면 잘 모르겠다, 모그. 그건 원로님들이 결정할 문제야."

어쩔 수 없이 여름이 끝나자, 온스털드 교수가 원더스미스라는 존재의 사악함에 대해 따분한 강의를 이어 가기 위해 듀칼리온을 찾아왔다.

듀칼리온의 직원들도 모리건이 온스털드 교수의 수업을 어떻게 생각하는지 잘 알았다(이미 수업에 대한 불평을 꽤 여러 번 늘어놓은 터라 알 수밖에 없었다). 그래도 모리건의 스승이 호텔에서 환대받는다고 느낄 수 있도록 온 힘을 쏟았다.

적어도 모리건이 보기에는 그랬다.

처음에는.

"저희가 협조해 드릴 수 있는 공간이 오늘은 여기밖에 없을 것 같습니다." 첫날 아침, 케저리가 온스털드 교수와 모리건에게 듀칼리온에서 두 번째로 큰 6층 연회장을 보여 주면서 말했다. "다른 방은 전부 사용 중이랍니다. 아시다시피 요즘은 호텔업계가 극성수기지요."

굼벵이 같은 속도로 걷는 온스털드 교수와 보조를 맞추느라 엘리베이터에서 내려 통로까지 나오는 데만 30분 가까이 걸렸지만 케저리는 전혀 개의치 않는 것 같았다. 케저리는 걷는 내내 쾌활하게 떠들었는데, 온스털드 교수가 대답 대신 짜증스럽게 코웃음을 치고 씩씩거리는 게 들리지 않는 모양이었다. 거친 숨을 힘겹게 끌어올리며 연회장을 바라보던 거북원은 끔찍한 충격을 받은 얼굴이었다.

"지금… 나더러… 수업을… 여기 이… 이……."

"―현재 가을 정기 무도회 장소로 준비가 한창인 이 우아한 공간에서 하시면 된다는 거지요, 네." 케저리가 말을 가로채고는 미안하다는 듯 어깨를 으쓱였다. "하지만 걱정하지 마세요. 프랭크가 교수님이 수업하시는 데 조금도 누가 되지 않도록 하

겠다고 약속했거든요. 그렇지, 프랭크?" 프랭크는 연회장 맞은
편에서 자신이 제일 좋아하는 스윙 밴드 이구아나라마의 공연
을 위해 음향 기기의 성능을 점검하고 있었다.

"제가 여기 있는 줄도 모르실 겁니다." 프랭크가 마이크에
입을 대고 쩌렁쩌렁 말했다. 삑 하고 되먹임 소리가 울렸다. 온
스털드 교수가 움찔 몸을 떨었다. "어이쿠, 죄송합니다."

모리건이 가장 힘들었던 건 프랭크가 온갖 엉뚱한 준비를 하
느라 연회장을 누비고 다니면서 정신을 쏙 빼놓고는 연신 "저
는 신경 쓰지 마세요, 저는 신경 쓰지 마세요. 저는 없는 사람
이에요!"를 반복하는 상황에서 원드러스 악행을 장황하게 설명
하는 온스털드 교수에게 집중하려고 노력하는 일이었다. 모리
건은 무표정한 얼굴로 연거푸 세 번 이어진 이구아나라마의 인
기 순위 1위 춤곡, 〈비늘 꼬리를 흔들흔들〉의 연습 무대를 견
뎌냈다. 심지어 거대한 샴페인 거품이 둥둥 떠다니며 서서히
연회장을 가득 채울 때도 조용히 모른 체하며 포악한 원더스미
스 티르 마그누손을 다룬 장 전체를 가까스로 끝까지 읽었다.

하지만 프랭크가 꽥꽥 울어 대는 거위 떼를 몰고 들어오면서
모리건의 무표정한 얼굴과 온스털드 교수의 인내심이 한 번에
날아가 버렸다. 거위들은 검은 재킷을 입고 나비넥타이까지 하
고 있었다.

"무슨… **짓인가**… **이게**?" 따져 묻는 거북원과 달리 모리건은

킥킥 웃음을 터뜨렸다.

프랭크가 두 사람을 돌아보더니 천진난만 그 자체인 얼굴로 말했다. "이런, 죄송합니다, 교수님. 하지만 누군가는 음식 공급 담당 직원을 교육해야 하거든요!"

다음 날 케저리는 온스털드 교수와 모리건을 동관에 있는 미술 작업실로 안내했다. 유성페인트와 송유(* turpentine, 소나무에서 증류 방식으로 얻는 정유로 유화의 희석제로 사용 – 옮긴이) 냄새가 지독하게 풍겼지만, 케저리는 창문을 활짝 열고 이곳에는 나비넥타이를 맨 물새가 없다고 친절하게 설명해 주었다.

하지만 그곳은 음악 살롱과 가까워서, 챈더 여사가 툭하면 통로를 오가며 아리아를 연습했다. 챈더 여사의 천사 같은 목소리가 작업실을 넘나들 때마다 다람쥐, 파랑새, 오소리, 여우, 들쥐 등이 그 저항할 수 없는 소리에 이끌려 열어 놓은 창문으로 우르르 몰려들었다. 온스털드 교수는 모리건에게 창문을 닫게 했다. 하지만 페인트 냄새는 점점 독해졌고 동물들은 계속 몰려와서 유리창을 긁으며 들여보내 달라고 낑낑 울어 댔다.

마사는 매일 점심마다 두 사람에게 식사를 준비해 주었는데, 온스털드 교수가 몇 번 투덜투덜하는 소리를 들은 다음에야 모리건은 마사가 일부러 교수에게 먹기 불편한 음식을 만들어 주었다는 사실을 알게 됐다. 수프가 너무 차갑거나, 빵이 너무 오래됐거나, 차가 너무 연한 식이었다. 모리건에게는 언제나 포장지로 감싼 초콜릿이나 아이싱을 입힌 작은 벌꿀 케이크를 후식처럼 곁들여 주었지만, 온스털드 교수에게는 달콤한 간식을 단 한 번도 건네지 않았다. 눈에 띄지 않을 만큼 아주 사소한 행동이었지만, 마음이 여리고 다정한 마사로서는 전면전을 선포한 거나 다름없었다. 모리건은 그런 마사가 너무 좋았다.

그 주 내내 매일매일 공부방이 바뀌었고 갖가지 새로운 방해꾼과 골칫거리가 등장했다. 모리건은 곧 직원들이 왜 이런 일을 벌이는지 그 이유를 정확히 알게 됐다. 수영장에서 파티를 즐기고 열기구를 탔을 때보다 훨씬 기운이 났다. 아침마다 침대에서 발딱 일어나, 오늘은 또 어떤 일을 벌여 온스털드 교수를 폭발하게 만들지 신이 나서 구경을 하러 나갔다.

호텔 듀칼리온의 훼방꾼 중 *백미를 장식한* 주인공은 물론 피네스트라였다. 금요일 아침, 모리건과 온스털드 교수가 그날의 교실로 결정된 곳(사용하지 않는 8층 배드민턴장)에 들어가 자리를 잡고 수업을 시작했을 때 피네스트라가 어슬렁어슬렁 걸어들어왔다. 피네스트라는 한마디도 하지 않았지만, 모리건 뒤에 앉아 모리건의 정수리 위로 온스털드 교수를 노려보며 험악하게 가르랑거렸다. 그 소리에 바닥이 진동했다.

만일 다른 누군가 수업을 방해했다면 온스털드 교수는 *당장 나가라*고 요구했을 것이다. 하지만 피네스트라는 뭘 요구할 마음 같은 걸 먹게 하는 그런 고양이가 아니었다.

그날 저녁, 배달원이 모리건 앞으로 발송된 상아색 봉투를 들고 찾아왔다.

> 크로우 학생에게,
>
> 원로 전원은 학생의 원드러스협회 출입 금지 결정을 재고하기로 하였습니다. 신중한 검토 끝에, 그리고 이번 일주일 동안 학생의 행동을 지켜본 결과 위협을 느낄 여지가 전혀 없었다고 확인해 주신 온스털드 교수님의 강력한 권고를 받아들여, 크로우 학생의 원협 복귀를 기꺼운 마음으로 요청하며, 아울러 매주 월요일 마일드메이 선생의 〈네버무어 판독〉 수업에도 재참여할 수 있음을 정식으로 알려 드립니다.
>
> 말할 필요 없이, 우리는 계속해서 학생의 행동을 면밀히 주시할 것입니다.
>
> 부디 우리에게 실망을 안겨 주는 일이 없기를 바랍니다.
>
> 건투를 빕니다.
>
> 원로 그레고리아 퀸

18장

수수께끼와 백골

2년, 가을

역으로 통하는 문 위, 작은 원에 둘러싸인 W 글자에 불이 켜졌다. 모리건은 꼬박 1분 동안 가만히 서서 은은하게 맥박 치는 불빛에 맞춰 숨결을 고르다가, 마침내 마음을 단단히 먹고 손끝의 인장을 불빛 위로 가져갔다.

문이 활짝 열리자 옹기종기 모여 있는 얼굴들이 보였다. 모리건이 예상한 것과 거의 일치하는 표정들이었다. 적어도 케이든스와 호손만큼은 반가워하는 것 같았다. 다른 아이들은 기껏

해야 어색해하며 경계하는 정도였고, 최악은 대놓고 적대감을 표하는 얼굴이었다.

지난 한 주를 생각하면, 모리건은 아이들을 탓할 수 없었다.

그동안 있었던 일은 지난 주말에 케이든스와 호손에게 들었다. 모리건이 없는 닷새 동안 새로운 요구를 담은 쪽지가 *네 번*이나 줄줄이 날아들었다.

처음 쪽지를 받은 마히르에게 떨어진 요구는, 불경한 말을 서로 다른 서른일곱 개 언어로 써서 언어의 전당Hall of Tongues을 도배하라는 것이었다. 다음으로 호손은 용 우리 한 칸을 불태워야 했는데, 호손이 이야기하는 모습을 보니 그 요구 사항을 꽤 즐긴 것 같았다.

"아무도 의심을 안 한다니까! *장작 난로 천 개의 불길로 타올라가 그 칸에서 자거든. 그 녀석 탓이라고 했지. 녀석한테 끔찍한 가스가 있어서 원래 그렇게 타올라.*"

아나는 자신이 저지른 범죄에 깊은 충격을 받았다. 원협 부속병원에서 의약용품을 훔쳐야 했기 때문이었다(케이든스가 수술용 장갑 몇 개와 환자용 변기 한 개가 다였다고 말했지만, 아나는 그 뒤로 한 주가 지나도록 자신을 길러 주신 수녀님들이 해 주던 말을 꺼내며 울고불고했다).

최악의 요구를 받은 사람은 아칸이었는데, 다름 아닌 디어본의 머리카락 몇 올을 훔치라는 것이었다. 모리건이 듣기엔 용한테서 비늘을 훔치는 것만큼 위험한 일 같았다.

케이든스도 숙연한 얼굴로 말했다. "아칸이 겁에 질린 걸 보고 저러다가 죽겠구나 싶었어. 그런데 구해 왔더라. 그러고 나서 죄책감이 든다고 익명의 사과 쪽지를 써서 눈에 띄라고 프라우드풋 하우스 계단 위에 둔 게 문제지만. 멍청이."

"그날부터 선생님은 전쟁 가도를 달리고 있지." 호손도 투덜거렸다.

모리건은 냉랭한 얼굴을 한 동기들에게 다가갔다.

"안녕. 음, 잘들 지내니?" 모리건이 소심하게 손을 흔들어 인사했다.

"아, *환상적이야.*" 타데가 모리건을 노려보며 말했다. "우리 모두 엄청난 위험을 무릅쓰고 네 비밀을 지키고 있어. 넌 어때? 고급스러운 호텔 집에서 즐거운 한 주를 보냈겠지?"

"닥쳐, 타데." 호손이 말했지만, 그 목소리는 *칙칙* 홈트레인이 도착하는 소리에 묻혀 버렸다. 모리건은 한숨을 쉬며 타데와 아이들이 객차에 오르는 모습을 지켜보았다. 그러는 동안 누구 하나 모리건에게 눈길을 주는 아이는 없었다.

아마도 얼마 전 디어본이 예정에 없던 시험 일정을 잡아 통보한 일로 더 화가 나 있는 것 같았다. 아이들은 갑작스럽게 시험을 치르게 된 이유가 머리카락 절도 사건 때문이라고 추측했다. 통보를 받은 그 날이 바로 시험이 시작되는 첫날이었다.

모리건은 다른 아이들에 비해 편하게 지냈다. 시간표에 수업이 달랑 두 개밖에 없는 덕에 누리는, 장점이라면 유일한 장점이었다. 온스털드 교수가 들고 오는 시험지는 따분하고 뻔했다. 어마어마하게 두꺼운 책자에 장황한 질문을 꽉 채운 게 그의 시험이었는데, 예를 들면, "역사상 최악의 원더스미스 세 명의 이름을 적고, 그들이 저지른 가장 사악하거나 어리석은 행위를 순위대로 적으시오"나 "독살자 연대의 대전쟁Great War이 전적으로 원더스미스의 책임인 까닭은 무엇인가? 스물일곱 가지 사유를 열거하시오" 같은 질문이었다. 모리건은 꼬박 사흘 동안 답안지를 작성했다.

그 주 후반에 있던 〈네버무어 판독〉 시험은 훨씬 어려웠지만, *훨씬* 재미있었다.

"좋아, 아홉 명 전원이 다 모였구나, 잘 들어!" 프라우드풋역에 선 마일드메이가 재잘거리며 떠드는 소리 사이로 말했다. 그가 한 손가락을 입술에 가져다 대자 아이들이 조용해졌다. "목요일의 잠자리에 들 시간이 **한참** 지났다는 거 나도 알아. 아마 새벽이라 조금 피곤하고 멍할 거야. 하지만 진정해, 알겠지? 마지막으로 한 번만 더 규칙을 살펴—"

케이든스가 낮은 신음을 뱉었다. "벌써 살펴봤잖아요."

"내가 하자는 대로 해 줘. 자, 다 같이 말해 보자. 규칙 하나."

"브롤리 레일과 원더철, 이륜마차, 버스는 타지 않는다." 아이들이 낮게 윙윙대며 한목소리로 대답했다.

마일드메이가 두 번째 손가락을 폈다. "규칙 둘은?"

"모르는 사람과 말을 하거나 방향을 묻지 않는다."

"규칙 셋은?"

"지도와 관광 정보지를 보지 않는다."

"넷?"

"동트기 전까지 전원이 안전하고 건강하게 돌아온다."

마일드메이가 손을 들고 다섯 손가락을 모두 폈다. "그리고 마지막 다섯은?"

"한 사람의 실패는 전체의 실패다."

마일드메이가 고개를 끄덕였다. "그래, 잘했어. 이 시험에 통과하려면 팀 전체가 일출 전까지 돌아와야 해. 지금부터 세 시간 뒤야." 그는 아이들을 차례차례 둘러보았다. "개인이 아니라 팀 **전체**야. 합격점을 받고 싶으면 서로 힘을 모아야 해. 그리고 명심해. 세 팀 가운데 한 팀이라도 실패하면, 919기 전체가 실패하는 거야. 알아들었지?"

돌아오는 대답은 우물쭈물 어름거리는 소리뿐이었다.

마일드메이는 우렁찬 대답이 아니면 무시하기로 했는지 싱긋 웃었다. "아주 좋아! 자, 팀별로 레일포드를 타면 각자 출발점으로 이동할 거야. 이 놀라운 야생의 도시 어딘가에 있는 원더철역이야. 타 보면 알겠지만, 그 열차는 창이 없어서 너희가 어디로 가는지 알 수 없어. 도착하고 나면 첫 번째 단서를 찾게 될 텐데, 그 단서를 통해 다음 장소로 이동하면 되고, 또 그곳에서 두 번째 단서를 찾아서 이동하고… 팀당 단서는 세 개씩인데, 이 세 가지 단서를 모두 가지고 제한된 시간 안에 돌아오면 합격이야. 잊지 마. 이건 너희가 네버무어에서 길을 찾는 능력을 알아보는 시험이자, **동시에** 협력 능력을 검증하는 시험이야. 혼자 뒤처지는 학생이 있어서는 안 돼. 알아들었지? 좋아. 출발."

첫 번째로 케이든스와 아칸, 그리고 램버스가 줄을 서서 공처럼 둥근 형태의 황동 레일포드에 탑승했다. 타데와 아나, 그리고 호손은 두 번째 레일포드에 올라탔다. 마일드메이가 문이 닫히는 구체를 향해 손을 흔들며 "행운을 빈다!" 하고 크게 외쳤다.

모리건은 마일드메이가 동기들 가운데 유일하게 자신을 좋아하는 두 친구와 한 팀에 넣어 주길 바랐지만, 역시나 그런 운은 따르지 않았다. 모리건과 프랜시스, 그리고 마히르는 세 번째 레일포드에 탔다. 냉랭하고 어색한 침묵을 견디며 거의 45분여를 달렸다.

어느 순간 모리건은 열차가 *너무 멀리* 이동한다는 걸 깨달았다. 다른 두 아이도 똑같이 느꼈는지 안절부절못하고 있었다. 아마 네버무어 끝자락까지 온 것 같았다. 프라우드풋역까지 돌아가야 하는 제한 시간은 이제 세 시간에서 두 시간으로 줄어 있었다.

이윽고 열차가 정차한 곳은 지상에 세워진 원더철역이었는데, 역이라기보다는 선로가 지나가는 길에 만들어 놓은 콘크리트 승강장에 더 가까웠다.

열차에서 내리자 시원한 밤공기가 세 아이를 맞았다. 밖은 컴컴했다. 역은 이미 문을 닫은 상태였다. 이 시간에는 원협 전용 열차와 레일포드만 운행했다(이 역시 원협 입회를 통해 누릴 수 있는 특권 중 하나였다). 하늘은 구름 한 점 없었고, 별은 밝게 반짝였다. 빛 공해가 심한 네버무어 도심에서는 쉽게 볼 수 없는 모습이었다.

모리건은 숨을 깊이 들이마셨다. 공기도 더 깨끗하고 상쾌한 것 같았다. 역 표지판에는 폴라리스힐Polaris Hill이라고 적혀 있었다. 이로써 의심이 확신으로 바뀌었다. 열차는 멀리 외곽에 위치한 자치구 중 하나인 베텔게우스Betelgeuse까지 온 것이었다. 모리건은 얼굴을 찡그렸다. 동트기 전까지 베텔게우스에서 올드타운으로 어떻게 돌아가지?

"저기 첫 번째 단서가 있어!" 마히르가 역사 벽을 가리키며 말했다. 마히르가 가리킨 곳에 919라는 숫자가 적힌 작은 봉투가 붙어 있었다. 프랜시스가 먼저 가서 봉투를 열고 안에 들어 있는 내용을 소리 내어 읽었다.

"밤의 정원, 살인자의 기쁨, 겁쟁이를 위한 무기, 꽃에 의한 죽음."

"그게 무슨 뜻이야?" 마히르가 물었다.

모리건이 천천히 두뇌를 가동했다. *밤의 정원… 꽃에 의한 죽음.* "사람을 죽일 수 있는 꽃은 어떤 꽃이지?"

"어… 독이 있는 꽃?" 프랜시스가 자신 없이 말했다.

마히르가 흥분해서 눈을 동그랗게 떴다. "아니야. 이빨이 달린 무시무시하게 큰 파리지옥 같은 거야! 남쪽 우림에 있는 건 사람을 통째로 먹어."

"하지만 거긴—" 모리건이 말을 하려다 말고 외쳤다. "아! 아니야, 프랜시스 말이 *맞아. 겁쟁이를 위한 무기.* 그건 독을 말*하는 거야!* 우리는 독이 있는 꽃이 자라는 곳으로 가야 해. 거기가 *밤의 정원*이야. 그럼 어디를 말하는 거지?" 모리건이 재빨리 손가락을 꼽으며 네버무어의 녹지를 떠올렸다. "올드타운에 정원 조성 지대가 있어. 성 거트루드 녹지St Gertrude's Green. 음… 옥스버로 벌판Oxborrow Fields, 거기는 사실 꼭 정원이라고 할 수는 없지만……."

프랜시스가 손가락을 튕기며 말했다. "엘드리치 살육정원 Eldritch Murdergarden! 거기에 우리가 알 만한 독초가 거의 다 있어. 전에 거기서 죽음의 모자(* death caps, 광대버섯을 말함. – 옮긴이)를 산 적이 있어. 안에 작은 상점도 있거든."

모리건이 코를 찡그렸다. "그런데 '죽음의 모자'가 뭐야?"

"독버섯이야. 사실 되게 맛있는데… 정말 아주, 아주 조금만 넣으면."

마히르가 프랜시스를 향해 눈을 깜박깜박하며 말했다. "독버섯을 샀단 말이야? 살육정원이라는 곳에서?"

프랜시스가 대수롭지 않다는 듯이 어깨를 으쓱이고 다시 말했다. "거기 작은 상점이 있어."

모리건은 두 가지를 마음에 새겨 두었다. 첫째, 앞으로 프랜시스가 주는 건 절대 먹지 말 것. 둘째, 네버무어에 독풀을 키우는 정원이 있다는 사실을 도대체 왜 말해 주지 않았는지 주피터에게 물어볼 것. 정말이지, 그런 게 완전히 모리건의 취향인 줄 알면서.

"밤의 정원, 살인자의 기쁨. 거기가 틀림없어. 여기가 베텔게우스니까, 엘드리치는 동쪽으로 가야 한다는 뜻인데, 그럼…" 모리건이 말을 멈추고 머릿속에 실황 지도를 그려 보았다. "프랜시스, 살육정원에서 제일 가까운 원더철역이 어디야?"

"올드말로우거리Old Marlow Road에 있어."

"거기에 가면 정원까지는 네가 길을 찾아갈 수 있어?"

프랜시스가 잠시 미간을 찌푸렸다가 이내 고개를 끄덕였다. "응, 갈 수 있을 것 같아."

"마히르, 해가 뜨려면 얼마나 남았지?"

마히르가 시계를 들여다보았다. "한 시간 반. 우린 안 될 것 같아."

"그런 소리 하지 마." 프랜시스가 초조한 듯 외투 앞자락을 비틀어 댔다. "시험을 통과하지 못하면 헤스터 고모가 나를 가만두지 않을 거야."

모리건은 인정하고 싶지 않았지만, 사실 마히르의 말이 옳았다. 동트기 전까지 모든 과제를 수행하고 원협으로 돌아갈 수 있을지, 방법이 보이지 않았다. 대중교통도 이용할 수 없는데 어딘지 모를 곳에서 두 개의 단서를 더 찾아야 했다.

하지만. 고작 두 개뿐인 시험 중에서 하나를 망치고 싶지는 않았다. 그렇게 되면 디어본은 자신이 옳다는 게 증명되었다고 생각할 게 뻔했다. 끔찍한 모리건 크로우는 *실패한 실험*이고, 제대로 된 교육을 받을 자격이 없다고 여길 것이다.

모리건은 망토 소매를 걷어붙였다. "우리는 **해낼** 거야. 너희 둘 다 편한 신발을 신고 왔길 바라."

세 아이는 엘드리치 살육정원 입구까지 쉼 없이 달렸다. 달리는 데만 황금 같은 20분을 썼다. 그사이 마주친 생명체라고는 시끄러운 붉은여우 두 마리와 상점 진입로에 옹기종기 모여 있는 노숙자 몇 명, 그리고 타다닥 맹렬한 속도로 지나가는 세 아이 때문에 간이 콩알만 해진 청소부 한 명이 전부였다.

시간이 늦어 정원 입구의 검은 문은 잠겨 있었지만, 해골과

엑스자로 된 뼈 모양으로 독극물 표시를 한 은색의 경고 그림 틈새에 꽉 물려 있는 또 하나의 "919" 표시 봉투가 보였다. 마히르가 봉투를 잡아채서 큰 소리로 읽었다.

"동도 아니고 금도 아니지만, 오래된 집들. 윤택한 부, 의문스러운 도덕성."

"이번에도 수수께끼야." 모리건이 말했다. "동도 *아니고 금도 아니지만.* 음, 그럼 은 아니야?"

"*오래된 집들.* 이건 별로 명확하지 않아." 프랜시스가 말했다. "오래된 집이라면 널리고 널린 게—"

"아!" 마히르가 외쳤다. "장로가들Grand Old Houses!"

"장로가?" 모리건이 물었다.

"실버 지구에 있는 오래된 집안들이야." 마히르가 말했다. "사람들이 그렇게 불러. 세인트 제임스 장로가, 페어차일드 장로가… 전부 부자고 심술궂은 귀족들이야. *윤택한 부, 의문스러운 도덕성.* 말이 되지 않아? 그런데 거기까지 어떻게 가야 할지 전혀 모르겠어."

"나도 마찬가지야." 프랜시스가 말했다. "원더철을 타지 않으면 방법이 없어."

모리건은 눈을 감고 머릿속에 다시 실황 지도를 그려 보려고 애썼다. 전에 어디선가 실버 지구를 본 적이 있었다. 머릿속에 물이… 운하가 그려졌다. 소용돌이치는 안개 사이로 흘러가는 고깃배도…….

"실버 지구는 오그덴온주로Ogden-on-Juro에 있어!" 모리건이
의기양양하게 말했다. "거기는 주로강 속으로 가라앉고 있는
자치구야. 실황 지도에서 봤어."

"거길 *어느 세월에 가.*" 프랜시스가 살육정원 문에 털썩 주
저앉자 문이 쨍그랑 울려 댔다. "거기까지 뛰어가려면 한 시간
은 걸릴 거야. 한 시간 동안이나 뛰는 건 못 한다고!"

"거봐." 마히르도 문에 기대더니 그대로 주르륵 미끄러지면
서 으악 하며 바닥에 주저앉았다. "해 뜨기 전까지 원협에 절대
못 간다니까. 지금 포기하는 편이 나아."

"정신 좀 차려." 모리건이 두 친구에게 버럭 내질렀다. 실황
지도에서 보았던 게 한 가지 더 떠오른 참이었다. "너희 둘 다
이런 자세로 작년 평가전은 어떻게 통과한 거야? 일어나서 따
라와. 나한테 기가 막힌 생각이 있어!"

———◆———

"너무 끔찍한 계획이야." 프랜시스가 바람을 가르며 소리
쳤다.

"맞아." 모리건도 인정했다.

"그렇지만 아까는—"

112

"거짓말이었어."

마히르가 낮은 신음을 내뱉었다. "벌써 10분이나 기다렸어. 안 오잖아! 이러다가 여기서 얼어 버리겠어. 우리 그냥—"

"와. 올 *거야*." 모리건이 말했다. "한 시간마다 지나가. 1분만 더 기다려 보자. 날 믿어."

모리건은 생강색 턱수염을 기른 어떤 미치광이 남자 같은 불굴의 생명력을 끄집어내려고 최선을 다했다. 하지만 점점 메스꺼워지는 속을 가라앉히기 힘들었다. 모리건은 프랜시스와 마히르와 함께 백 주년 다리Centenary Bridge 난간 위에 서서 위태위태하게 균형을 잡으며 저 아래에 있는, 깊이를 가늠할 수 없는 주로강의 검은 강물을 들여다보고 있었다. 그러다가 머리를 쥐어짜며 다른 계획을 생각하기 시작했다. 바로 그때, 다리 밑에서 빠른 속도로 물살을 가르는 쓰레기 바지선의 뱃머리가 시야로 들어왔다. 불안감이 한 번에 날아갔다.

"셋 셀 거야." 모리건이 흐르는 강물의 소리를 누르며 내질렀다. "준비됐지?"

"아니." 마히르가 외쳤다.

"아니." 프랜시스가 메아리처럼 답했다.

"바로 그거야. 하나, 둘, **뛰어!**"

프랜시스와 마히르가 뛰어내렸다. 모리건이 양팔로 두 아이의 팔을 으스러지게 붙잡고 있었기 때문에 다른 선택의 여지가 없었다.

쉴 새 없이 소리를 지르며 떨어지던 세 아이는 썩은 냄새가 진동하는 푹신한 쓰레기 더미 위에 안착했다.

"왝. 모리건, 난 **절대**" 프랜시스가 일어서려다가 오히려 넘어지는 바람에 쓰레기 더미 아래로 미끄러졌다. 그러면서 쓰레기 산사태를 일으켜 모리건과 마히르까지 뒤따라 미끄러져 내려오게 했다. "**이번 일은 절대 용서하지 않을 거야.**" 프랜시스가 모리건을 노려보며 하려던 말을 마쳤다.

"시험을 통과하면 용서하게 될 거야." 모리건은 툴툴대며 일어나려고 허우적거렸다. 솔직히 자신에게 조금 짜증이 났다. 왜 항상 쉽고 기분 좋은 방법을 생각해 내지 못하는 걸까?

하지만 바지선은 원더철보다도 빠른 속도로 달려 오그덴온주로에 도착했다. 비록 어느 지점에서 물속으로 뛰어들어 강가까지 헤엄쳐 나와야 했지만, 차가운 주로강 덕분에 옷에 뱄던 역겨운 쓰레기 냄새도 *대부분* 씻겨 내려갔고… 물론 그래서 셋다 홀딱 젖고 꽁꽁 얼 정도로 추웠다.

"초, 초록의 터, 터널, 여, 여왕에게 어… 어, 어울린다. 와, 와, 왕…" 가라앉는 실버 지구를 에워싼 호사스러운 은색 문에 붙어 있던 봉투를 찾은 프랜시스가 몸을 덜덜 떨며 파란 입술로 쪽지를 읽었다.

"아, 여, 여기, 내, 내가 읽을──" 모리건은 이를 덜덜 떨며, 얼어붙어 잘 움직이지 않는 손가락으로 프랜시스에게서 쪽지를 가져오려고 애썼다. "초록의 터널, 여왕에게 어울린다. 왕만 홀로. 뼈, 뼈의 묘지."

마히르가 불쑥 말했다. "나, 나무가 늘어선 가로수길. 퀸즈히스Queen's Heath(* heath, 우리 말로 황야를 뜻하며, 음차하면 히스로 읽음. – 옮긴이)야. 거기 화, 황야 사이로 길이 나 있고, 나무를 심어서 저, 전부 무성하게 자랐거든."

"퀸즈히스." 모리건은 발을 동동 구르고 두 손을 맞비비며 억지로 온기를 잡아 두려고 애썼다. "거긴 셉템버린 여왕Queen Septemberine의 사, 사냥터였잖아. 맞지? 왕이 여섯 명인가 이, 일곱 명 바뀌기 전에. 『네버무어 야만 행위의 역사』에서 그 여왕 이야기를 읽었어."

"뼈의 묘지!" 마히르가 말했다. "네 말이 맞아. 그 책에 보면 셉템버린 여왕이 살아 있는 동안에는 아무도 그 황야에 들어가지 못했다는 내용도 나와 있어. 왕이 홀로. 딱 맞아!"

"그런데 퀸즈히스는 하이월Highwall에 있잖아. 자치구 두 개 건너 북쪽이야. 우린 시간이 없어." 프랜시스가 실망스러운 얼굴로 말했다.

모리건이 다급하게 말했다. "길을 알 것 같아. 스피츠노글 거리Spitznogle Street야. 여기 오면서 거길 지났어. 두 블록만 되돌아가면 돼. 실황 지도에는 거기가 사기꾼도로라고 표시되어 있어. 이건 *확실해.*"

마히르는 놀란 얼굴이었다. "그걸 어떻게 알아?"

"특이지형을 외워 뒀어."

마히르가 눈을 휘둥그레 떴지만, 모리건은 별일 아니라는 듯 어깨를 으쓱였다. "음, 전부 다 외운 건 아니야. 아직은. 하지만 교묘한 길 대부분이랑 사기꾼도로도 몇 개… 그리고 마일드메이 선생님이 사기꾼도로에 대해 얘기해 준 거 기억나? 그 길은 우리를 삼켜서 어디 다른 곳에, 몇 킬로미터 떨어진 곳에 뱉어 놓기도 한다고 했잖아. 우리가 세 번째 단서를 찾은 장소와 이렇게 가까운 곳에 사기꾼도로가 하나 있다는 게 그냥 우연일 리 없어. 스피츠노글로 들어가야 한다는 데 너희가 걸라고 하는 거 다 걸게. 장담하는데 그 길로 가면 퀸즈히스가 나올 거야… 아니면, 어쨌든 더 가까워질 거야."

"하지만 마일드메이 선생님이 교묘한 길에는 들어가지 말라고 했어. 게다가 사기꾼도로는 아직 제대로 배우지도 않았잖아. 위험할지도 모를 일을 시험 도중에 하도록 만들지는 않았을 거야." 프랜시스가 반대하고 나섰다.

모리건이 한숨을 쉬었다. "아, 제발 좀. 프랜시스, 아직도 협회를 모르겠어? 그들은 이게 위험한지 어떤지 *신경* 안 써. 우리가 그걸 배웠는지 안 배웠는지 *관심* 없다고. 협회는 밑그림 안쪽에만 색칠하는 사람들이 아니야. 우리한테 바라는 건 그런

게 아니라고."

"안쪽에 색칠… 지금 무슨 말을 하는 거야?" 마히르가 물었다.

"때때로 어떤 규칙을 따르고 어떤 규칙을 깰 건지 알아야 할 때가 있어." 모리건은 언젠가 주피터에게서 들었던 이야기를 떠올리며 말을 이었다. "언제 계획대로 움직여야 하고, 또 언제 즉흥적으로 결정해야 하는지 말이야."

"그렇지만 우리는 *계획이 없잖아*." 프랜시스가 힘없이 말했다.

"바로 그거야." 모리건이 말했다. "그러니까 즉흥적으로 결정할 때라는 거지."

스피츠노글 거리는 길고 좁고 어두웠다. 그 끝에 무엇이 있는지 알아내는 건 불가능했다. 모리건은 프랜시스와 마히르를 양옆에 두고 입구에 서 있었다. 손이 떨렸다. 자신이 냈던 묘안이 조금 후회되기 시작했다.

"그래." 모리건이 말했다. "그러니까 우린 이제……."

"네가 먼저 가." 공포심에 질린 프랜시스가 새된 목소리로 말했다.

"그래." 모리건은 같은 말을 되뇌었다. "물론 그래야지."

모리건은 머뭇거리며 어둠 속으로 한 발을 내딛고, 또 한 발을 내디뎠다. 그러다가 머리를 한 번 흔들고, 어차피 모 아니면 도라고 생각했다.

깊고 길게 숨을 몰아쉰 모리건은 달리기 시작했다. 컴컴한 골목길을 쿵쿵 달리다 보니 저 앞에, 작지만 환한 빛이 보였다. 됐어. 모리건은 속도를 올려 골목 밖으로 나왔다.

그곳은 실버 지구의 스피츠노글 거리 맞은편이 아니었다.

하이월의 퀸즈히스도 아니었다.

정말, 어느 곳도 아니었다.

모리건은 벽돌에 코를 찧기 전에 간신히 달리기를 멈추었다. 골목 끝에는 높이 솟아오른 담이 모리건의 앞을 막고 있었다. 담은 모리건이 보는 앞에서 계속 높아졌다. 3미터 반이 되었다가 4미터를 넘어가더니 다시 6미터로⋯⋯.

모리건은 한숨을 쉬며 벽돌을 빤히 바라보다가, 어쩔 수 없이 마히르와 프랜시스에게 자신이 틀렸다고 말하기 위해 뒤로 돌아서려고 했다. 그때 모리건이 달려왔던 방향에서 낮고 길게 삐걱거리는 소리가 들렸다. 덜커덕, 덜커덕 하는 익숙한 소리와 크르르륵 무언가 자갈길을 따라 끌려가는 불안한 소리였다.

모리건은 목이 바짝 타들어 갔다. 더러운 강물과 썩은 살에서 풍기는 끔찍한 냄새가 콧속을 가득 채웠다. 숨 막힐 듯한 냉기가 슬금슬금 기어가듯 가슴을 통해 서서히 번졌다. 천천히 돌아서자, 두 번 다시 마주치고 싶지 않았던 것이 눈앞에 있었다.

해골단. 백골이었다.

이번에는 하나가 아니었다. 한 무리였다. 최소한 스물서넛, 아니 그보다 더 많아 보이는 백골들이 모리건을 쫓아 골목 입구에서 떼를 지어 들어오고 있었다. 서로 어깨를 밀치고, 벽에 부딪히며 한 줄에 넷씩 밀려들었다. *덜커덕, 덜커덕, 크르르륵. 덜커덕, 덜커덕, 크르르륵.*

모리건이 기억하는 대로, 그리고 마일드메이가 묘사했던 것처럼, 백골은 사람과 우니멀의 뼈가 아무렇게나 합쳐진 형체였다. 수 세기에 걸쳐 주로강 바닥에 던져진 사체와 우연히 그 부근에서 운명을 같이하게 된 무수히 많은 어떤 것이 모여들어 만들어진 결과물이었다.

어떤 백골은 팔이 있어야 할 자리에 녹슨 우산대가 꽂혀 있었고, 또 다른 어떤 백골은 수초에 감긴 부식된 쇼핑 카트를 발 대신 달고 굴러왔다. 개중에는 인간의 골격 위에 자그마한 고양이 머리처럼 생긴 두개골을 얹고 다니는 것도 있었다. 얼핏 웃기는 모양새였지만, 모리건은 웃고 싶은 마음이 조금도 들지 않았다.

찜찜름한 냉기에 가슴이 타는 듯했다. 숨을 쉴 때마다 온몸이 들썩였다. 모리건은 눈을 질끈 감았다. 힘없는 자신에게 분노가 치밀었다. 나는 *원더스미스*가 아닌가? 원더스미스라면 할 수 있는 걸 나는 왜 못하지? 에즈라 스콜이 내 앞에서 했던 그 일을 왜 나는 할 수 없지? 왜 아무도 *나에게* 방법을 가르쳐 주지 못했지?

위험한 생각이었다. 절대 입 밖으로 꺼내지 않을 말이었다. 하지만 그 순간 모리건은 난생처음으로 아주 간절히 진짜 원더스미스가 되고 싶었다.

마치 그 생각이 불러내기라도 한 것처럼, 백골들의 뒤쪽 어딘가에서 커다란 말 울음소리가 들려왔다. 이어서 시끄러운 말발굽 소리가 천둥처럼 울렸다. 골목 저쪽에서 검은 연기의 사냥꾼이 마치 아무것도 없다는 듯이 백골의 무리를 가르며 앞으로 나아왔다.

모리건은 숨이 턱 막혔다. 보는 순간 알 수 있었다. 연기와 그림자 사냥단이 돌아왔다. 모리건은 몸을 떨며, 에즈라 스콜이 남겼던 마지막 말을 기억했다. *두 번째 수업은 네 요청이 있을 때 바로 시작할 거야.*

모리건의 바로 앞에 멈춘 사냥꾼은 점점 부푸는 것처럼 보였다. 마치… 마치 *모리건을 보호하려는* 것처럼, 마치 모리건과 기괴한 뼈다귀 괴물 사이에 방패막이를 만드는 것처럼.

검은 그림자 말이 앞발을 들고 서서 콧구멍으로 맹렬한 증기를 뿜었다. 빨간 두 눈은 불처럼 타올랐다. 천둥을 치는 것처럼 네 개의 말발굽이 다시 자갈길을 밟고 서자, 거대해진 검은 연기의 사냥꾼이 말 등에 올라탄 채로 상체를 숙여 모리건에게 손을 내밀었다.

속이 타들어 갈 듯 답답해진 모리건은 그제야 자신이 숨을 쉬지 않고 있다는 걸 깨달았다. 벌컥벌컥 차가운 공기를 들이마시자 목에서 쿵쿵 맥박이 울렸다.

손을 내민 사냥꾼은 가만히 기다렸다.

위협도, 명령도 없었다.

초대였다.

모리건은 가로막힌 담벼락 쪽으로 뒷걸음치며 고개를 저었다. "나, 나는 너하고는 아무 데도 안 가."

사냥꾼은 아무 말도 하지 않았다. 자신이 타고 있는 말과 똑같은 눈이 빙글빙글 소용돌이치더니 액체로 된 잉걸불처럼 빛났다. 마치 용암 같았다. 기다리기 지루했는지 말이 쿵 발을 굴렀다.

"너하고 같이 안 가!" 모리건이 다시 소리를 질렀다.

사냥꾼은 이번에도 아무 말이 없었지만(말할 수 있는 입이 있는지도 확실치 않았다), 덜거덕거리는 백골 떼가 모여 있는 쪽으로 아주 살짝 방향을 틀었다가 다시 모리건을 향해 조롱하듯 연기 자욱한 검은 머리를 비스듬히 기울였다.

그것도 일리는 있네. 모리건은 참담한 심정으로 생각했다.

선택의 여지가 없었다. 심장이 쿵쿵 뛰었다. 모리건은 팔을 뻗어 연기 자욱한 손을 쥐었다. 딱딱한 공기를 만지는 것처럼 괴상망측한 촉감이었다. 사냥꾼이 거의 아무런 힘도 들이지 않고 모리건을 안장 위로 끌어 올리자마자 말이 백골 떼를 뿔뿔이 흐트러뜨리며 질주하기 시작했다.

19장

가로챈 순간들

이번에는 달랐다. 연기와 그림자 사냥단은 전에도 모리건을 납치한 적이 있었다. 작년 겨울, 모리건이 원드러스협회의 마지막 평가전을 치르고 난 뒤였다. 그때는 검은 연기로 이루어진 바다의 물결 속으로 던져진 것 같기도 하고, 그림자의 허리케인에 휩쓸려 간 것 같기도 하고, 끝없이 이어지는 어지러운 터널 속을 구르고 또 구르는 것 같기도 한 느낌을 받으며 사냥단에게 끌려가 고사메르 노선 승강장으로 떨어졌다. 사냥단은 모리건을 원더스미스의 발아래 데려다 놓았다. 마치 개가 죽은 쥐를 물어다 주인 앞에 바치는 것처럼.

하지만 잉걸불 같은 눈을 한 거대한 사냥꾼 앞에 안장을 깔고 앉은 지금, 모리건은 마치 시위를 떠난 화살이 된 기분이었다. 모리건과 사냥꾼이 탄 말은 고사메르를 통해 날아가는 것처럼 믿을 수 없는 속도로 움직였다. 그들이 지나온 길을 따라 도시의 불빛이 물줄기처럼 이어졌다. 바람이 모리건의 귀청을 터트릴 것처럼 으르렁거렸다.

그리고 모든 게 멈췄다.

모리건이 가쁘게 숨 쉬는 소리 외에는 침묵뿐이었다. 모리건은 눈을 깜박이며 시야를 확보하기 위해 애썼다. 사냥꾼은 이미 사라졌고, 모리건만 휑뎅그렁한 건물 안에 혼자 서 있었다. 벽에 걸린 전등불이 깜박거리면서 불빛을 비추는 곳마다 대리석 바닥이 드러나 보였다.

모리건은 안쪽으로 걸어 들어갔다. 심장은 쿵쾅거리고 발걸음 소리는 벽에 부딪혀 울렸다. 그곳에는 장식품을 전시해 둔 투명한 유리구가 늘어서 있었다. 손으로 쥐고 흔들 수 있는 작은 유리구가 아니었다. 실물 크기와 비슷한 기분 나쁜 유리구였다. 각각의 유리구마다 삶의 한 장면을 보여 주는 조각 작품이 들어 있었다. 남자와 여자, 아이, 워니멀과 우니멀, 각자의 희로애락이 공들인 솜씨로 아름답게 재현되어 있었다. 결코 약해지지도 가라앉지도 않는, 소용돌이치는 눈안개에 감싸인 채 유리에 덮여 있었다.

바다에서 헤엄치는 여자.

벽난로 옆에 몸을 웅크리고 누운 울프하운드.

가스등 밑에서 포옹하고 있는 젊은 두 남자.

모리건은 여자와 바다를 부드럽게 감싼 유리구에 코를 들이댔다. 여자는 아름다웠다. 검푸른 파도 속에서 완벽한 달걀 모양의 얼굴을 내밀며 하늘을 올려다보고 있었다. 어찌나 생생한지, 모리건도 바다로 뛰어들어 여자 옆에서 같이 헤엄칠 수 있을 것만 같았다. 두 손으로 둥근 유리를 붙잡고 있자니 묘한 외로움이 느껴졌다.

"전시품은 만지면 안 되는데." 뒤에서 나긋한 목소리가 들렸다.

모리건은 그 자리에서 빙글 돌아서며 숨을 훅 들이마셨다.

낯익은 얼굴이 코앞에 서 있었다. 한쪽 눈썹 가운데를 가르는 작고 하얀 흉터만 아니었다면 평범해 보였을 창백한 얼굴.

에즈라 스콜. 원더스미스였다.

(*나 말고 다른 원더스미스*, 모리건은 속으로 고쳐 말했다.)

모리건은 뒤로 물러서다가 유리구에 부딪히고는 좌우를 살피며 빠져나갈 길을 찾았다. 발가락 끝까지 신경이 곤두선 몸은 달아날 준비를 마쳤지만, 머리가 몸을 따라오지 못했다. 둔

해지고 멍청해진 기분이었다. 눈앞에 있는 얼굴, 유사 이래 가장 사악한 자의 얼굴 말고는 아무 생각도 할 수 없었다.

그런데… 에즈라 스콜이 정말 *이곳*에 있는 걸까? 오랜 추방 생활 끝에 드디어 네버무어로 돌아올 방법을 찾은 걸까? 아니면 작년과 똑같은 수를 쓰고 있는 걸까? 고사메르 노선을 이용해 유령처럼 네버무어를 드나들면서 자신의 비서인 척, 순하고 친절한 존스 씨인 척했던 것처럼?

유감스럽게도 그걸 확인할 방법은 하나뿐이었다.

광견병에 걸린 개를 쓰다듬어야 하는 사람처럼, 모리건은 내키지 않는 심정으로 머뭇머뭇 떨리는 손을 내밀었다. 따뜻한 체온과 딱딱한 몸이 손끝에 닿을 수도 있다고 생각하면서 마음을 단단히 먹었다. 정말 그럴 경우를 대비해 달아날 준비까지 했지만… 모리건의 손은 마치 공기를 가르듯 에즈라 스콜의 어깨를 그대로 통과했다.

고사메르 노선으로 왔구나. 모리건은 안도하며 눈을 감았다. 에즈라 스콜의 진짜 몸은 여전히 모리건의 도시 밖, 저 멀리 윈터시 공화국 안에 안전하게 잡혀 있었다. 모리건을 비롯하여 네버무어에 있는 누구에게도 해를 끼칠 수 없었다. 모리건은 자신이 숨을 참고 있었다는 걸 깨달았다. 뒷머리에서 마일드메이의 목소리가 들리는 듯했다. *일 단계, **침착할 것.** 숨을 들이쉬고, 내쉬고.*

에즈라 스콜이 씁쓸한 미소를 지었다. "또 만났구나, 크로우 양."

"여긴 어디지?" 모리건이 따지듯이 물었다. 목소리가 떨리지 않았다는 사실이 놀라우면서도 다행스러웠다. 비록 손은 떨렸을지라도.

"사냥꾼이 무례하게 굴진 않았는지 모르겠구나." 에즈라 스콜의 말투는 일상적인 담소를 나누는 것처럼 즐거워 보였다. 처음 만난 낯선 사람끼리 날씨 이야기라도 주고받는 듯했다.

"나를 어디로 데려온 거냐고!" 모리건이 거듭 따졌다. 이번에는 목소리에서 아주 미세한 떨림이 묻어났다. 모리건은 이를 악물었다.

에즈라 스콜이 팔을 뻗어 주변을 가리켰다. "가로챈 순간들의 미술관Museum of the Stolen Moments이지. 들어 본 적 있니?"

"아니."

"그래, 당연히 모를 거야. 이건 장관Spectacle이지." 잠시 말을 멈춘 에즈라 스콜은 곧 상관없다는 듯이 어깨를 으쓱였다. "듣자 하니 질 떨어지는 교육을 받고 있다기에. 네 부탁을 들어 줘야겠다고 생각했지. 너의 한계를 조금 넓혀 주자고."

모리건은 대꾸하지 않았다. 무표정한 얼굴을 간신히 유지했다. 에즈라 스콜이 어떻게 모리건이 원협에서 받는 교육에 대해 조금이라도 알 수 있었을까? 고사메르로 드나들면서 몰래 지켜봤을까? 아니면 첩자를 심어 놓은 걸까?

에즈라 스콜이 유령 같은 손으로 유리구 속 바다를 가르며 이야기했다. "개인적으로 여긴, 언제 봐도 원드러스 행위 등급 위원회가 잘못 판단했다는 생각을 하게 해. 장관은 외경심을 불러일으키고 큰 기쁨을 주지. 뇌는 설명하지도 못하고 이해 하지도 못해. 하지만 가로챈 순간들의 미술관은 그 정도를 뛰 어넘거든. 이곳은 현상Phenomenon으로, 아니면 적어도 특이점 Singularity으로 분류돼야 했어."

장관, 현상, 특이점… 에즈라 스콜이 무슨 말을 하는 건지 전 혀 알아들을 수 없었다. 모리건은 질문을 하려고 입을 열었다 가 얼른 다물었다. 그가 하는 대로 끌려다니지 않을 작정이었 다. 이 괴물의 어떤 말에도 낚이지 않을 생각이었다. 모리건은 날쌔게 여기저기 살피며 탈출하기 좋은 방법을 궁리했다. 달아 나야겠지? 에즈라 스콜이 다시 사냥단을 부를까?

에즈라 스콜은 생각에 빠져 있었다. "재주가 대단한 여자였 지." 그리고 혼잣말처럼 중얼거렸다.

의아하게도 아쉬움이 묻어나는 목소리였다. 모리건은 의지 와는 다르게 발을 슬쩍 들이밀었다. 마음속으로 자신을 욕하면 서 명백한 질문을 던졌다. "누가?"

"마틸드 러챈스. 이 모든 걸 창조한 원더스미스지. 이건 걸작 이야. 그렇게 생각하지 않니? 이걸 만들기 위해 참혹 예술을 최소한 다섯 가지는 사용했을 거야. 녹턴Nocturn은 물론이고, 위빙 Weaving, 템푸스Tempus, 아마 베일Veil도, 그리고 어쩌면…" 에즈라 스콜은 말을 멈추고 모리건의 얼굴을 바라보았다. 그가 나열하는 단어를 들으며 느낀 허기가 모리건의 얼굴에 고스란히 드러나 있는 게 분명했다. 마음속에 딸깍 스위치가 켜지듯 한 장면이 떠올랐다. 원로관에서 머가트로이드가 말하던 순간이었다. *어린 맹수 같은 저 아이에게 누군가는 참혹 예술을 가르쳐야 한다고.* 그 말을 어디서 들었는지 이제야 기억났다. 지난해에 에즈라 스콜이 크로우 저택에서 했던 말이었다. 에즈라 스콜은 "걸출한 원더스미스의 참혹 예술"이라고 말했다. 심지어 그걸 모리건에게 가르쳐 주겠다고 제안하기까지 했다. 모리건은 그 제안을 거절했다.

에즈라 스콜이 빙긋 웃었다. "아, 너무 많은 걸 알려 주면 안 되지. 사람들이 싫어할 거야, 안 그래? 너희 그 *원드러스협회* 사람들." 마지막은 대놓고 경멸하는 말투였다. 모리건은 애써 실망감을 감추면서, 그가 발설한 네 개의 귀중한 단어를 기억해 두었다. *녹턴, 위빙, 템푸스, 베일. 녹턴, 위빙, 템푸스, 베일.* 무슨 뜻일까?

"원협 생활은 어때, 즐겁니?" 에즈라 스콜은 천연덕스러운 목소리로 물으며, 두 손을 등 뒤로 맞잡고 서성였다. "네가 꿈꾸었던 것 이상이던가? 네 동기는 상상도 못 해 본 지식과 기술을 익히고 있다던데. 너도 모르는 사이에 그 애들은 자기 분야의 전문가가 되어 전 영토에 이름을 날리게 되겠지. 현존하는 가장 위대한 용의 기수로, 네버무어에서 가장 훌륭한 언어학자로, 견줄 자 없는 최면술사로." 슬픈 눈으로 모리건을 돌아본 에즈라 스콜은 일부러 더 뿌루퉁하게 입을 내밀었다. "그리고 너는, 힘을 사용하지 못하도록, 재능을 갈고닦지 못하도록 금지된 아이지. 그 아이를 가장 두려워하는 이들에게 억눌리고 제약당하면서."

모리건은 고개를 흔들었다. "그렇지 않아. 그들은 나를 두려*워*하지 않아. 그들은 단지… 나한테……."

모리건은 원더스미스의 눈이 재미와 분노를 동시에 담고 번뜩이는 걸 보며 말꼬리를 흐렸다. "너한테 *뭐*? 너한테 안전하다고? 너한테 이롭다고? 너한테 방패가 된다고? 이런, 거짓말 실력이 약간 늘었다는 건 알겠군. 적어도 자기 자신에게 하는 거짓말은."

모리건은 대꾸하지 않았다. 에즈라 스콜이 맞았다. 모리건은 그 말을 부인할 수 없었다. 원로들은 모리건을 두려*워했다.*

에즈라 스콜은 모리건을 유심히 지켜보았다. 그는 자신이 모리건의 아픈 곳을 건드렸다는 걸 알고 있었다. "게다가 너의 그 곱사등이 교수는 뭘 가르쳐 주었지? 네가 배운 사악하고 교활한 옛 원더스미스들에 대해 말해 봐."

"당신한테는 아무 말도 안 할 거야. 그리고 교수님은 곱사등이가 아니라 *거북원*이야." 톡 쏘아붙인 모리건은, 또다시 그에게 넘어가 대화에 휘말린 자신을 탓했다. 모리건은 주먹을 꽉 쥐었다. *침착할 것.* "나를 여기로 데려온 이유가 뭐야?"

"원더스미스가 할 일을 하려고." 에즈라 스콜의 한쪽 입꼬리가 웃을 듯 말 듯 비틀려 올라갔다. 그는 움직임을 멈추고 한 유리구 앞에 섰다. 유리구 안에는 젊은 청년 네 명이 바람에 머리카락을 날리며 달리는 자동차 양옆으로 신나게 몸을 내밀고 있었다. "너의 허황한 바람을 들어주기 위해서지. 네가 그 무엇보다 가장 원하는 그것을 네게 주려고."

"그게 뭔데?" 모리건은 이를 악문 채 물었다.

"교육." 에즈라 스콜이 다시 움직였다. "그게 바로 지금, 어둡고 막다른 골목 끝에서 네가 바랐던 거잖아. 아닌가? 자, 두 번째 수업에 잘 왔어. 원더를 소집하는 법을 배워 볼까?"

모리건은 싫다고 대답하고 싶었다. 실재하지 않는 얼굴에 침을 뱉고 미술관에서 달아나 원협으로 돌아가고 싶었다. 다른 동기들은 지금쯤 모두 돌아왔을 테고, 전원이 그 자리에 있지 않으면 모두 시험에서 떨어질 것이다. 모리건에게 화낼 이유가 한 가지 더 생기는 셈이었다. 프랜시스와 마히르는 어찌 되었을지 궁금했다. 그 자리에서 *기다렸을지*, 뒤따라 골목으로 들어왔을지… *아니야, 안 들어왔을 거야.*

적어도 호손이라면 모리건을 걱정할 것이다. 어쩌면 케이든스도. 원협으로 돌아가 그 아이들에게 자신이 무사하다는 걸 알려 줘야 했다.

하지만 발목을 잡아끄는 유혹이 너무 강력했다. 최고원로위원회는 모리건의 힘을 가두고 묶어 두는 데만 전념했다. 온스틸드 교수는 모리건에게 쓸 만한 정보는 손톱만큼도 주지 않았다. 주피터조차, 원더스미스가 전부 다 형편없는 존재가 아니라는 걸 증명하겠다고 맹세해 놓고 아무런 증거도 내놓지 않았다.

그런데 에즈라 스콜이, 네버무어의 철천지원수가 모리건에게 그 실마리를 내밀고 있었다.

원더를 소집하는 법을 배워 볼까?

마음속 깊은 곳에서 무언가가 흔들렸다.

"대답해야지, 크로우 양?" 에즈라 스콜이 재촉했다. 그의 득의양양한 표정이, 대답은 이미 알고 있지만 직접 들어야겠다고 말하는 듯했다.

한숨을 쉰 모리건은 낮은 목소리로 머뭇대며 말했다. "좋아."

"참혹 예술 일 단계, 그리고 아마 제일 중요한 단계일 거야." 두 손을 마주친 에즈라 스콜은 미술관 한가운데로 가서 거기가 무대인 양 자리를 잡고 섰다. 그리고 넓은 미술관이 가득 울리도록 목소리를 높였다. "밤의 노래의 참혹 예술Wretched Art of Nocturne. 원더 소집하기. 노래를 불러 소집할 것."

노래? 농담하는 것 같았다. 노래는 챈더 여사 같은 이들이 부르는 것이었다. 천사 이스라펠이나. 걸출한 원더스미스의 참혹 예술 중 하나가 아닌 건 확실했다.

에즈라 스콜이 한 손을 들어 침묵을 요구했다. "*가막귀야, 가막귀야.*" 그리고 나직이 노래를 불렀다. "*눈이 작은 단추 같구나.*"

오싹한 냉기가 모리건의 뒷덜미를 타고 올라왔다. 그가 이 노래를 부르는 걸 이전에도 들은 적이 있다. 지난겨울, 고사메르 노선 승강장에서였다. 노래가 끝난 직후 에즈라 스콜은 눈을 못 뜰 정도로 번쩍이는 고사메르 열차에 모리건을 태워 공화국의 크로우 저택으로 데려갔다. 그곳에서 모리건의 가족을 위험에 빠뜨렸다. 모리건은 심호흡을 하며 발에 단단히 힘을 줬다. 충동적으로 치솟는 달아나고 싶은 마음을 애써 다잡았다.

"*풀밭을 덮치렴. 그곳에 토끼들이 모두 숨어 있단다.*" 에즈라 스콜은 손가락을 허공으로 살짝 들었다. 그리고 눈을 감았다. "*작은 토끼야, 작은 토끼야…*" 노래를 부르다가 말고 눈을 뜬 그는 자기 손가락을 흥미롭다는 듯이 내려다보았다. "개를 훈련하는 것과 비슷해. 왜 있잖아. 다만 이건 개가 아닐 뿐이야. 이건 괴물이야. 괴물은 자기 나름대로 생각을 하지. 보여?"

"원더는 눈에 보이지 않아." 모리건이 경계하며 말했다.

"활동하지 않을 때는, 그래, 안 보여." 그가 수긍했다. "하지만 옛말에 소집된 *원더*는 *소집자summoner*와 *기술자smith* 앞에 자신을 드러낸다고 하지. 원더가 원더스미스의 부름에 응할 땐, 소집한 사람과 일종의… 합의를 만들어 낸다는 의미야."

"합의라는 게… 자신을 드러내는 거야?

"바로 *그거야*." 에즈라 스콜이 고개를 끄덕이면서, 자기 손의 움직임을 유심히 살폈다. "그리고 원더가 아무리 지능적으로 움직여도 사람을 구별하진 않아. 일단 소집되면, 어떤 원더스미스라도 그걸 볼 수 있지. *소집자이고 기술자니까.* 하지만 집중하지 않으면 안 돼. 뭘 봐야 하는지 알아야 해."

모리건은 숨이 턱 막히는 기분이었다. *보였다.* 에즈라 스콜이 아른거리는 금백색의 작은 빛 가닥을 손에 감고 있었다. 빛 가닥은 그의 손가락 사이를 장어처럼 헤엄쳐 다녔다. 민들레 씨앗을 날리듯 에즈라 스콜이 손을 들어 작은 빛줄기를 입으로 후 부는 모습을, 모리건은 최면에 걸린 것처럼 지켜보았다. 원더가 바람에 뿔뿔이 흩어져 사라졌다.

원더가 어떤 모습인지는 이미 알고 있었다. 작년에 크로우 저택에서 무사히 돌아왔을 때 주피터가 보여 주었다. 주피터가 자신의 이마를 모리건의 이마에 맞대자 한순간 세상이 눈 부신 빛으로 가득 찼다. 주피터의 눈을 통해 본 세계와 모리건의 모습을 확인할 수 있었다. 모리건 주변으로 집결한 원더는 눈부시게 밝았다. 작은 실처럼 이어진 눈앞의 원더는 그때와 조금 달라 보였지만, 여전히 놀라웠다. 그리고 아름다웠다.

"네 차례야." 에즈라 스콜이 몸짓으로 가운데 자리를 가리키면서 무대를 양보하고 뒤로 물러섰다. "노래해."

겁에 질린 모리건이 고개를 흔들었다. "나는 노래 못해."

"원더는 신경 안 써. 원더가 거슬린다고 생각할까 봐 그런 거라면." 에즈라 스콜이 코웃음을 쳤다. "오웬 빙크스보다는 나을 거야. 그가 원더를 소집할 때마다 사람들이 뛰어들었지. 누가 살해당하는 소리인 줄 알았거든. 자 어서, 뭐라도 불러. 빨리."

모리건은 망설이다가 떨리는 목소리로 노래를 부르기 시작했다. "작은 가막귀야―"

"안 돼!" 에즈라 스콜이 두 손을 들고 앞으로 달려오며 노래를 막았다. 모리건이 깜짝 놀라 몸을 움츠리자, 그도 급히 멈춰섰다. "안 돼. 그건 안 돼. 원더스미스는 각자 자기 방식대로 원더를 부르는 자기만의 노래가 있어야 해. 다른 노래를 골라."

"나는 아는 노래가 없어." 모리건은 곤란했다.

"웃기는 소리." 에즈라 스콜이 조급하게 말했다. "누구나 노래 한 곡쯤은 알아. 네 그 쓸모없는 가족은 너한테 자장가 한 번 안 불러 준 거야? 얼굴이 터지도록 앵앵거리던 꼬마 시절을 잘 생각해 봐."

모리건은 아버지나 할머니가 자장가 따위를 불러 주는 멍청한 모습을 생각해 보는 것만으로도 짜증이 나려고 했다. 그때

135

문득 한 가지 기억이 생생하게 떠올랐다.

아직 어릴 때, 여섯 살이나 일곱 살 즈음이었다. 당시 가정교사였던 더피 부인은, 아버지가 모리건에게 읽기와 쓰기와 산수를 가르치기 위해… 좀 더 솔직히 말하면 눈에 걸리적거리지 않게 모리건을 맡겨 놓고 그 존재를 잊고 살기 위해, 불쌍한 개인 교사들을 줄줄이 크로우 저택으로 불러들인 끝에 들어온 사람이었다. 가정교사 대부분은 모리건과 직접 접촉하는 걸 꺼렸고 공부를 하는 동안에도 절대 눈을 마주치지 않았다. 어떤 이들은 저주로부터 자신을 보호하기 위해 과한 노력을 하기도 했다. 린퍼드 양의 경우 안전을 위해 문을 사이에 두고 모리건과 수업했다.

하지만 더피 부인은 달랐다. 피해 다니기는커녕, 모리건이 사회와 가정의 자원을 바닥내는 존재라고 끊임없이 상기시키는 게 자신의 의무라고 생각하는 듯했다. 모리건이 세상에 끔찍한 부담을 주고 있으며, 주변의 모든 사람과 이름 없는 영토에 큰 위험을 드리우고 있다고 강조했다. 단지 태어났다는 이유만으로 그렇게 되었다고 쉬지 않고 알려 주었다.

더피 부인은 모리건에게 노래를 하나 가르쳐 주었는데, 모리건이 시험을 못 보거나 버릇없이 행동하거나 주제넘게 나설 때마다 그 노래를 부르게 했다. 그럼 모리건은 몇 번이고 계속해서, 더피 부인이 됐다고 할 때까지 노래를 불러야 했다.

어린 모리건은 그 노래가 끔찍하고 무서웠다. 하지만 가사를 끝까지 아는 건 그 노래 한 곡뿐이었다. 마치 화상처럼 머릿속에 남아 지워지지 않고 각인된 노래였다.

모리건이 조용히 머뭇거리는 목소리로 노래를 부르기 시작했다.

"*모닝타이드의 아이는 명랑하고 순하지.*" 목소리가 갈라졌다. 모리건은 목을 가다듬었다. "*이브타이드의 아이는 사악하고 사납지.*"

에즈라 스콜은 고개를 한쪽으로 기울인 채 이마에 깊은 주름을 잡았다.

"*모닝타이드의 아이는 새벽을 열고 온다네.*" 모리건은 노래를 계속했다. 노래 실력은 형편없었지만, 넓은 공간을 튀어 오르는 목소리는 한 음 한 음 부를 때마다 점점 더 힘이 들어갔다. "*이브타이드의 아이는 질풍노도를 몰고 온다네.*"

에즈라 스콜이 한 걸음 다가왔다. 뭔가 떠오른 얼굴이었다.

"*어디로 가느냐, 오, 아침의 아들아?*" 그가 나직이 노래했다. 에즈라 스콜이 노래하는 목소리는 불안할 정도로 점잖고 감미로웠다. 모리건의 목소리보다 훨씬 아름다웠다. 저런 소리를 내면 안 되잖아. 모리건은 생각했다. 추하고 뾰족뾰족한 소리가 나와야지. 저 심장처럼.

모리건이 떨리는 숨을 몰아쉬었다.

"*저 높이 태양과 함께 바람이 따뜻한 곳으로.*" 모리건은 노래를 멈췄다. 그만하고 싶었다. 그런데 그때… 별안간 손끝에 정전기 같은 것이 느껴졌다. 강한 바람에 부딪힌 것처럼 약하게 윙윙거리는 저항력도 느껴졌다. 모리건은 에즈라 스콜을 올려다보았다.

그는 격려라도 하는 것처럼 고개를 끄덕이더니 "*어디로 가느냐, 오, 밤의 딸아?*"라고 노래했다.

모리건은 손을 앞뒤로 부채질하듯이 움직여 감각을 시험해 보았다. 마치 달빛의 줄기가 손가락 사이에서 춤을 추는 것 같았다. "*저 깊은 아래 창백한 자가 무는 곳으로.*"

원더는 모리건을 기다리고 있었다. 주피터가 그렇게 말했었다.

나를 왜 기다려요?

보면 알겠지.

바로 지금이 원더가 기다린 순간이었다. 원더를 소집하는 건 어려울 거로 생각했다. 하지만 원더는 마치… 소집되기를 *바라*고 있던 것 같았다. 원더는 신속히 집결했고, 백만여 개의 빛나는 점으로 이루어진 백여 개의 작은 빛 가닥이 모리건의 머리와 몸을 에워싼 채 스칠 듯 말 듯 가볍게 유영하고 있었다. 원더는 빠르고 신기했다. 꼭 살아 있는 것 같았다.

"네 손에 집중해." 에즈라 스콜이 말했다.

원더는 도움이 되기를 간절히 바랐다. 에즈라 스콜이 말하기 무섭게, 그 생각은 모리건의 머릿속으로 들어갔다. 둥둥 떠다니던 금빛 가닥은 이끌리듯 앞으로 길게 뻗은 모리건의 손을 향해 가더니 손바닥 안에 고여 들었다. 마치 햇살이 녹아내린 물 같았다.

원더가 그렇게 느껴졌다. 해를 받아 따뜻해진 것처럼, 순수한 에너지를 쥐고 있는 것처럼. 순수한 에너지가 *되는 것처럼*. 모리건의 손이 진동했다. 이제 손은 보이지 않고, 형체 없는 기이한 장갑처럼 손을 감싼 원더만 보였다. 두 개의 빛 구름 같았다. 기분이 이상했다. 강력한 힘이 느껴지는 동시에 포위당한 기분이었다.

원더를 소집했지만, 모리건은 이것으로 뭘 어떻게 해야 하는지 전혀 몰랐다.

"멈추려면 어떻게 해야 하지?"

에즈라 스콜이 측은하다는 듯이, 혹은 믿기지 않는다는 듯이 모리건을 바라보았다. "그따위가 왜 궁금한 거지?"

모리건의 마음속으로 공포가 번지기 시작했다. 조금 전까지는 모든 게 다 좋았다. 원더를 두 손에 머금고 있을 땐 이게 바로 세상에 태어난 목적 같았다. 하지만 불쑥 또 다른 감각이 느껴졌다. 모리건이 원더를 쥐고 있는 게 아닌 것 같았다. 좀 더 솔직히 말하면, 원더가 모리건을 쥐고 있는 느낌이었다.

"이걸 없애. 멈춰." 모리건의 목소리가 높아졌다.

하지만 에즈라 스콜은 꿈쩍도 하지 않았다. 집결한 원더가 만들어 낸 금빛 안개 너머로 그를 지켜보던 모리건은 점점 더 두려워졌다. 나를 속였어. 내가 죽기를 바라는 거야. 원더가 나를 죽이도록 놔둘 거야.

"어떻게 좀 해 봐! 멈추라고!" 모리건이 화를 냈다.

여전히 에즈라 스콜은 반응하지 않았다.

모리건은 본능적으로 진흙을 털어 내듯이 손을 흔들었다. "안 돼." 그리고 소리쳤다. **"안 돼!"** 누구에게 소리치고 있는 건지 몰랐다. 자신인지, 에즈라 스콜인지, 원더인지.

하지만 그 말을 들은 건 원더였다. 원더가 달아나는 게 느껴졌다. 아니, 마치 모리건이 어떤 사명을 주고 보낸 것처럼 임무를 *맡아* 떨어지고 있었다. 그때, 언제 부딪혔는지, 모리건과 가장 가까이에 있던 유리구가 산산이 부서지면서 눈 부스러기가 섞인 물이 높이 파도치며 쏟아져 나왔다. 유리 안에 평화롭게 갇혀 있던 조각상도 물에 젖은 팔다리와 머리카락이 어지러이 엉킨 채 대리석 바닥으로 쏟아졌다.

모리건은 그걸 빤히 바라보며, 숨을 새근거렸다. 머리로는 방금 일어난 일을 이해하려고 노력 중이었다.

물에 젖어 어지러이 엉킨 팔다리와 머리카락. 그것은 헤엄치는 여자 조각상이었다. 조각상은 이제 깜박임 없는 눈으로 하

늘을 올려다보며 물에 떠 있지 않았다. 물에 젖은 파란 수영복을 입은 채 몸을 웅크리고… 그리고 숨을 *쉬었다*. 그게 아니면, 숨을 쉬는 것처럼 실감 나는 작품이거나. 이미 폐에 반쯤 물이 찬 듯 길고 거친 숨을 무겁게 끌어내는 소리가 들렸다. 그러다가 이내 움직임을 멈추었다.

여자는 처음부터 조각상이 아니었다.

모리건은 여자의 옆으로 달려가 흔들고, 뒤집었다가, 다시 쿵 하고 되돌려 놓았다. "숨 쉬어요!" 모리건은 뭔가 해야 한다는 걸 알았다. 만약 이 자리에 주피터가 있었다면 그게 무엇인지 알았을 테지만, 모리건은 공포에 질리는 것밖에 할 수 있는 게 없었다. 모리건의 마음은 앞서 달리는 동시에 저 멀리 뒤처졌다. **"숨 쉬라고요!"**

"너무 늦었어." 에즈라 스콜의 목소리가 잘 들리지 않았다. 모리건의 심장 소리만 쿵쿵 울렸다. 눈물이 뜨겁게 눈을 달구고 시야를 흐렸다. 이해되지 않았다. 여자는 모리건의 팔 안에서 기운 없이 무겁게 축 늘어져 있었고 모리건은… 모리건은 *이해되지 않았다*. "늦어도 너무 늦었어. 이미 긴 세월을 놓쳤지."

"여기 뭐야?" 모리건은 벽에 나란히 줄지어 선 유리구를 경악스럽게 바라보았다. 그 안을 장식하고 있는 건, 이제 비로소 알게 된 건, 조각이 아니라 사람이었다. 진짜, 살아 있는 사람들.

"여기는 장관으로 분류된 곳이야." 에즈라 스콜이 기억을 읊어 내듯 말했다. "가로챈 순간들의 미술관이지. 원더스미스 마틸드 러챈스가 공들여 만든 곳이야. E. M. 손더스 선생이 후원했고. 네버무어 시민에게 주는 선물이었어. 도둑 연대, 1년 겨울에."

"네버무어 시민에게 주는 선물?" 모리건이 중얼거리며 익사한 여자의 텅 빈 눈을 내려다보았다.

"사람들은 그렇게 생각했지, 그래." 에즈라 스콜은 관심 없다는 듯 차갑게 대답했다. "내 생각에는 그래서 현상이 아니라 장관으로 분류된 거야. 착한 네버무어 사람들은 미술 작품을 선물 받은 줄 알았으니까. 천재적인 예술가 마틸드 러챈스가 조각한 실물 같은 예술 작품. 하지만 위대한 마틸드의 천재성은 거짓을 창조하지 않고… 현실을 포착했지. 현실을 보존한 거야." 에즈라 스콜은 젖은 바닥을 천천히 가로질러 와서 모리건 옆에 섰다. 그리고 여자의 공허한 얼굴을 물끄러미 내려다보았다. 살아 있었지만 여자처럼 공허한 그의 오싹한 얼굴은 어떤 표정이나 감정도 드러내지 않았다. "마틸드는 잔인하지 않았어. 굳이 말하자면 자비로운 쪽이었지. 저들이 죽음에 이르는 순간을 주제로 택한 것뿐이야. 마틸드가 매료된 게 죽음 자체였는지, 아니면 불멸에 대한 관심이었는지 나는 몰라. 어느 쪽이든, 이 운 좋은 영혼들은 절대 죽지 않아." 그는 관내를 둘러보고 어깨를 으쓱였다. "어쩌면 영원히, 매일 매 순간 죽고 있는 걸 수도 있고. 좋을 대로 생각하면 되겠지."

모리건은 이를 악물고, 떨지 않으려고 애썼다. 둘 다 틀렸어, 에즈라 스콜도, 원드러스 행위 등급위원회도. 모리건은 생각했다. 장관이 뭘 말하는지 전혀 몰랐지만, 이건 그런 게 아니었다. 이건 흉물이었다.

모리건은 조심스럽게 여자를 바닥에 내려놓고, 후들거리는 다리로 간신히 일어섰다.

"다시 해 볼 준비가 됐나?" 에즈라 스콜이 기대하는 얼굴로 모리건을 바라보았다.

모리건은 눈가루가 회오리치는 유리구를 차례차례 들여다보았다. 아까는 보이지 않았던 것이 이제야 눈에 들어왔다. 자동차를 탄 젊은 청년들은 차 밖으로 몸을 내밀고 있는 게 아니었다. 보이지 않는 충돌 사고로 *튕겨 나가는* 중이었다. 얼어붙은 얼굴은 신난 게 아니라 공포로 휘둥그레져 있었다. 가스등 밑에서 포옹하는 두 남자 사이에는 은빛 물체가 반짝였는데, 한쪽이 칼을 들고 상대방의 배를 찌르는 중이었다. 그제야 칼에 찔린 남자의 코트 아래로 붉고 가는 핏줄기가 흐르는 게 보였다.

벽난로 곁에 있는 텁수룩한 털의 울프하운드도 죽음을 앞두고 있었다. 희부연 눈과 듬성듬성 빠져 있는 푸석한 털을 자세히 보니 늙은 개라는 걸 알 수 있었다. 이 개는 죽음을 얼마나 남겨 놓고 유리 감옥에 갇혔을까.

환상이 산산이 부서졌다. 불현듯 모리건은 처음부터 놓치지 말았어야 할 깊은 혐오감과 섬뜩함에 휩싸였다.

내가 여기서 뭘 하는 거지? 모리건은 홀로 괴물 앞에 있었다. 또다시. 사방에 살아 있는 전시품이 진열된 경악스러운 미술관 안에. 이곳에는 마치 절여 놓은 채소처럼 영원히 보존된 죽음의 순간에 갇힌 사람들이 있었다.

결코 미술관이 아니었다. 이곳은 묘지였다.

모리건은 비틀비틀 에즈라 스콜의 옆을 지나쳐 갔다. 역겨움이 목구멍 속에서 쓸개즙처럼 올라왔다. 토할 것 같았다. 이곳을 나가야 했다. 원협으로 돌아가야 했다. 안전하고 정상적인 상태로 돌아가야 했다.

"어딜 가는 거지?" 에즈라 스콜이 뒤에서 고요히 물었다. 모리건은 그를 무시한 채, 한 발 한 발 내딛는 데만 집중했다. *나가, 이곳을 나가.* "이렇게 끝이다, 이건가? 그냥 포기하겠다고?"

나가자 나가자 나가자 듣지 마 대답하지 말고 그냥 얼른 **나가.**

"뭐가 그렇게 두렵지? 언젠가 저들이 의심하는 것처럼 강해질까 봐? 네게 잠재된 위대한 힘이 두렵나, 작은 가막귀? *정말그 정도로 겁쟁이야?*"

"난 겁쟁이가 **아니야!**" 모리건이 악을 쓰며 빙글 돌아 에즈라 스콜을 마주 보았다. "그리고 나는 당신하고 달라. 마틸드 러챈스하고도. 나는 *괴물*이 아니야."

에즈라 스콜은 평소처럼 부드럽고 절제된 목소리로, 그러나 내심 무언가 부글부글 끓는 듯이 말했다. "둘 다 너야. 좋든 싫든 넌 그동안 내가 만났던 사람 중 그 누구보다 겁쟁이고, 괴물 같고, 불쾌한 *나쁜* 아이야. 그리고 나는 너를 잘 알아, 모리건 크로우. 이건 정말이야." 모리건을 향해 걸어오는 그의 검은 눈에 등불이 비추어 반짝거렸다. "너는 앙심을 품고 있는 데다 고집이 세지. 게다가 *너무* 영리해. 다른 아이들과 똑같은 규칙에 매여 있기 힘들 거야. 너는 그런 아이가 *아니니까*. 너는 원더스미스야, 모리건 크로우. 우리는 달라. 우리는 그들을 전부 합친 것보다 더 낫고, 더 나쁘지. 아직도 협회 안에서 네가 있어야 할 곳이 이해되지 않아? 네가 *하고자* 하면 그들 전부를 무릎 꿇릴 수 있다는 걸 모르겠어?"

모리건은 고개를 흔들었다. 듣고 싶지 않았다. 자신이 *다르다*는 말은 듣고 싶지 않았다. 모리건은 평생 그 말을 들었고, 그게 뭘 의미하는지 정확히 알고 있었다. 다르다는 건 위험하다는 뜻이었다. 다르다는 건 부담스럽다는 뜻이었다. "그만해. 당신은 나에 대해 아무것도 몰라."

"동기 부여를 좀 해 보는 게 어때?" 에즈라 스콜이 버럭 소리쳤다. 이제 그는 필사적이다 못해 길길이 날뛰기라도 할 것 같은 얼굴이었다. "너는 *재능*을 타고났잖아. 사람들은 그 재능을 위해 살인까지 하려 하고 목숨도 걸었는데, 너는 재능을 **허비하고 있어.**" 그가 뱉은 말이 천장에 부딪혀 끝없이 노래하는 성난 합창단처럼 울려 댔다.

겁이 난 모리건은 주춤했지만, 곧 모든 용기를 끌어모아 내뱉었다. "사람들이 그것 때문에 목숨을 걸었던 건, **당신이 그** 사람들을 죽였기 때문이야."

"너도 죽여 버릴 걸 그랬어. 이렇게까지 실망하게 할 줄이야." 에즈라 스콜이 으르렁거렸다. 순간적으로 그가 쓰고 있던 역겨운 가면이 벗겨졌다. 분노를 억제하지 못한 짧은 동안, 검은 눈과 입을 가진 전설 속 원더스미스의 얼굴이 드러났다.

하지만 그 얼굴은 이내 사라졌다. 완벽히 통제된 온화한 남자가 다시 그 자리에 서 있었다.

순식간에.

모리건은 얼음물 한 컵을 단번에 목구멍으로 들이붓기라도 한 것처럼 심장이 얼어붙는 느낌이었다.

모리건은 겁에 질려 덜덜 떨리는 몸으로 뒤돌아보지 않고 가로챈 순간들의 미술관을 달려… 문을 지나고 계단을 내려와 변덕스럽고 끝을 알 수 없는 도시의 차가운 품으로 뛰어들었다.

20장

녹턴, 밤의 노래

일주일 뒤, 모리건 크로우는 이제 존재하지 않았다. 적어도 프랜시스와 마히르, 그리고 다른 동기들에게 모리건은 아예 없는 사람이었다. 아이들은 이제 모리건에게 말도 걸지 않았고, 모리건을 바라보지도 않았으며, 모리건이 919기 동기라는 사실도 인정하지 않았다.

아니… 물론 전부는 아니었다. 호손은 여전히 모리건의 믿음직한 친구였다. 그리고 기이한 일이지만, 케이든스는 모리건 때문에 동기 전체가 시험에 낙제점을 받은 뒤로 전보다 *더* 모리건을 좋아하는 것처럼 보였다.

사실 호손도 모리건이 알 수 없는 사기꾼도로에 들어가 동기 전원의 시험 결과를 뒤집어 버린 일로 다른 아이들만큼 실망했다. 원협에서는 시험에 성적을 매기지 않았다. 합격과 불합격만 있었다. 시험에 합격한다는 건 그 과목을 공부하면서 익혀야 할 기대치를 충족했다는 뜻이었다. 반면 불합격은 학생과 후원자, 교사와 차장이 매우 심각한 면담을 해야 한다는 뜻이었다(모리건의 심각한 면담은 주피터의 계속되는 외부 일정으로 무기한 연기됐다). 또 시험에 합격하지 못했다는 걸 알게 된 다른 기수 회원들에게 놀림과 조롱을 받는 수치를 감당해야 했다. 하지만 무엇보다 최악은 디어본으로부터 919기가 이 정도로 형편없는 줄 몰랐다며, 알아서 정신 차리고 분발하지 않으면 정신 차릴 기회조차 곧 박탈해 주겠다는 내용의 길고 지루한 연설을 들어야 한다는 것이었다.

다른 919기 아이들처럼 호손도 모리건에게 화를 낼 만했다. 하지만 모리건이 에즈라 스콜과 백골 이야기를 꺼내자마자 호손의 불만은 얼굴에서 핏기를 몰아내는 잿빛 공포로 바뀌었다.

"그러니까… 에즈라 스콜이 백골한테서 *너를 구해* 줬다고?"

모리건이 그때를 생각하며 얼굴을 찡그렸다. "그런 것 같아. 맞아."

"원더스미스가 너를… 섬뜩한 시장에서 구해 줬다는 거네."

"그렇지."

"그거… 요상하네."

나머지 919기 아이들의 반대에도 불구하고 호손은 어느 때보다 더 공격적으로 모리건에게 신의를 지켰다. 북극곰 비스킷 그릇을 돌릴 때 누가 모리건을 건너뛴다든지, 모리건이 있는 자리에서 *협회에 들 자격이 없는 사람* 운운하며 간접적으로 비난하는 말을 하면 둘둘 만 종이를 들고 가 얼굴 앞에서 까딱까딱 튕겨 댔다.

그날 밤 모리건이 가로챈 순간들의 미술관을 나왔을 때는 아직 동트기 전이었다. 하지만 네버무어 어디에 있는지 파악되자 (엘드리치로 돌아가서 보니, 올드타운에서 훨씬 더 남쪽으로 내려간 곳이었다) 일출 전에 원협으로 돌아가는 게 불가능하다는 걸 깨달았다.

그래도 모리건은 노력했다. 포기하지 않았다. 폐가 타들어 가고 다리 근육이 화끈거릴 때까지 뛰고 또 뛰었다. 쉬지 않고 달려 위크Wick라는 자치구에 다다랐을 때야, 모리건은 더는 뛰는 게 의미 없다는 사실을 알았다. 해가 중천에 떠 있었다. 거리는 출근하는 사람들과 신문 판매상으로 북적였다. 불합격에 대한 부담감이 가슴을 무겁게 짓눌렀다. 모리건은 마침내 실패했다는 걸 받아들이고 러시 노선 열차에 올라 실의에 빠진 채 교정으로 돌아왔다. 마일드메이와 919기 동기들이 모리건을 기다리고 있었다. 실망한 표정부터 몹시 화가 난 표정, 살인 계획을 꾸미는 게 분명한 표정까지 다양한 얼굴이었다.

아이들은 모리건 때문에 모두 불합격을 받았다. 아니, 모리건 때문이 *아니라*, 분명 백골과 에즈라 스콜 때문이었다. 하지만 모리건은 동기들에게 사실을 말할 수 없었다. "늦어서 미안해. 에즈라 스콜하고 같이 있다가 왔어. 왜 있잖아. 그 사악한 원더스미스."

모리건은 진실을 절반 정도, 그러니까 백골한테 포위당했던 부분까지 말하기로 했다. 하지만 덩치 큰 알피 스완과 전설적인 팍시무스 럭도 빠져나오지 못한 해골단의 포위망을 어떻게 피해 달아났는지 설명할 수가 없었다. 결국 동기들은 모리건이 잘못을 모면하기 위해 거짓말을 한다고 결론 내렸다.

한 사람의 실패가 전체의 실패라니, 불공평했다. 하지만 사실… 원드러스협회에서는 *어느 것 하나* 불공평하지 않은 게 없었다.

모리건은 며칠 동안 하루도 거르지 않고 사과하고 또 사과했다. 하지만 아무리 사과해도 *대단히* 실망한 후원자 여덟 명과 근심 많은 차장 한 명, 그리고 몹시 화가 난 주임 교사 두 명을 상대해야 한다는 사실은 변하지 않았다. 모리건은 동기들이 자신을 몹시 싫어하는 걸 탓할 수 없었다.

모리건은 이 모든 상황을 신경 써야 했다. 좀 더 노력해야 한다는 걸 알았지만, 사실 조금… 맥이 빠졌다. 절실하게 우정을 갈구하면서 이른바 형제자매라는 이들의 인정을 받으려고 발버둥 치는 것도 피곤했다. (형제자매라는 약속도 이제는 오글거렸다. 1년 전의 자신을 되돌아보면, 그 *바보*는 평가전만 통과하면 준비된 형제 여덟 명이 생기는 거라고 믿었다. 그렇게 *마치* 간단한 일이 한 번이라도 있었던 것처럼.)

아니, 그런 건 이제 중요한 문제가 아니었다.

지금은 더 중요한 일이 있었다.

바로 원더를 소집했었다는 것이었다.

"모닝타이드의 아이는 명랑하고 순하지." 어느 날 아침, 모리건은 푸념하는 숲에 난 꼬불꼬불한 길을 걸어가며 나직이 노래를 불렀다. 이곳은 철저히 혼자인 걸 확신할 수 있는 유일한 장소였다(물론 나무들이 있었지만 모리건은 나무들이 투덜거리는 기이한 소리를 대부분 무시할 수 있었고, 나무들도 모리건이 하는 일에 전혀 관심이 없어 보였다. 나무들은 목재가 썩어 가는 현상과 화가 날 만큼 자신만만한 다람쥐 때문에 넋두리를 늘어놓느라 여념이 없었다). *"이브타이드의 아이는 사악하고 사납지."*

모리건은 노래를 조금 흥얼거리고는, 옆구리 아래로 늘어뜨린 손가락을 꼼지락거렸다.

빨리. 모리건은 재촉하면서도 한편으로 다른 마음이 들었다. *안 돼, 하지 마.*

처음에는 분별 있는 두 번째 목소리가 더 힘이 있었다. 그런데 날이 갈수록 점점 아득해졌다.

며칠이 지난 후에야 다시 원더를 불러 볼 용기를 끌어모을 수 있었는데, 마침내 시도했을 때는 원더가 쉽게 소집되지 않았다. 처음에는 그랬다. 미술관에서처럼 잘되지 않았다.

모리건은 *한번 해* 보는 것만으로도 큰 죄책감을 느꼈다. 어쩌면 원더는 모리건의 이런 감정을 알고 가까이 오지 않는 것인지도 몰랐다.

하지만 에즈라 스콜에게 납치당해 시험을 날려 버린 지 일주일 만에, 처음 노래를 불러 원더를 소집한 지 일주일 만에, 그날 밤 받았던 교육에 대한 모리건의 감정이… 바뀌었다.

가로챈 순간들의 미술관을 나올 때는 터질 듯한 분노와 두려움으로 마음이 온통 복잡했다. 모리건은 갑자기 찾아온 새로운 공포에 사로잡혔다. 자신이 자유주에서 가장 배타적이고 가장 미움받는 단체의 회원이라는 생각 때문에 무서웠다. 오직 두 사람, 모리건과 에즈라 스콜이 그 협회에 가입된 유일한 두 사람이었다. 참혹 협회 말이다.

어찌 보면 919기 동기들이 모리건을 피해 다니며 본의 아니게 도와준 셈이었다. 모리건에게는 약간 엇나가는 성격이 있었다. 모두가 모리건이 죄책감을 느낄 거라 확신하자, 모리건은 적어도 시험을 망친 책임에 대해서만큼은 죄책감을 훌훌 털어 버렸다. 동기들이 화를 내도록 내버려 두었다. 모리건은 전보다 더 멀리, 더 빠르게 멀어져 갔다.

이제 모리건에게는 쉴 곳이 있었다. 자신만 가지고 있는 어떤 것, 비밀이 있었다.

"*모닝타이드의 아이는 새벽을 열고 온다네.*"

올 것이 왔다. 손가락 끝에서 느껴지는, 이제는 익숙한 알알함. 바글바글 모여든 풍성한 만족감. 얕은 상처를 지그시 누르는 것 같은 아슬아슬한 불안감.

모리건은 혼자 가만히 웃었다.

너희, 왔구나.

요사이 원더는 매번 반응했다. 아주 쉽게, 아주 *빠르게.* 이제 모리건은 주피터가 작년에 했던 말이 무슨 뜻이었는지 알 수 있었다. 원더는 정말로 *모리건을 기다리고 있었다.* 모리건에게 한결같이 집결하여, 모리건이 명령하는 법을 배우길 끈기 있게 기다렸다. 에즈라 스콜이 사악하고, 또 모리건의 적인지는 몰라도, 그래도… 그는 값을 매길 수 없이 귀한, 그가 아니면 결코 배울 수 없는 것을 가르쳐 주었다. 원협에서는 아무도 가르쳐 주지 않았다. 원로들도, 주임 교사들도, 온스털드 교수도. 그들은 모리건의 힘뿐만 아니라 모리건이라는 사람까지도 통제하려고만 했다.

물론 모리건은 조심했다. 원더를 소집할 때는 아주 적은 양만 불러서 쌓이지 않게 했다. 이런 요령은 지난주에 알아냈다. 이것만 주의하면 힘의 느낌을 이어 가면서 통제력도 유지할 수 있었다. 이제 모리건은 중간에 노래를 잠깐 멈추고 원더를 흩어지게 하는 법도 알았다. 2절로는 절대 넘어가지 않았다.

"이브타이드의 아이는 질풍노도를 몰고 온다네."

정말 멋져. 이건 작고 은밀한 반항이었다. 몇 달을 이도 저도 아닌 상태로 보냈다. 협회에 들어왔지만 아직 협회에 소속되지 못한 느낌으로 몇 달이 지나고 나서야, 마침내 *내 것*이다 싶은 것이었다. 모리건은 비로소 용의 등에 올라탄 호손이 어떤 기분인지 이해했다. 이 세상에 태어난 목적을 실현하는 일이었다. 케이든스는 또 어땠을까. 이음매 없는 진짜 최면을 저지를 때마다 자신이 지닌 힘의 황홀감을 느꼈을 것이다.

그렇긴 하지만… 머리 한쪽에서 어떤 목소리가 들렸다. 아득히 멀지만, 아직 있었다. 새로운 기술을 연습하러 살금살금 나올 때마다, 노랫소리에 반응하는 원더를 느낄 때마다 그 목소리가 들렸다.

이건 위험한 일이야. 이렇게 하면 안 돼. 나쁜 짓이야.

하지만 *어떻게 이게 나쁜 짓일 수 있을까?* 모리건은 원더스미스로 태어났고, 그건 모리건이 어떻게 할 수 없는 일이었다. 작년에 주피터는 그게 모리건의 재능이라고 했다. 모리건의 소명이라고.

그걸 어떤 의미로 받아들일지는 네가 정하는 거야. 너 말고는 아무도 할 수 없어. 주피터가 모리건에게 말했었다.

"*어디로 가느냐, 오, 아침의 아들아?*"

과거의 원더스미스 몇 명이 능력을 악랄하게 사용했다고 해서 모리건도 그럴 거라는 뜻은 아니었다. *나는 마틸드 러챈스가 아니야.* 모리건은 혼자 몇 번이고 되뇌었다. *나는 에즈라 스콜이 아니야.*

"*저 높이 태양과 함께 바람이 따뜻한 곳으로.*"

모리건도 원더스미스였다. 그걸 어떤 의미로 받아들일 것인지는 *모리건 자신이* 결정할 것이다. 모리건 말고는 누구도 할 수 없었다.

"*어디로 가느냐, 오, 밤의 딸아?*"

한 가닥의 빛이 손가락 사이에서 춤을 추듯 움직였다. 모리건은 빙긋 웃었다.

"*저 깊은 아래 창백한 자가 무는 곳으로.*"

———◆———

모리건은 푸념하는 숲을 나와 프라우드풋 하우스 방향으로 걸었다. 온스털드 교수가 치타원cheetahwun으로 보일 만큼 느릿느릿한 걸음이었다. 밤의 노래를 연습하며 혼자 보내는 시간을 끝내기가 못내 아쉬웠다. 게다가 〈네버무어 판독〉 수업에 들어가 자신에게 화가 난 동기들과 시간을 보내야 한다는 건 더더욱 생각하기 싫었다.

모리건은 지금까지 한 번도 수업을 빠진 적이 없었다. 하지만 프라우드풋 하우스 계단 위에 선 그 순간, 모리건이 바라는 건 뒤돌아 달려 나가는 일이었다. 죽은 불꽃나무가 줄지어 선 진입로를 내달려서, 원협 문밖으로 나가 그대로 듀칼리온까지 가고 싶었다.

상상 속에서는 때 이른 귀가에 관해 묻는 사람이 아무도 없었다. 마사는 모리건이 제일 좋아하는 다과를 담은 쟁반을 들고 있었다. 스모킹팔러에서는 최근 제일 마음에 드는 계절 향이 벽면에서 뭉게뭉게 나왔다(가을의 안락함과 행복감을 최대치로 느끼게 하는 산뜻하고 포근한 스웨터 향). 무엇보다 중요한 건, 주피터가 2주 동안이나 집을 비우고 떠나 있던 탐험에서 돌아와 호텔에 있는 것이었다. 에즈라 스콜과 미술관과 모리건이 터득한 밤의 노래와 시험 불합격 소식 등을 진득하니 듣고 난 주피터는 화를 내거나 걱정하거나 실망하지 않았고, 모든 게 다 괜찮았다.

하지만 전부 상상 속의 일이었다.

현실은 지도실에서 수업을 들어야 했다. 모리건의 걸음은 점점 더 느려지고 있었다. 몸이 들썩이도록 한숨을 쉰 모리건은 어깨를 활짝 펴고 아쉬운 눈길을 돌려 마지막으로 진입로 맞은 편의 문을 바라보았다. 탈출로 쪽을…….

… 그리고 그가 눈에 들어왔다.

주피터 노스가, 마치 모리건이 마법으로 데려다 놓은 것처럼 진입로를 달려 올라오고 있었다. 생강색 머리카락을 뒤로 날리며, 미소로 얼굴을 환하게 빛내며. 주피터는 달리기를 멈추더니 몸을 숙여 숨을 고르고 나서 손에 꽉 쥔 우산을 들어 모리건에게 흔들었다. 모리건도 활짝 웃으며 같이 손을 흔들었다.

"모그! 너를 빼 가려고 왔어." 주피터가 멀리서 우렁차게 외쳤다.

그 모습을 지켜보던 모리건의 눈에, 활짝 웃던 주피터의 미소가 흐려지는 게 보였다. 미소가 사라진 얼굴에 혼란이 번졌다. 그의 눈길이 모리건의 손으로 떨어졌다. 모리건은 무심코, 능숙하게 금빛 원더 가닥을 손가락 끝에 걸고 있었다.

21장

경이로운 것

　주피터는 한마디도 묻지 않았다. 그럴 필요가 없었다. 한마디 물을 새도 없이 모리건이 먼저 모든 이야기를 조각조각 생각나는 대로 줄줄이 쏟아 냈다. 모리건은 떼로 몰려든 백골과 말을 타고 온 사냥꾼과 가로챈 순간들의 미술관과 에즈라 스콜의 깜짝 방문에 대해 모조리 이야기했다. 아무도 모르는 새로운 기술과 물에 빠져 죽은 여자와 눈이 회오리치는 유리구에 대해서도 이야기했다. 《네버무어 판독》 시험에 불합격한 이야기도 간신히 은근슬쩍, 아주 짧게 끼워 넣었지만, 놀랄 것도 없이 그 부분은 주피터의 관심을 끌지 못했다.)

주피터가 잠긴 목소리로 말했다. "스콜? 너, 그자가… 그자가 여기 네버무어에 있다고? *또*? 왜 그 말을─"

"아저씨가 있어야 말을 하죠!" 모리건이 불쑥 끼어들었다. 원망하는 낌새가 고스란히 드러났다. 주피터가 주춤했다.

그는 모리건을 데리고 나무가 곁을 두른 진입로를 내려가 문 쪽을 향했다. "하지만 *누군가한테는* 말을 했어야지. 일주일 내내 원더를 소집했던 게 *에즈라 스콜*한테 방법을 배워서라는 거 잖아? 그렇게 비밀로 담아 둬선 안 돼, 모그. 그건 위험해."

"쉿." 모리건이 주변을 둘러보며 엿듣는 사람이 없는지 확인했다. "내가 또 누구한테 말할 수 있겠어요? 원로님들한테도 못 하고, 치어리 차장님한테도 못 하고, 여기 있는 사람들 아무한테도 못 해요. 에즈라 스콜이 나를 만나러 왔다는 걸 알았다가는, 에즈라 스콜이 나한테 말한 걸… 생각해 봐요. 어떤─"

"피네스트라는." 주피터가 모리건의 말을 중간에 끊었다. "핀한테 말할 수 있었잖아. 잭도 있고!"

모리건은 반박할 말을 찾다가 입을 다물었다. "난… 어, 그래요. 뭐, 그 생각은 못 했어요."

"그런데 *거긴* 어디지? 무슨 미술관? 그게 뭐야?"

"가로챈 순간들의 미술관이요. 엘드리치 근처 어디 같아요.

한참을 달리다 보니까 어딘지 알겠더라고요. 그런데 아무튼 기쁘지 않으세요? 내가 *원더*를 부를 수 있어요." 모리건이 기쁜 마음에 눈을 동그랗게 뜨고 믿기지 않는다는 듯이 웃었다. "정말로 할 수 있다니까요! 게다가 *잘해요*, 아저씨."

"거기에 대해선 의심하지 않아." 한쪽 입꼬리에만 보일 듯 말 듯 미소가 걸린 주피터의 모습이, 마치 머리 따로 마음 따로인 상태 같았다. 그는 모리건을 곁눈으로 힐끔 보았다. "내가 그랬지? 원더스미스가 선을 위한 힘이 될 수도 있다고. 넌 아주 *훌륭한 원더스미스가 될 수 있어.* 온스털드 교수님이 전부 다 틀렸어."

모리건은 행복했던 마음이 약간 흔들렸다. "아니에요. 온스털드 교수님 말씀이 맞아요." 둘은 원협 문을 나가 브롤리 레일 승강장 쪽으로 걸었다. 중등부 학생은 수업 시간 동안 교정을 떠나서는 안 되지만, 주피터와 나란히 걷는 학생에게 그런 규정을 들먹일 수 있는 사람은 많지 않았다. "마틸드 러챈스 이야기 못 들었어요? 가로챈 순간들의 미술관도—"

"—단지 하나의 원드러스 행위일 뿐이지." 주피터는 열차가 쌩 지나가면 뛰기 위해 우산을 들면서 모리건에게도 준비하라는 신호를 보냈다. "마틸드 러챈스도 그저 원더스미스 중 한 명일 뿐이고."

"에즈라 스콜은요?" 모리건은 그렇게 물으면서 검정 방수포 우산을 꺼냈다. 줄이 세공된 은 손잡이를 망토 자락으로 재빨리 쓱쓱 닦았다. "또 온스털드 교수님의 책에 나오는 그 원더스미스들은 전부 다 어쩌고요? 티르 마그누손도 있고, 오드부이 제미티도 있고—"

"아." 주피터가 의기양양하게 외칠 때 열차가 다가왔다. "그 이름을 말하니 반갑구나. 내가 그래서 온 거야. 자, 준비, **뛰 어!**"

———————◆———————

고속으로 쌩하니 공중을 가르는 열차에서 대화를 이어 가기란 불가능했다. 모리건이 평소 내리던 승강장에서 강철 고리를 풀기 위해 레버를 당기려고 하자, 주피터가 파리를 쫓듯 훠이 손을 내저었다.

"내가 신호를 줄 때까지 기다려." 그가 모리건의 귀를 스쳐 지나가는 바람 소리보다 크게 고함을 질렀다. 둘은 아직 집으로 돌아가지 않는 것 같았다.

브롤리 레일을 타고 한참을 달렸다. 모리건은 우산을 꽉 붙잡고 있느라 두 팔이 아파져 오기 시작했다. 근육이 불타는 듯 화끈거렸다. 이대로 손을 놓고 최악의 상황만 피하기를 바라야 하는 건지 모르겠다는 생각이 들 즈음, 주피터가 팔꿈치로 모

161

리건을 툭 치며 공원 모퉁이 쪽 무른 땅을 가리켰다.

"저기야!"

열차가 녹지 공간을 회전하며 지나갈 때 뛰어내린 모리건은 다소 어설프게 착지했다. 그래도 똑바로 서긴 했다. 주피터는 발을 헛디디고 무릎을 꿇은 채 잔디를 타고 미끄러졌다.

"깔끔한 착지야." 뒤에서 재미있어하는 목소리가 들렸다. "10점 만점에 10점."

깜짝 놀란 모리건이 뒤를 돌았다. "네가 여기서 뭘 하는 거야?"

잭이 나무 그늘에서 나왔다. "아, 안녕, 잭. 여름방학 때 보고 오랜만이네. 잘 지내? 나야 최고지. 물어봐 줘서 고마워, 모리건. 인사도 참 잘한다니까. 너도 잘 지내야 할 텐데."

"안녕, 잭." 모리건이 과하다는 표정으로 말했다. "잘 지내?"

"아, 호들갑 떨지 마. 나 당황할 것 같아." 잭이 히죽히죽 웃으며 몸을 뒤로 젖혀 발꿈치에 체중을 실은 채로 양손을 주머니에 넣었다. 이럴 때 보면 주피터와 몸짓이 똑같았다.

"여기서 뭘 하는 건데?" 모리건이 물었다.

"내가 같이 만나자고 했어." 주피터가 말했다. "나를 계속 도와줬거든. 똑똑한 녀석이야. 우리가 보여 줄 게 있어." 주피터가 무릎을 털고 공원으로 성큼성큼 걸어 들어갔다. 모리건과 잭도 그 뒤를 따랐다.

"어떤 건데요?"

"아주 중요한 거." 주피터가 모리건에게 대답했다. 늘 그렇듯이 주피터가 한 가지 생각에 사로잡혀 있을 때 모리건은 긴 다리로 걷는 속도를 따라가기 위해 거의 달리다시피 해야 했다. "몇 달 전에 내가 약속했던 거. *경이로운 거.*"

모리건이 잭을 바라보자, 잭이 눈썹을 치켜올렸다. 자기만족이 철철 넘쳐흐르는 중이었다.

공원은… 뭐랄까, 사실 진짜 공원이라고 할 만한 곳은 아니었다. 울창한 밀림 같은 곳이었다. 풀도 거의 1년 동안은 벤 적이 없는 것 같았는데, 키 작은 떨기나무 위로 비죽 올라온 벤치 윗부분이 보이긴 했다. 아마도 *한때*는 공원다운 공원이었을 것이다. 점차 아무도 돌보지 않게 되자 자연이 다시 거두어들인 듯했다.

주피터는 잡목을 헤치고 들어가 서로 얽힌 덩굴줄기와 나뭇가지를 치우며 뒤따라오는 모리건과 잭을 위해 길을 만들어 주었다. "네가 했던 말을 잭하고 이야기해 봤단다, 모그. 온스털드 교수님의 책과 교수님이 책에 담은 원더스미스에 대해서 말이야. 내가 증거를 찾아오겠다고 약속했지? 잭하고 몇 달 동안 찾아다니다가 발견했어. 바로 여기, 제미티 놀이공원에서." 주피터가 모리건을 돌아보며 미소 지었다.

나무가 말끔히 정리되면서 담쟁이덩굴이 빽빽하게 뒤덮은

높은 돌담이 눈앞에 나타났다. 주피터가 손가락으로 위를 가리켰다. 세 사람의 머리 위로 바이킹 돛대가 우뚝 솟아 있었다. 대관람차 꼭대기 부분과 거대한 동그라미를 그리며 한 바퀴 도는 롤러코스터 선로도 보였다.

"어, 잠깐만요, 이럴 리가, *여기*가 제미티 놀이공원이에요? 진짜요?" 모리건은 개미구멍 하나 없어 보이는 돌담을 유심히 훑어보고 밀려드는 실망감을 감추지 못했다. "그러니까 정말로… 정말로 잠겨 있단 말이에요?"

"그래. 아주 멋진 생각 아니니?" 주피터가 말했다.

모리건이 멍하니 그를 쳐다보았다. "별로요."

"아니야, 멋진 생각이 *맞아*. 우리가 알아냈어." 잭이 열변을 토했다. 절대로 들어갈 수 없는 환상적인 비밀의 놀이공원 담 밖에 서 있는 아이에게, 잭은 마치 평생 받을 크리스마스 선물을 한꺼번에 다 받은 사람처럼 보였다. "책에서 이곳을 어떻게 설명했는지 다시 한번 말해 볼래? 기억할 수 있겠어?"

모리건은 한숨을 쉬었다. 당연히 기억할 수 있었다. 온스틸드 교수의 지시로 그 주제와 관련된 3,000단어 분량의 소논문을 작성했고, *같은 주제*로 디오라마까지 만들었다. 문이 잠긴 담벼락 밖에 엄청나게 충격을 받은 얼굴로 서 있는 아주 작은 아이들의 모형을 꾸며 놓았다. 그 과제를 하는 데 *사흘*이 걸렸다. 굳게 잠긴 제미티 놀이공원 담 밖에 직접 서 있어 보니 아

164

이들이 느꼈을 실망감을 속속들이 이해할 수 있을 것 같았다.

"오드부이 제미티가 현지 사업가한테 회전목마랑 롤러코스터랑 워터 슬라이드랑 없는 게 없는 마법 놀이공원을 만들어 달라는 부탁을 받았어. 그래서 만들어 줬지. 공원 개장일이 되어 네버무어 곳곳에서 사람들이 구경을 왔는데, 정작 제미티는 나타나지 않은 거야. 공원을 만들어 달라고 의뢰했던 사업가가 문을 열어 보려고 했지만 열리지 않았어. 공원은 아무도 받아 주지 않았어. 누구도 들어갈 수 없었어. 문으로도, 문 밑으로도. 그렇게 아이들도, 아이들의 엄마 아빠도 슬퍼하며 집으로 돌아갔고, 제미티 공원은 오늘날까지 아무도 건드리지 못한 채로 남아 있대. 그래서 사람들은 공원 주변에 이렇게 나무를 심고 덤불을 만들어 짜증 나는 공간이 보이지 않게 둘러놓은 거고, 아저씨, 뭐 하세요? 그러면 안 될 것 같은데요."

주피터는 관목 울타리와 담쟁이덩굴에 달려들어 잎을 한 움큼씩 뜯어낸 뒤로 내버리며 모리건에게 뭔가를 보여 주려고 애쓰고 있었는데, 그 목적을 달성하긴 힘들어 보였다. 뜯어내는 만큼 빠르게 덩굴 잎이 다시 자랐기 때문이었다.

"맞아. 그럴 거야." 주피터가 말했다.

"아직도 뜯고 있잖아요."

"그것도 맞아! 알았어. 빨리하자." 주피터가 숨을 헉헉거리며, 유독 끈질기게 그의 팔을 감고 올라오는 덩굴을 물리쳤다.

"이것 봐."

그것은 작은 머릿돌이었는데, 맨 위에 걸린 자주색 마름모꼴 명판에 이렇게 적혀 있었다.

여기 장관이 있다.

만든 사람 : 원더스미스 오드부이 제미티

후원한 사람 : 하드리안 캔터, 캔터 금융 최고경영자

이 선물을 그레셤의 아이들에게 바칩니다.

동쪽바람 연대

7년, 겨울

"이 선물을—"

"그레셤의 아이들에게, 맞아." 신난 잭이 덩굴 하나를 탁 치자, 덩굴 잎이 잭의 얼굴을 간질였다. "이 자치구 이름이야. 놀이동산을 짓기에는 묘한 동네지. 안 그래?"

"왜?"

"주변을 봐! 여기는 네버무어에서 제일 가난한 자치구야. 예

전부터 그랬어. 아무것도 없잖아. 원더철은 이곳을 지나가지도 않아. 그런데 무슨 이유로 어마어마하게 크고 아무도 못 들어가는 비밀의 놀이동산을 동네 *유일의* 녹지 한가운데 숨겨 놨을까?"

"이상하긴 하네. 하지만—"

"쉿, *들어 봐*." 주피터가 손가락을 입술에 가져다 대며 말했다. 모리건과 잭은 입을 다물었다. 처음에는 새소리밖에 들리지 않다가, 희미하게 바람결에 나뭇잎이 바스락거리는 소리가 들렸다. 그리고⋯⋯.

"안에 누가 있어요!" 목소리가 들렸다. 아이들 목소리였다. 비명과 뒤따라 들리는 왁자한 웃음소리. 그리고⋯ "음악 소리?"

"회전목마 음악 같은데." 주피터가 말했다.

모리건은 어리둥절했다. "그러니까⋯ *폐쇄된 게 아니네요?*"

"그렇게 말할 순 없지. 들어갈 수 있는 사람들이 있으니까." 잭이 말했다.

"이걸 어떻게 알아냈어?"

"그레이스마크 학교에서 샘이라는 친구가 얘기해 줬어. 그 친구가 그레셤에서 살았는데, 굉장한 놀이공원이 있어서 어릴 때 자주 와서 놀았대. 지금은 너무 커서 못 들어가지만. 공원이 들여보내 주지 않는다는 거야. 다른 아이들은 아무도 그 말을

167

믿지 않았어. 하지만 난 삼촌한테 들었던 이야기가 기억났어. 네가 삼촌한테 했던 제미티 공원 이야기 말이야. 그래서 샘한테 같이 여기 와 보자고 했고. 전부 사실이었어. 이 공원은 딱 열두 살까지만 들어갈 수 있고—"

모리건은 깜짝 놀라 똑바로 섰다. "그럼 나도—"

"—그레셤 주민만 입장이 가능해."

"아." 모리건이 다시 축 처졌다. 실망이 이만저만이 아니었다. "그럼 우린 여기서 뭘 하는 거야?"

"모르겠어?" 잭이 욱하며 말했다. "삼촌이 말해 줘요."

주피터는 잘 들으라는 듯이 자주색 명판을 손으로 찰싹 쳤다. "온스털드 교수님이 틀렸어, 모리건. 제미티 놀이공원에 대해 잘못 알고 계셔. 오드부이는 놀라운 세상을 만들어 놓고 아무도 못 들어오게 막은 잔인한 사기꾼이 아니야. 그가 만든 건 *실패작*이 아니야. *경이로운 걸 만든 거야.* 그걸 가질 자격이 있는, 몇 안 되는 사람들을 위해서, 그레셤의 아이들을 위해서 말이야. 그레셤의 아이들은 한 번도 이런 걸 누려 본 적이 없었어. 그래서 네버무어에서 가장 가난한 동네 한복판에 이걸 만든 거야. *다른 사람들은 손대지 못하는 그 아이들의 것을 선물한 거지.*"

"그레셤위원회의 기록도 파헤쳐 봤어. 지금 우리가 서 있는 이 땅이 원래 뭐였는지 알아? 아파트가 들어선 블록이었어. 그러다가 엄청난 부자인 하드리안 캔터가 동쪽바람 연대 때 이 땅을 사들였지. 캔터는 수백 명의 사람을 내쫓고 이 일대를 싹 철거한 다음, 놀이공원을 지어 어마어마하게 비싼 입장료를 거 둬들일 계획을 세우고 있었어. 그 얘긴 이 지역에 사는 사람들 은 누구도 공원에 들어갈 수 없을 거란 뜻이지. 오드부이 제미 티는 그게 그다지 공평하지 않다고 생각했던 것 같아. 그래서 공원은 캔터가 요청한 대로 짓고, 대신… 두 가지 추가 규칙을 더했지." 주피터가 웃었다. "그 규칙 덕분에 하드리안 캔터도 정말 행복했을 거야."

"맞아요." 모리건도 맞장구를 치며 활짝 웃었다.

셋은 조용히 입을 다물고, 희미하게 새어 나오는 음악 소리 와 웃음소리에 귀를 기울였다. 모리건이 지금껏 느낀 것 중 가 장 행복한 소외감이었다.

오후가 되자 날이 쌀쌀해지면서 어둑한 땅거미가 졌다. 차 가운 바람 때문에 얼굴이 아렸지만, 모리건은 조금도 상관없었 다. 검은 머리카락이 사정없이 휘날리고 눈에서는 눈물이 줄 줄 흘렀다. 모리건은 입회식이 있던 날 밤 이후로 한 번도 느껴 보지 못한 가벼운 마음으로, 주피터와 잭과 함께 네버무어의

SBD^Serious Business District(중대 상업 지구) 위를 거침없이 날아가며 뛰어내리라는 신호를 기다렸다.

"온스털드 교수님이 틀렸어." 모리건이 바람을 맞으며 소리쳤다. 그렇게 말하는 것만으로도 희열이 느껴졌다. "오드부이 제미티 이야기가 틀렸다면, 어쩌면……."

다음 말을 어떻게 끝맺어야 할지 생각나지 않았다. 오드부이 제미티 이야기가 틀렸다면, 어쩌면 뭐? 어쩌면 원더스미스에 대한 이야기도 틀린 건지 모른다고? 아니, 적어도 몇몇 원더스미스에 대해서?

모리건은 우산을 꽉 붙잡았다.

나에 대해서도 잘못 생각하고 계신지 몰라.

"그게 다가 아니야, 모그." 주피터가 모리건에게 대답하듯 소리쳤다. 그는 보도의 빈 부분을 가리켰다. "저기! 변호사 사무소 옆에."

세 사람은 **마호니와 모틴, 매컬로 가족 변호사** 명패가 붙은 사무용 건물 앞에 개선장군처럼 내려앉았다. 주피터는 모리건과 잭을 데리고 옆길로 조금 더 내려가, 길 끝에 난 입구를 통해 좁고 어두운 지하보도로 들어갔다가 자갈이 깔린 작은 마당으로 나와 다시 좁은 지하보도로, 그리고 또다시 입구를 지나 마당 두 개와 젖은 개 냄새가 나는 지저분한 골목을 거쳐 아주 아담한 통행로에 이르렀다. 벽면에 명판이 걸려 있었다.

웨이벌리 산책로
주의!
특이지형반 및 네버무어위원회 령에 의거한
'적색 경보 교묘한 길'
(매우 위험한 함정으로 상당한 상해를 초래할 수 있음)
진입 시 책임은 본인에게 있습니다

모리건은 깜짝 놀랐다. "아저씨, 교묘한 길은 이제 안 된다고 하셨잖아요."

주피터는 눈썹을 비스듬히 일그러뜨리며 말했다. "규칙은 깨라고 있는 거야, 모그. 하지만 이번 *한 번만*이다. 알겠니? 지금은 나하고 같이 있고, 내가 이 교묘한 길에 어떤 함정이 있는지 알기 때문에 괜찮은 거야."

"경이로운 거예요?" 모리건이 씩 웃으며 물었다.

"*믿기 어려운 거야.*" 잭이 말했다.

웨이벌리 산책로Waverley Walk에는 정말 불편한 함정이 숨어 있었다. 들어가면 갈수록 길이 점점 비좁아져서, 나중에는 양쪽 돌담 사이에 꾹 눌렸다("계속 들어와, 둘 다." 주피터가 앞에서 찍찍거렸다. 그 모습이 어찌나 거북해 보이던지, 모리건은 그의 머리

171

가 물풍선처럼 펑 터질 것 같았다). 그러다가 정말 갑작스러운 어
느 순간—

"캐스케이드 타워다!" 폭포가 떨어지는 소리를 뚫고 들릴 만
큼 크게, 주피터가 소리쳤다. 세 사람은 골목 벽 틈에서 앞으로
돌진하며 숨을 몰아쉬었다.

폭포는 한 *개*가 아니었다. 열 개, 아니 그보다 더 많아 보였
다. 어떤 폭포는 어마어마하게 컸다. 하얗게 부서지며 시야를
가로막는 급류의 장막처럼 장관을 이루면서 바닥으로 떨어졌
다. 또 어떤 폭포는 수정처럼 맑고 은은하게 흘렀다. 유리잔이
부딪치는 소리처럼 쟁그랑거렸다. 어디선지 모르게 떨어져 어
디론지 모르게 사라지는, 눈부시게 아름답고 장엄하게 빛나는
삼차원 마천루 형태로 편곡된 물의 교향곡이었다.

모리건의 어깨가 축 늘어지더니 살짝 비틀거렸다. 데시마 코
코로의 창작물은 예상과 전혀 달랐다. 모리건은 벼락을 맞은
느낌이었다. 골목 하나 건너에 이런 게 있을 줄은 몰랐다. 물소
리도 들리지 않았고, 어떤 낌새를 의심해 볼 만한 대기의 변화
도 없었다. 우중충한 건물 뒤에 이토록 귀를 먹먹하게 울려 대
는 웅장하고 훌륭한 구조물이 있다니.

정말이지 *아름다웠다*.

모리건은 믿기지 않아 고개를 흔들었다. "교수님은 *실패작*이
라고 했는데." 흐르는 물소리보다 크게 소리쳤다. 갑작스레 충

격을 넘어 걷잡을 수 없이 화가 치밀었다. "교수님은, 이게 *실패작*하고 흉물 사이에 있다고 했어. 그런데 이건… 이건…….."

"맞아." 주피터가 목청을 높이며 말했다. "이건… 맞아. 정말 그래." 주피터와 잭은 넋이 나간 듯 멍한 얼굴에 경외감을 담고 캐스케이드 타워를 물끄러미 올려다보았다. 모리건은 자신의 얼굴도 똑같을 것이라고 생각했다. "우리 안으로 들어가 볼까?"

주피터가 우산을 펴자 잭과 모리건도 우산을 펼쳐 들었다. 셋은 떨어지는 물살이 가장 약해 보이는 곳을 통해 안으로 들어갔다. 아주 간단했다. 온스털드 교수는 책에서 데시마 코코로의 건물에 들어갈 때 속옷까지 흠뻑 젖지 않으면, 물에 떠내려가거나, *익사하기* 쉽다고 설명했다. 하지만 물의 장막을 지나 안쪽으로 들어온 세 사람은 우산에서 물을 털어 낸 것 말고는 몹시 뽀송뽀송했다. 귀청이 떨어져 나갈 듯 요란했던 물소리도 사라졌다.

캐스케이드 타워 내부는 어둡고 습하고 동굴 같기는커녕 밝고 쾌적했다. 시원한 초록색 빛이 겹겹의 얇은 물로 된 막을 통과해 바닥에 잔물결 무늬를 만들었다. 건물은 엄청나게 크고 텅텅 비어 있었다. 그리고 조용했다. 마치 동글동글한 유리돌로 만든 대성당 같았다.

"왜 아무도 이곳을 이용하지 않나요? 이런 곳이 있다는 걸 모르는 걸까요?" 모리건이 한껏 숨죽인 목소리로 물었다. 마치 신성한 마법의 공간에 들어와 있는 것 같았다. 그 마법을 깨뜨리고 싶지 않았다.

"모르지. 누가 주인인지도 모르겠고. 아직 알아보는 중이야." 주피터는 손끝으로 유리처럼 차분히 내려오는 물의 벽을 더듬어 갔다.

"여긴 어떻게 찾았어요?"

"글쎄, 시간이 좀 걸렸지. 하지만 다행히 나는 아는 게 많은 사람들을 좀 알거든. 그리고 내가 캐고 다니는 걸 좋아하는 성격이잖아. 안 그래?"

둘은 드넓은 바닥을 가로질러 잭이 서 있는 곳으로 갔다. 잭 앞에는 머릿돌이 하나 있었는데, 역시나 자주색 마름모 명판이 걸려 있었다.

여기 특이점이 있다.

만든 사람 : 원더스미스 데시마 코코로

후원한 사람 : 상원의원 헬무트 R. 제임슨

이 선물을 네버무어 시민에게 바칩니다.

동쪽바람 연대

7년, 봄

"특이점이라고." 모리건이 되뇌었다. 불현듯 에즈라 스콜을 만났던 기억이 떠올랐다. "에즈라 스콜이 가로챈 순간들의 미술관을 저렇게 불렀어요. 원드러스 행위 등급위원회에서 장관으로 분류했다고 하면서요. 하지만 에즈라 스콜은 위원회가 틀렸다고 했어요. 위원회는 미술관의 실체를 이해하지 못해서 그런 거라고요."

잭이 모리건과 주피터를 번갈아 보더니, 안대를 하지 않은 한쪽 눈을 가늘게 떴다. "무슨 미술관? 에즈라 스콜을 언제 만났어?"

모리건은 잭의 물음을 무시한 채 말을 이었다. "그런데 전 무슨 말인지 몰랐어요. 온스털드 교수님 책을 보면, 원드러스 행위는 다섯 가지 등급밖에 없거든요. 과오, 실책, 실패작, 흉물, 그리고 파괴요. 장관이나 특이점에 관한 설명은 한마디도 안 나와요. 하지만 분명 존재하는 등급이니까… 그러니까, 우리가 이 앞에 서 있는 거잖아요." 모리건이 두 팔을 앞으로 활짝 펼쳤다. "그럼 왜 온스털드 교수님은 이런 걸 모르시죠? 원드러스 행위를 주제로 책 한 권을 직접 쓰신 분이, 도대체! 어째서 여기를 실패작으로 아시는 걸까요?"

"에즈라 스콜 얘기는 뭐야?" 잭이 살짝 높아진 목소리로 다시 물었다. 잭은 상황을 좀 더 자세히 파악해 보려는 듯이 안대를 들어 올렸다.

주피터는 턱수염을 긁으며 말했다. "좋은 질문이야, 모그. 나도 잘 모르겠어. 하지만 먼저 온스털드 교수님에게 직접 물어보는 게 좋겠다."

"네, 물어볼 거예요." 모리건은 불쑥 맹렬한 투지가 새롭게 끓어올랐다. 어떻게 그토록 잘못된 정보를 가지고 원더스미스와 원드러스 행위에 대한 책을 쓸 수 있지? 캐스케이드 타워나 제미티 놀이공원이나, 그 책에 나와 있는 다른 원드러스 행위의 결과물을 직접 찾아볼 생각은 해 봤을까? "내일 아침에 눈 뜨자마자 물어볼 거예요."

"그래도 신중히 해. 알았지? 자기가 틀렸다는 말을 듣고 좋아할 사람은 없어. 책 한 권을 쓴 분야라면 더하겠지."

"장담은 못 해요." 모리건이 매몰차게 말했다.

얼마간 조용히 시간이 흘렀다. 모리건은 온스털드 교수의 일을 생각하며 화를 곱씹었고, 주피터는 감탄에 빠져 말없이 캐스케이드 타워만 올려다보았다. 그리고 마침내 잭이 폭발했다.

"스콜 얘기 안 해 줄 거야?!"

22장
부정직한 시간조종자

"의상은 정했어?"

"의상?"

"할로우마스 말이야. 내일이잖아." 호손이 말했다.

"음." 모리건은 눈을 깜박이며 대화에 집중하려고 애썼다. 지난밤에 잠을 거의 못 잔 데다 지금도 마음이 완전히 다른 곳에 가 있어, 푸념하는 숲에서 프라우드풋 하우스로 빈 몸뚱이만 호손과 같이 걷는 중이었다.

"아니, 그 생각은 전혀 안 하고 있었는데."

"너한테 딱 맞는 의상이 있는데, 뭔지 알아?" 호손이 조심스럽게 주변을 둘러보더니 귓속말로 속닥거렸다. "원더스미스."

모리건이 얼굴을 찡그렸다. "네가 한 말 중 제일 어이없어."

"아니야, 내 말 들어 봐. 사람들은 네가 *진짜* 원더스미스라는 걸 모르잖아. 그걸 아는 사람은─"

"아는 사람은" 모리건이 말을 가로채고 손가락을 꼽기 시작했다. "너하고 주피터 아저씨하고 잭, 피네스트라, 치어리 차장님, 온스털드 교수님, 원로님들, 주임 선생님 두 분, 우리 동기들 전원, 그리고 그 애들의 후원자 전원."

"그래, 하지만 그 사람들 말고는 아무도 모르잖아."

"참! 수수께끼에 쌓인 협박범도 빼먹지 말아야지. 누군지는 몰라도. 에즈라 스콜도 있고, 그리고─"

"*어쨌든.*" 호손이 끈질기게 주장했다. "그래서 진짜 재미있는 생각이라는 거야! 그게, 음… 그 말이 뭐더라? 저번에 호머 형이 썼는데. 그게… 역설적이라서."

"그게 무슨 뜻이야?"

"그건… 나도 몰라. 알 게 뭐야. 그냥 사람들 얼굴이 어떨지 상상해 봐. 네가 원더스미스 의상을 입고 파티에 나타나면 말이야! 까만 입, 발톱, 커다란 구식 망토… 파티 참석자 중에서 제일 무섭게 분장하면. **와, 감각 좀 있는데,** 할 거야."

"**와**, 그 자리에서 쫓겨나겠다." 모리건이 무슨 소리냐는 얼굴로 말했다. 에즈라 스콜도 그렇게 생기지는 않았다. "그런데 어떤 *파티*?"

호손이 펄쩍 뛰어올라 튀어나온 나뭇가지를 치며 신나게 말했다. "우리가 가고 싶은 파티, 아무 데나! 918기는 프레디 로치네 집에서 파티를 열 거래. 프레디가 나랑 〈*파충류 돌보기*〉 수업을 같이 듣거든. 괜찮은 사람이야. 호머 형도 친구들하고 파티할 거야. 우리가 가면으로 얼굴을 가리고 형한테서 3미터 이상 떨어져 있겠다고 약속하면 분명 데려갈 거야."

"하지만 우린 검은 퍼레이드 때 행진하잖아. 기억 안 나? 행진할 때는 의상을 입을 필요가 없어. 검은 정복이면 돼." 모리건이 검은 퍼레이드 생각에 가볍게 몸을 떨면서 말했다.

모리건은 외투를 당겨 꽉 여미고 턱 밑까지 단추를 채웠다. 벌써 가을이 무르익었다. 원협 밖은 공기가 상쾌하고 낙엽을 밟고 다니면 바스락바스락 기분 좋은 만족감을 느낄 수 있다는 뜻이었다. 하지만 원협 안쪽은 바람이 얼얼하고 서늘했다. 장작을 태운 연기 냄새와 달콤하게 썩어 가는 사과 냄새가 끊임없이 풍겨 왔고, 푸념하는 숲은 붉은빛과 황금빛, 오렌지빛을 한데 엮은 강렬한 색의 차양이 되었다(투덜거리는 나무들 가운데 어느 하나 그 사실을 기뻐하지 않는 것 같았지만, 언제는 그들이 기뻐한 적이 있었나?).

"퍼레이드는 자정에나 하는 거잖아! 맞아, 틀림없이 잭이 파티를 여는 사람을 알고 있을 거야. 어쩌면 직접—"

"잭은 듀칼리온에 있을 거야. 그리고 사실은 나도 그래야 할 것 같아. 프랭크가 할로우마스라고 뭔지 모르는 뭘 한댔거든."

"오오, 나도 가도 돼?"

"당연하지."

"좋았어. 난 해적 분장을 할 거야. 아니, 귀신, 아니야, 공룡을 할까? 아직 잘 모르겠어. 그냥 흡혈귀도 괜찮고……."

호손은 프라우드풋 하우스로 걸어가는 내내 끊임없이 할로우마스 의상을 고민했다. 정말로 모리건의 조언을 듣기 위해 쉴 새 없이 말을 꺼내는 건 아닌 듯했다. 모리건으로서는 호손의 고민을 귀 기울여 듣지 않아도 되었으므로 더없이 다행한 일이었다.

모리건은 밤새 거지반은 깬 상태로 어떻게 하면 온스털드 교수와 솔직하게 대화할 수 있을지 곱씹어 생각했다. 주피터가 옳았다. 당연하다. 틀렸다는 말을 듣고 좋아할 사람은 아무도 없었다. 그렇다고 해서 그게 틀렸다는 말을 듣지 *않아도 된다*는 뜻일까?

어쨌든 온스털드 교수는 모리건에게 악랄한 거짓을 가르치는 데 1년 가까운 시간을 소비했다. 아무것도 모르면서 전문가임을 자부하며, 모리건이 앞서 실패한 악하거나 멍청하거나 아

무짝에도 쓸모없던 원더스미스의 전철을 똑같이 밟게 될 운명
이라고 믿게 했다.

생각할수록 화가 났다. 아침 내내 분노가 극에 달할 때까지
계속 생각했다. 캐스케이드 타워와 제미티 놀이공원과 지금도
네버무어 어딘가에 있을지 모를, 일부러 찾아본다면 쉽게 눈에
띌 수도 있는 수많은 원드러스 행위를 생각했다.

온스털드 교수의 교실로 뛰어든 모리건은 어깨를 쭉 펴고 머
리를 높이 쳐들었다. 거북원 교수와 아주 심각한 대화도 불사
할 태세였다.

"이게… 웬… 소란… 이냐?" 모리건이 문을 벌컥 열고 성큼
성큼 들어와서 책가방을 책상 위에 던져 놓자 온스털드 교수가
물었다.

"교수님이 틀렸어요." 모리건은 말을 해 놓고, 약간 놀랐다.
화가 났든 아니든 이렇게 노골적으로 말할 생각은 아니었기 때
문이었다.

"지금… 뭐라고…….."

"네, 다시 말씀드릴게요." 인내심이 바닥난 모리건은 온스털
드 교수를 끝까지 기다리지 못하고 말을 가로챘다. 모리건의
버릇없는 행동에 놀란 온스털드 교수가 구슬 같은 눈을 조금
더 크게 뜨고 입을 살짝 벌렸다. 모리건은 개의치 않았다. 물러
설 마음은 없었다. "교수님이 원드러스 행위의 등급을 잘못 알

고 계신다고요. 교수님이 쓰신 책에는 나쁜 내용밖에 없잖아요. 과오하고 실책하고… 그리고… 흉물, 그리고, 그런 것밖에요."

온스털드 교수가 모리건을 빤히 바라보았다. "그야 그게 전부니까……."

"그렇지 않아요. 특이점은 뭐예요? 장관은 어떻고요?" 모리건은 온 힘을 다해 내질렀다.

그러고는 말을 멈추고 온스털드 교수가 반응하기를 기다렸다. 그의 주름진 가죽 같은 얼굴에는 아무 표정이 없었다.

"캐스케이드 타워는 *실패작* 따위가 아니었어요. 전 알아요. 제 눈으로 봤으니까요."

온스털드 교수의 입이 떡 벌어졌다. "네가… 봤다고……."

"네, 정말 *경이로웠어요.* 거기 명판이 있었어요. 자주색 마름모 모양 명판인데, *여기 특이점이 있다고* 적혀 있었어요. 실패작이 아니라, *특이점*이요. 네버무어 시민에게 바치는 선물이랬어요. 그리고 제미티 놀이공원도 모든 사람에게 닫혀 있는 게아니었어요. 놀이공원을 가질 자격이 있는 가난한 어린아이들은 들어갈 수 있어요. 윈드러스 행위 등급위원회는 그곳을 장관으로 분류했고, 그레셤의 아이들에게 선물로 주었어요. 그곳에 있는 자주색 명판에 그렇게 적혀 있었다고요."

온스털드 교수가 눈에 띄게 동요하는 모습을 보였지만, 모리

182

건은 멈출 수 없었다. 간신히 말을 끊고 숨을 돌리면서도, 온스털드를 이해시키고 싶은 마음이 간절했다. "그게 무슨 *의미*인지 모르시겠어요? 교수님이 틀렸어요. 교수님은 책에 유사 이래 모든 원더스미스가 한 명도 빠짐없이 어리석지 않으면 사악했고, 또 잔인하거나 방탕했다고 하셨잖아요. 하지만 데시마 코코로는 쓸모없는 사람이 아니었어요. 그 사람은 천재였어요. 오드부이 제미티는 잔인하지 않았어요. 다정하고 너그러운 사람이었죠."

"목소리를… 낮추도록… 해라." 온스털드 교수가 열려 있는 문을 불안하게 바라보았다. 몇몇 사람들이 복도를 지나가면서 어디서 무슨 소리가 들리는지 궁금하다는 듯 교실 안을 엿보았다. "누가… 혹시…….."

"누가 들어도 *상관없어요*." 모리건이 쏘아붙였다. 화가 나서 눈물이 핑 도는 느낌이었다. 모리건은 신의를 배반한 눈물샘에 욕을 뇌까렸다. 어째서 화가 치밀면 눈물이 나려고 할까? 눈물은 모리건이 보내고 싶은 신호가 *전혀* 아니었다. 모리건은 두 주먹을 꽉 말아 쥐었다. "제 얘기를 잘 들어 주실 때까지 조용히 굴지 않을 거예요. 모르시겠어요? 코코로와 제미티에 대한 부분을 잘못 알고 계셨다면, 어쩌면 다른 원더스미스에 대해서도 틀린 내용이 있는지 모르잖아요. 진실을 알아내기 위해 노력해 볼 만하지 않나요? 만일 좋은 원드러스 행위가 더 있다면,

교수님은 그걸……."

모리건은 말끝을 흐렸다. 문득 온스털드 교수가 터럭만큼도 놀란 기색을 보이지 않는다는 사실을 깨달았다. 모리건이 하는 이야기를 거짓말이라고 몰아붙이지도 않았고, 그걸 어떻게 아느냐고 묻지도 않았으며, "장관"이나 "특이점" 같은 말을 듣고 어떨떨해하지도 않았다. 온스털드 교수는 오로지 모리건이 하는 이야기를 누가 듣기라도 할까, 그 걱정뿐이었다. 틈만 나면 문 쪽을 흘깃거렸다.

길고 무거운 침묵이 두 사람 사이로 흘렀다.

모리건은 온스털드 교수의 책상에 놓인 커다란 책을 내려다보며, 『과오, 실책, 실패작, 흉물 그리고 파괴: 등급별 원드러스 행위 축약사』라고 적힌 빛바랜 표지에 한 손을 얹었다. 다시 입을 연 모리건의 목소리는 벽시계가 똑딱거리는 소리에 묻혀 간신히 들릴 듯 말 듯했다.

"축약사. 다듬고, 간추리고, 짧게 줄인 거." 모리건은 수업 첫날 온스털드 교수가 했던 말을 떠올리며 그를 바라보았다. "교수님은 이미 다 알고 계셨어요, 그렇죠? 알면서 일부러 뺐던 거예요. *거짓말을* 하셨어요."

온스털드 교수는 힘에 부치는 듯 쌕쌕거리며 긴 숨을 쉰 다음 대답을 하려고 입을 벌렸다. 주름진 입술 사이에서 침 자국이 길게 늘어졌다. "개정을… 한 거다."

"나한테 **거짓말을 했어요!**" 모리건은 자신도 모르게 소리를 지르고 있었다. "지금까지 계속 거짓말을 했어요. 원더스미스는 전부 악하다고 믿게 만들려고 했어요. 하지만 교수님은 그게 사실이 아니라는 걸 알고 있었어요. 아니에요?"

"원더스미스는 전부… 다… 악—"

또다시 같은 말을 듣기 힘들었던 모리건은 책을 펼쳐 오드부이 제미티에 대한 내용이 나올 때까지 마구 책장을 넘겼다.

그리고 그 부분을 통째로 찢어 냈다. 이를 악물고 조각조각 찢어 색종이 가루처럼 바닥에 날려 버렸다.

"거짓말. 그만해요."

온스털드 교수가 이 충격적인 폭력 행위를 보고 뭔가 말하려는 찰나, 헨리 마일드메이가 교실로 뛰어들었다. 걱정스러운 얼굴은 약간 갈팡질팡하는 것처럼 보였다. 그는 처치 곤란할 정도로 많은 책과 지도를 양팔 가득 안고 있었는데, 앞머리까지 눈앞으로 축 처진 상태였다.

"세상에! 죄송합니다, 온스털드 교수님. 지나가던 중에 누가 소리치는 걸 들은 것 같아서요." 그는 모리건과 노령의 거북원을 보다가 바닥에 쌓인 찢어진 종이 쪼가리로 눈길을 옮기고 영문을 모르겠다는 듯이 이마를 한껏 찡그렸다. "별일 없는 거니?" 모리건을 향해 물었지만, 대답을 한 사람은 온스털드 교수였다.

"아무 일… 없네… 젊은이." 온스털드 교수는 마일드메이를 같은 교사가 아니라 학생 대하듯 부르고 있었다. 모리건은 더 화가 치밀었다. 어떻게 마일드메이 선생님에게 저렇게 무례하게 굴 수 있지? 저토록 착하고 친절한 젊은 교사한테, 지독한 거짓말쟁이 온스털드 교수가 어떻게? 그러면 안 돼. "가서… 자네… 볼일이나 봐."

하지만 마일드메이는 호기심과 염려가 뒤섞인 눈으로 모리건만 빤히 바라보았다. "크로우, 너는—"

"그 애는… *괜찮아.* 이봐… 자네가… 계속… 여기 있는 건… 매우 적절치 못한 행동이야." 온스털드 교수가 잘라 말했다.

마일드메이의 뺨에 짙은 홍조가 떠올랐다. "아무래도 그렇겠지요, 교수님. 죄송합니다." 마일드메이는 마지막으로 모리건에게 무슨 일이냐는 듯한 눈길을 힐끔 던지고 고개를 휙 수그리며 교실을 나가려고 돌아섰다. 그러다가 그만 온스털드 교수의 책상 모서리에 무릎을 부딪치고 말았다. 마일드메이는 비명을 지르며 책이며 지도를 모조리 바닥에 떨어뜨리고 허둥지둥 주웠다. 얼굴이 새빨개진 마일드메이가 당황해서 발을 헛디디는 바람에 주웠던 책과 지도는 또다시 허공으로 날아갔다.

우왕좌왕 요란한 북새통의 한복판에서, 아주 이상한 일이 일어났다.

갑자기 온 세상이 서서히 멈추는 듯했다. 주변의 공기가 당밀처럼 걸쭉한 느낌으로 변했다. 시간이 견디기 힘들 만큼 느린 속도로 흐르는 것 같았다. 또는, 시간이 굳어져 모리건이 움직일 수 없게 붙잡고 있는 것 같기도 했다. 머리는 평소처럼 잘 돌았지만, 눈동자는 굼벵이 같은 속도로 움직였다. 기를 써도 보고 싶은 걸 볼 수 없었다. 시야에 들어오는 교실 맞은편의 모습을 보니, 마일드메이 선생님도 거의 움직이지 못하는 듯했다. 그의 책과 지도가 주변 공중에, 아니 *시간* 속에 떠 있었다.

영겁의 시간이 지난 느낌이었다. 이것도 모리건이 한 짓일까, 이번에도 원더스미스의 재능을 제대로 갈고닦지 못해서 제멋대로 발현된 것일까. 의문에 싸여 있던 그때, 모리건은 이 상황을 만든 게 누구인지 깨달았다.

모리건의 시선 앞으로, 특유의 거북이 속도(물론 지금은 거의 얼음에 가까운 모리건보다 몇 *배*나 빨라 보였다)로 걷는 온스털드 교수가 『축약사』 책을 힘겹게 끌어안고, 짧은 보폭으로 발을 끌며 교실을 가로질러 나가고 있었다.

온스털드 교수였다. 그가 벌인 일이었다. 그가 *시간을 느리게* 만든 것이었다.

잠시 뒤, 시간이 더듬더듬 되살아났다. 마일드메이의 책과 지도가 와르르 바닥으로 떨어졌고, 그는 다시 한번 책상 모서리에 무릎을 찧고 비명을 질렀다.

모리건은 숨도 제대로 쉬지 못하고 문으로 달려갔다. 하지만 이미 늦었다. 교수는 가고 없었다. "어떻게 한 거지?"

마일드메이는 방금 마라톤이라도 뛰고 온 사람처럼 한 손을 가슴에 얹고 숨을 몰아쉬었다. "맙소사, 전혀 몰랐어… 온스털드 교수님은 일반 학교 출신일 거라고 줄곧 생각했는데. *시간조종자Timekeeper*일 줄 몰랐어. 시간조종자가 이름 없는 영토에 *남아 있는 줄도 몰랐어.*"

"시간조종자가 뭐예요?"

마일드메이는 아직도 온스털드 교수가 사라진 문만 뚫어지게 바라보며, 눈을 휘둥그레 뜬 채 머리를 흔들고 있었다. "아주 희귀한 비기야. 시간조종에도 여러 갈래가 있어. 시간을 이용하고 조작하는 방식이 다른 거야. 시간을 보존하거나, 줄이거나, 구부리거나, 늘이거나. 온스털드 교수님은 *시간을 늘리는 사람* 같아. 믿기지 않아. 정말 믿기 어렵다."

모리건은 화가 난다는 듯 코웃음을 쳤다. "그 말이 맞는 것 같네요. 진실도 늘어뜨리는 사람이거든요. 책도 가져가 버렸어!"

모리건이 주먹으로 책상을 쾅 내리쳤다. 온스털드의 책을 가져가서 그가 정직하지 않다는 증거로 삼고 싶었다. 집으로 가져가서 주피터와 열심히 읽고, 다른 실책과 흉물 가운데 *네버무어 시민에게 바치는* 선물이 될 만한 게 또 뭐가 있을지 알아보고 싶었다.

"이런, 왜, 어… 무슨 책인데?" 바닥에 떨어뜨린 물건을 줍는데 정신이 팔린 마일드메이가 어수선하게 물었다. 모리건도 허리를 숙여 그를 도왔다.

"축약사인데ㅡ" 모리건은 가까스로 말을 멈추었다. 입을 앙다문 채 둘둘 만 지도를 건넸다. 마일드메이에게 책 제목을 말하는 건 자신이 원더스미스라는 단서를 주는 거나 마찬가지였다. "까먹었어요. 무슨 쓸데없는 역사 교재였는데."

"아, 뭐… 교수님이 분명 다시 가지고 오실 거야." 마일드메이는 문을 향해 가면서도 여전히 충격에서 헤어나지 못한 것처럼 허둥댔다. 온스털드 교수의 기이한 비기에 갇혔던 순간에서 완전히 벗어나지 못한 듯했다. 이해할 수 있었다. 모리건도 아직 머리가 조금 띵했다. "가 봐야겠다. 수업 계획을 짜야 해서. 나중에 보자, 크로우."

"시간조종자? 에이, 정말이야?"

"글쎄, 마일드메이 선생님이 그렇게 말했어요. 그리고 정말 시간을 늘렸고… 아니, 어쨌든 그런 느낌이 들었고요."

모리건은 벽에서 몽실몽실 뿜어져 나오는 자욱한 카밀레 연기를 깊이 들이마셨다. 형편없는 기분으로 집에 돌아온 모리건은 주피터를 소리쳐 부르면서 그의 서재로 달려갔다. 끔찍했던 그날의 일을 모조리 펼쳐 놓을 기세였다. 상황을 이해한 후원 자는 아무도 없는 스모킹팔러에서 이야기를 나누자고 모리건 을 다독이고, 케저리에게 마음을 가라앉히는 향을 틀어 달라고 부탁했다. 모리건은 격분하여 처음부터 끝까지 세세하게 이야 기했다. 온스털드 교수가 처음부터 모든 걸 알고 있었다는 사 실을 깨닫는 부분에 이르렀을 때는 마음이 아주 만족스러웠다. 이 대목에서 주피터는 말 그대로 자리에서 벌떡 일어났다. 그 는 카밀레 향을 맡으며 잠시 마음을 가라앉힌 다음에야 서성거 리는 것을 멈추고 자리로 돌아와 앉았다.

"그런데 *왜* 거짓말을 하셨던 걸까요?" 모리건은 벌써 몇 번 째인지 모를 질문을 또 던졌다. 하지만 주피터도 답을 알 수 없 었다.

마침내 주피터가 말했다. "원로님들께 가 봐야겠어. 원로님 들이야말로 진실을 알아야 해."

"내일요?" 모리건이 기대하는 얼굴로 물었다.

"내일. 검은 퍼레이드 전에 만나니까, 그때 얘기를 할게. 프 랭크가 준비한 파티를 마친 뒤에. 약속해."

23장

할로우마스

듀칼리온이 사악한 황금 오렌지 빛깔로 달아오른 할로우마스 밤이었다. 호텔의 불을 모두 꺼 마녀의 솥처럼 깜깜한 와중에 신중하게 고른 몇 개의 방에서만 수백 개의 촛불이 환하게 타오르고 있었다. 촛불을 밝힌 창을 밖에서 보면 이를 드러내며 크게 웃는 입과 한 쌍의 악마 같은 눈 모양을 하고 있었다. 듀칼리온의 외관 정면은 거대한 호박등을 옮겨 놓은 모습이었다. 그 효과는 으스스했다.

앞마당에서 호텔을 올려다보던 주피터가 뿌듯한 마음을 숨김없이 드러내며 말했다. "내가 매년 같은 말을 한다는 건 알지만, 자네는 자기 자신을 뛰어넘었어, 프랭크."

"정말 음산해요." 모리건이 말했다. 잭도 모리건 옆에서 그런 것 같다고 웅얼거렸다. 마사는 꺅 소리를 지르며 열렬한 박수를 보냈다.

찰리는 프랭크의 등을 탁 치며 말했다. "올해 할로우마스는 우리가 이길 것 같아요, 프랭크. 호텔 오리아나 사람들은 무슨 일이 닥칠지 모르고 있겠죠."

잭이 곁눈으로 모리건을 힐끔 바라보았다. 둘은 동시에 숨을 죽였다. 잘 나가다가 프랭크가 갑자기 최대 맞수인 오리아나 쪽 사람들에 대해 침을 튀기며 불평하는 건 누구도 바라지 않는 일이었다.

하지만 프랭크는 창백한 얼굴로 자신감 넘치는 미소를 지었다. 듀칼리온의 전등불이 눈과 송곳니에 반사되어 반짝거렸다. "할로우마스는 내 전문이야, 친구들. 변덕스러운 공포와 엽기적인 즐거움 위에서의 아슬아슬한 줄타기를 프랭크보다 더 잘하는 사람은 없다고. 아무도 없지."

모리건은 재미있어하는 얼굴로 다른 사람들을 살펴보았다. 마사는 미소를 머금은 채 입술을 깨물었고, 주피터는 터져 나온 코웃음을 기침 소리로 감추었다.

"오늘 밤 일정은 뭐예요, 프랭크?" 잭의 질문과 함께 듀칼리온 사람들은 촛불을 켜 둔 호텔 로비로 돌아갔다. 그곳에는 벌써 할로우마스 의상을 차려입은 투숙객들이 다가올 공포의 밤을 기대하며 모여 있었다. 직원들은 한밤중처럼 검은 펀치 잔과 털이 부숭한 거미 혹은 사람 손가락을 닮은 작은 카나페를 쟁반에 받쳐 들고 나누어 주었다. 학교에 있다가 그날 오후가 되어서야 듀칼리온에 도착한 잭은 모리건이나 주피터나 직원들과 달리, 지난 주 내내 할로우마스 프로그램을 꼼꼼하고 치밀하게 매만지는 데 집착했던 프랭크에게 시달리지 않았다. 프랭크는 중요한 발표를 하듯 목청을 가다듬었다. "질문해 줘서 고맙다, 잭. 6시부터는 듀칼리온 가족 어린이부의 환영 인사로, 간단히 '과자 안 주면 장난칠 거야' 시간이 있을 거야."

"과자는 뭘 준비했지?" 주피터가 물었다.

"아, 흔히 하는 거. 해골 젤리, 구더기 과자, 눈깔 초콜릿." 프랭크가 말했다.

"그럼 장난은?"

"사람들을 꽉 붙잡고 눈썹을 밀어 버릴까 생각해 봤어."

주피터가 한숨을 쉬었다. "안 돼, 프랭크."

"타르를 발라서 깃털을 붙일까?"

"절대 안 돼."

"이마에 문신하는 건?"

무겁게 숨을 내쉰 주피터의 볼이 불룩 부풀어 올랐다. "집단 소송에 휘말릴 만한 건 빼고 생각해 보면 안 될까?"

프랭크가 시큰둥한 얼굴을 하더니 못마땅하다는 듯이 어깨를 으쓱였다. "7시에는 네버무어 실내 관현악단의 장송곡 연주가 음악 살롱에서 있을 거야. 8시에는 유혈 낭자한 아름다운 연극 〈한입 물고 죽음에 빠지다〉 공연을 할 거야. 배우가 전부 흡혈귀인 거로 악명 높은 극단, **목마른 연기자들** 작품이지. 내가 전화로 열두 번이나 부탁해서 간신히 섭외했어. 알다시피 몹시 은밀히 활동하는 극단인 데다, 보통 *일반인* 관객 대상으로는 절대 공연을 안 한다고." 프랭크는 매우 우쭐해 보였는데, 그럴 만했다. "9시에는 으스스한 디스코와 의상 경연대회가 제2 무도회장에서 열릴 거야. *어린애들한테 맞춰 주는 게 항상 좋더라고.*"

"호손이 좋아하겠네요. 걔는 춤추는 걸 정말 좋아해요." 모리건이 말했다. 역시 *어린애인* 모리건 자신은 디스코 경연대회에 참가할 생각이 전혀 없었다. 모리건은 안내 데스크 뒤쪽의 시계를 힐끔거리며 호손이 어디 있을지 생각했다. 예정대로면 해가 지기 전에 도착했어야 하는데, 이미 날이 어두워졌다. 둘은 과자를 받으러 다니는 시간에 함께 돌아다닐 계획이었다. 주피터는 안 된다고 했지만, 조르고 또 졸라 대자 마음이 약해졌다. 결국 잭에게 같이 다니겠다는 약속을 억지로 받아 낸 뒤

허락해 주었다. 파티 시작 직전에 마사는 모리건이 입을 정체 모를 괴물 의상을 만들어 주었다. 자주색 천으로 감싼 파이프 청소 도구와 초록색 망사 천이 주재료였는데, 벌써 미친 듯이 몸이 가려웠다.

프랭크가 일정 설명을 이어 갔다. "11시쯤에는 파티 참가자 대부분이 시내로 나가서 자정 전에 검은 퍼레이드를 구경하기 좋은 곳에 자리를 잡을 거야. 그사이에 나는 올해의 퍼레이드는 포기하고 여기 듀칼리온으로 돌아와서 내가 주최하는 행사를 준비할 거야. *매우 제한적이고, 극비로 진행되며, 초대장이 있어야만 입장할 수 있는 한밤중에 열리는 행사지.*" 프랭크는 관심을 요구하듯 말을 멈췄다. 모리건이 잭에게 눈썹 하나를 치켜세워 보이자, 잭은 능청스레 웃었다. "내가 **영묘한 말라우**를 섭외했어."

"와, 신문에서 본 적 있어요!" 마사가 눈을 반짝 빛냈다.

모리건은 영묘한 말라우라는 이름을 들어 본 적이 없었다. "그게 누군데요?"

"*자유주 유일의 살아 있는 가장 위대한 점쟁이야.*" 프랭크가 단호하게 말했다.

"자기가 낸 광고에서 그렇게 말하긴 하죠." 잭이 툴툴거렸다.

프랭크는 잭의 말을 못 들은 체했다. "말라우가 바로 이곳 듀칼리온의 옥상에서 교령회를 열 거야. 보름달이 뜨는 날 야외에서 의식을 치르면 영혼과 더 가까이 조화를 이루게 될 거라고 그가 그러더군."

주피터는 감명 깊은 표정이었다. "교령회라니, 으스스해. 역시 최신 유행을 안다니까. 프랭크. 죽은 자와 교감한다고 지금 다들 난리더라고. 물론 다 실없는 소리지만. 왜 아니겠어. 자존심 있는 유령이라면 「거울」지에 광고를 내고 스스로 영묘하다고 부르는 점쟁이한테 오겠냐고. 그래도 유행은 유행이지."

"자네 거기 서 봐, 주브." 흡혈 난쟁이가 손님을 맞으러 슬슬 걸어가는 주피터를 불렀다. "말라우는 진짜야. 오늘 행사로 며칠 동안 사회면이 떠들썩할걸."

그때, 느닷없이 끼익하며 바퀴가 호텔 앞마당까지 올라와 급정거하는 소리가 들리더니 뒤이어 타다닥 발소리가 계단을 올라왔다. 그리고 검은 외투에 무거운 부츠 차림을 한 스텔스 요원 여섯 명가량이 황급히 듀칼리온 안으로 들어왔다. 인솔하듯 앞장선 여자의 얼굴은 근엄했고 짧게 자른 머리는 철사처럼 빳빳해 보였는데, 어깨에 금색 견장을 달고 있었다.

"안녕하세요, 리버스 경위님." 주피터가 피곤한 표정으로 반기며 인사했다. 모리건은 여자가 나쁜 소식을 들고 왔다고 생각했다. 주피터는 이미 그 사실을 눈치챈 것 같았다. 줄지어 들어오는 스텔스를 보고 조심스럽게 안대를 들어 올린 잭도 마찬가지였다.

"노스 대장." 경위가 함께 온 스텔스 요원들에게 대기하라는 신호를 보내며 주피터를 불렀다. 분장한 파티 참석자 몇몇은 갑작스러운 방해에 편치 않은 얼굴이었지만, 그중 몇 명은 이 또한 할로우마스 분장이나 장난이라고 생각하는지 즐거워했다. 여자는 주피터를 한쪽으로 끌어당겨 조용히 말했지만, 모리건과 잭, 찰리, 마사는 옆으로 슬금슬금 움직여 얘기를 들을 수 있었다. "방해해서 미안해요. HQ가 기별을 보내자고 했는데, 내 생각에는 직접 얘기해야 할 것 같았어요. 좋지 않은 소식이에요. 세 건이 늘었어요. 전부 오늘 납치됐고요."

모리건은 가슴이 살짝 조여들었다. 납치. 누가 납치당했다는 거지?

주피터가 눈을 가늘게 떴다. 그리고 한 손으로 생강색 턱수염을 문질렀다. "세 명이 더 실종됐다는 겁니까?"

리버스 경위가 고개를 끄덕였다. "익명의 제보자가 있었습니다." 경위가 목소리를 낮추었다. 모리건과 잭, 찰리와 마사 모두 몸을 앞으로 빼며 귀를 활짝 열었다. "돌아온 거예요, 대장. 그리고 오늘 밤입니다."

모리건은 주피터를 흘깃 쳐다보았다. 그의 얼굴에서 핏기가 싹 가셨다. 두 사람은 섬뜩한 시장 이야기를 하고 있었다. 모리건은 그렇다고 확신했다.

주피터가 느릿느릿 말했다. "알겠습니다. 그럼 그… 익명의 제보자가 위치도 알려 줬나요? 내가 너무 태평한 소리를 하고 있나요?"

리버스 경위는 단호히 고개를 저었다. "할애할 수 있는 인력을 모두 보내 있을 만한 장소를 수색하고 있습니다만, 아시다시피 우리 인력이 많지 않아서요."

"그리고 있을 만한 장소에는 없을 가능성이 크겠죠." 주피터가 말했다.

"맞아요. 그래서 스팅크와 협조를" 여자는 갑자기 말을 멈추고 가볍게 기침을 했다. "죄송합니다. 네버무어경찰국과 협조하고 있고, 원협 교사진 중에서도 수색에 도움을 줄 인원을 모집하고 있어요."

"*교사진*이라고요?" 주피터가 놀란 듯이 되물었다. "그게 좋은 생각일까요?"

"그쪽에서 고집한 거예요, 대장. 충분히 이해되죠. 그쪽 사람이 실종자에 포함되어 있으니까요. 원협 교정 안에서 잡혀갔어요. 믿으실지 모르겠지만, 바로 본인 거처에서요. 발버둥을 친흔적도 있고, 사방이 물에… 뼈도 있고."

"뼈라." 주피터가 마지막 말을 되풀이했다.

"대퇴골이었죠. 손가락뼈 몇 개 하고요." 리버스 경위가 의미심장한 표정으로 말했다.

주피터의 턱 근육이 단단해졌다. 모리건은 왜 그런지 잘 알았다. 해골단이었다. 백골이 나타났다. 백골이 세 사람을 납치해 섬뜩한 시장으로 데려간 게 확실했다. 모리건은 지나치게 많은 뼈가 남기고 갔을 잔해를 머릿속에 그려 보다 몸서리쳤다.

여자의 말에 거슬리는 부분이 하나 더 있었다.

"조금 아까… 물이 있다고 했어요?" 모리건이 참지 못하고 경위에게 물었다.

리버스 경위가 곁눈질로 모리건을 보더니, 다시 주피터를 휙 보고는 말했다. "그 방에 있던 연못에서요. 분명히 그 안에서 끌고 나왔을 것으로 생각해요."

모리건은 미간을 찡그린 채 단편적인 정보를 모아서 결론을 도출했다. "지금 온스털드 교수님을 말하는 거예요? 거북원 교수님 말이에요."

리버스 경위는 입술을 앙다물고, 모리건 쪽을 보려고 하지 않았다. 모리건은 그 반응을 무언의 긍정으로 받아들였다.

모리건은 온스털드 교수가 납치된 게 아닐지도 모른다고 생각했다. 자신이 사기꾼이라는 걸 모리건에게 들킨 게 두려워서 스스로 잠적한 것일지도 몰랐다. 그런 생각이 들자 성난 만족감이 전율처럼 밀려들었다가 곧바로 부끄러운 마음이 치고 올라왔다.

또 다른 문제가 있었다.

새로운 두려움이 머리 뒤쪽에서 간질간질 움직이고 있었는데, 너무 미묘해서 아직 그게 뭔지 알 수 없었다.

"다른 두 명은 누구예요?" 모리건이 경위에게 물었다.

리버스 경위는 몹시 화가 난 얼굴로 주피터를 바라보았다.

"조용히 해, 모그. 경위님, 뭐든 돕겠습니다. 외투를 가져올 게요." 주피터가 말했다.

리버스 경위가 한 손을 들어 주피터를 멈춰 세웠다. "사실 제가 바라는 건 대장이 대기해 주는 거예요. 여기서 기다리다가 우리가 경우의 수를 좁히면 그때 바로 움직여 주는 게 더 나아요. 지금은 건초 더미에서 바늘 찾기나 같아요. 제대로 된 단서를 찾게 되면 그 즉시 사람을 보낼게요." 주피터가 알겠다는 뜻으로 고개를 끄덕였다.

"그동안은, 원드러스협회 회원 전원에게 집에 머무르도록 강력히 권고하고 있어요. 엄격한 통행금지령을 발령할 준비가 된 상태고요. 오늘 밤엔 네버무어의 모든 원Wun들에게 아주 실제적인 위협이 존재해요."

"그럼 검은 퍼레이드는 어떻게 해요?" 갑자기 생각난 모리건이 물었다. 모리건과 호손이 처음으로 행진하게 될 퍼레이드였다! 작년 이맘때, 검은 망토를 입고 촛불을 든 근엄한 모습으로 말없이 줄을 지어 네버무어 거리를 행진하는 원협 회원들을 보았을 때부터 이날을 고대했다. (호손은 어디 있는 거야? 조그맣게 간질거리던 두려움이 조금 더 성가시게 질척거렸다.)

"검은 퍼레이드는 취소됐단다." 리버스 경위가 말했다.

나쁜 소식이 주먹처럼 날아와 모리건의 가슴을 세게 때린 느낌이었다. 취소되다니. 처음 참가하는 검은 퍼레이드였는데. 취소라니. 드러나지 않는 곳에서 실종 사건을 일으키고 원들까지 표적으로 삼는 사람이 누구인지 몰라도, 이제 사람들을 통제하고 자기 집을 나서는 것조차 두려워하도록 만들고 있었다. 분노가 모리건의 온몸을 휘감았다. 묘하게 익숙해진 재 맛이 목 안쪽에서 느껴졌다.

리버스 경위가 말을 이어 갔다. "참, 노스 대장. 우린 원드러스협회 회원 모두에게 혹시 계획했던 모임이나 파티가 있으면 취소하라고 연락을 돌리고 있어요. 오늘은 외출하기 적당한 밤이 아니에요. 모든 사람이 대장을 존경하고 있으니 드리는 말씀인데, 좋은 본보기가 되어 주길 바라요."

주피터는 그 말에 반박하고 싶은 얼굴이었지만, 곧 생각을 바꾼 듯했다. "그럼요. 곧바로 직원들에게 전달할게요. 사람들한테도 알리고, 나는 여기서 밤새 자리를 지키면서 경위님의 호출을 기다리도록 하죠."

리버스 경위는 주피터에게 가볍게 고개를 끄덕이고 돌아서서 자리를 떠났다. 같이 왔던 요원들은 경위를 따라 다소곳이 호텔을 나갔다.

주피터는 로비 맞은편을 바라보았다. 그곳에서 프랭크는 흥에 겨운 한 무리의 파티 참석자를 접대하며, 마음대로 길어졌다 줄어들었다 하는 송곳니를 보여 주고 있었다. "프랭크한테 나쁜 소식을 전해 줘야겠어."

모리건은 심장이 덜컹 내려앉았다.

검은 퍼레이드가 취소됐다. 과자를 받으러 집집을 돌아다닐 수도 없게 됐다. 실종자는 더 늘어났다.

또 하나, 너무 귀찮게 날뛰어서 도저히 무시할 수 없는 걱정이 있었다.

호손은 어디 있는 거야?

"늦어서 미안!" 활기 넘치는 우렁찬 목소리와 함께 거칠 것 없는 걸음으로 입구를 들어서는 그것은, 모리건이 난생처음 보는 이상한 생명체였다.

부패한 잿빛 피부는 피투성이였다. 밝은 녹색 비늘로 뒤덮인 날카로운 발톱에 독수리처럼 구부러진 갈고리발톱을 더하고, 거기에 어울리는 뾰족한 꼬리를 달았다. 다리는 은색 직사각형 모양이었는데, 그 위에 단추와 볼트, 병뚜껑 따위가 잔뜩 붙어 있었다. 그리고 해적 모자, 빨간 양단 코트, 주름 장식이 풍성한 하얀 크라바트(* cravat, 넥타이처럼 매는 남성용 스카프 – 옮긴이), 검은 안대가 이 기묘한 앙상블의 대미를 장식했다.

모리건은 숨을 내뿜었다. 눈을 몇 번이고 깜박이며, 단짝 친구가 도착했다는 사실에 밀려드는 안도감을 느꼈다. 그와 동시에 *내가 뭘 보고 있는 거지* 싶은… 신선한 충격에 빠졌다.

"뭘 입고 올지 결정을 못 해서, 엄마가 해적좀비로봇공룡 의상을 만들어 주셨는데—" 호손은 모리건의 얼굴을 보고 말을 하다가 갑자기 멈췄다. 그리고 고개를 숙여 자신의 앙상블을 살펴보았다. "왜, 좀 과했나?"

———◆———

듀칼리온이 그토록 어둡고 우울해 보이는 건 처음이었다. 스텔스가 다녀가고 모리건이 호손에게 모든 상황을 전달한 뒤, 두 친구가 제일 먼저 한 일은 모리건의 방에 있는 홈트레인 문으로 달려간 것이었다. 다른 919기 동기들 모두 오늘 밤 밖에 나가면 안 된다는 사실을 알고 있는지 확인하고 싶었다. 하지만 W 문자에는 불이 들어오지 않았고, 문은 아무리 밀어도 꿈쩍하지 않았다. 실망한 아이들은 걱정을 고스란히 안고 다시 로비로 내려올 수밖에 없었다. 그래도 모리건은 간지러운 할로우마스 의상을 갈아입을 수는 있었다. (호손도 좀 버티긴 했지만, 갈고리발톱과 꼬리와 은색 로봇 다리를 떼어 냈다.)

주피터는 검은색과 흰색의 체커판 바닥을 서성거렸다. 외투를 입고 부츠 끈을 묶고 우산은 손에 쥔 채, 스텔스에서 연락이 오면 번개처럼 날아갈 준비를 하고 있었다. 모리건처럼 가만히 앉아 소식이 날아들기만 기다려야 하는 상황이 못 견디게 불만스러운 듯했다. 하지만 그는 모두를 위해 평정심을 유지하며 활기차게 행동하려고 노력했다.

그에 반해 프랭크는 펄펄 뛰었다. 호텔 오리아나의 방해 공작으로 이 모든 상황이 발생한 게 아니라고 알아듣게 설명하는 데만 한 시간이 걸렸다. 일단 거기까지 납득한 프랭크에게 원드러스협회는 똑같이 나쁜 놈이었다.

"이것도 **뻔뻔스럽게** 원들만 특혜를 보겠다는 아주 안 좋은 사례라고." 프랭크는 버럭 내지르고는 주피터와 모리건에게만 들리게 작은 소리로 덧붙였다. "기분 나쁘게 듣지는 마." 프랭크는 짜증이 나는 듯 아무도 없는 로비를 이리저리 왔다 갔다 했다. 할로우마스 분장을 하고 모여들었던 사람들은 실망해서 각자 집으로 흩어졌고, 듀칼리온에 묵는 투숙객들은 골든랜턴 칵테일 주점에 올라가 밤새도록 행복한 시간을 보내는 것으로 취소된 축제를 보상받으려 했다.

"전혀 기분 나쁘지 않아. 전적으로 동감이야, 프랭크." 주피터가 그렇게 말하고는 모리건 쪽으로 아주 살짝 한쪽 눈을 찡긋거렸다.

프랭크가 시무룩하게 말했다. "목마른 연기자들은 가 버렸어. 날 비웃었을 거야. 어제는 겨울에 제작할 〈밤의 산물〉에서 내가 할 일이 있을 거라고 했는데, 이제 그런 일은 일어나지 않

겠지? 영묘한 말라우는 제정신이 아니야. 슬픔을 주체하지 못
하고 있다고! 영혼들의 실망이 고사메르를 통해 느껴진대. 나
한테 화가 난 죽은 사람도 엄청나게 많이 생겼대. 영묘한 말라
우는 슬픔을 익사시키겠다면서 골든랜턴으로 올라갔어."

흡혈 난쟁이가 통곡하며 울부짖기 시작하자 마사가 그를
2인용 안락의자로 데려가서 앉히고 위로하듯이 한쪽 팔로 등
을 감쌌다. 마사에게 기댄 프랭크가 어찌나 크고 애달프게 긴
시간을 울어 대던지, 결국 주피터는 울음을 그치고 마음을 추
스르면 남아 있는 호텔 투숙객과 옥상에서 한밤의 교령회를 여
는 걸 생각해 보겠다고 말했다.

"스텔스가 투입되어 모든 노력을 다하고 있어. 지금 우리가
할 수 있는 일은 그쪽에서 소식이 올 때까지 기다리는 것밖에
없어. 남은 할로우마스를 즐겁게 보내고, 밤에 푹 자는 게 나을
거야. 그럼 제발 바라는 바지만, 내일 이 시간 즈음엔 모든 게
다 바로잡혀 있을 거야."

프랭크는 말이 떨어지자마자 말라우를 부르러 갔고, 마사와
찰리는 바로 교령회를 시작할 수 있게 준비되어 있는지 점검하
러 옥상으로 올라갔다.

"저는 여기 데스크에 있겠습니다. 스텔스에서 전언이 오는
즉시 전달해 드리죠." 케저리가 말했다.

"고마워요." 주피터가 모리건과 호손, 잭을 보며 말했다. "자,

너희 셋. 모든 성인의 날 전야야. 유령하고 수다 떨어야지."

◆━━◆

저녁 시간 대부분을 골든랜턴 주점에서 실력 있는 바텐더의 환대를 받으며 즐긴 영묘한 말라우는 교령회를 시작할 즈음엔 알딸딸하게 술이 올라 있었다.

"영혼들은, 딸꾹, 우리와 함께 있습니다, 여러분." 점쟁이가 말했다. 그는 옥상에 커다란 원을 그리며 둘러앉은 참석자들 한가운데 방석을 놓고 앉았다. "그들은 이 주변 사방을 돌아다녀요. 오늘 같은 모든 성인의 축일 전야에, 산 자와 죽은 자 사이의 벽이 가장 어, 음… 거시기한 밤에." 말라우는 말을 멈추고 머리를 쥐어짜며 다른 단어를 찾았다. "벽이 가장 홀쭉한 밤에?"

프랭크가 준비한 교령회 무대는 *아주 멋졌다.* 옥상을 밝힌 수백 개의 검은 양초는 길고 끝이 뾰족한 모양이었는데, 흐릿하게 깜박거리면서도 시원한 산들바람에는 절대 꺼지지 않을 것처럼 보였다. 사람들이 앉은 자리에는 우아한 검은 벨벳 방석이 놓여 있었고, 가짜지만 아름다우면서도 으스스한 하얀 안개가 교령회 참석자를 에워싸며 맴돌았다.

참석자 대부분이 무제한 공짜 칵테일을 마시러 7층의 주점으로 돌아가고 싶은 마음만 간절한 자리에서 이런 연출 효과가 낭비된다는 게 아까울 따름이었다.

"한 노신사가 전할 말이 있는데… 그 사람이… 여기 있다는군요." 말라우가 둘러앉은 사람들 절반 정도를 가리키며 애매하게 손을 흔들었다. "신사분 이름이 D로 시작하네요. 누군가의 아버지일까요, 아니면 삼촌? 할아, 딸꾹 할아버지일까요? 대런? 데이비드? 도미닉? 두… 두디? 드로글리? 어… 데렉?" 말라우는 계속해서 의연히 이름을 나열했다. "딕비? 드웨인?"

"어머!" 작은 티아라 왕관을 쓰고 예비 신부라고 적힌 밝은 분홍색 장식 띠를 두른 젊은 여자가 새된 비명을 질렀다. 여자는 거칠고 요란한 또래 여자들과 함께 듀칼리온에 묵고 있었다. 하지만 할로우마스를 즐기는 데는 별 관심이 없어 보였다. 프랭크가 자리를 채우려고 불렀는데, 영묘한 말라우가 죽은 자와 교감할 때 상스러운 말을 내지르지 말라고 벌써 두 번이나 주의를 받았다. "웨인이 아닐까요? 제 시아버지 이름이 웨인이거든요. 그분인가요?"

말라우는 잠시 생각하는 얼굴이었다. "네, 그분이에요. 그분이 당신한테 할 말이 있대요. 뭐라고 하는지… 당신 아들을 잘 부탁한다는군요. 서로 사랑하래요."

같이 온 친구들이 입을 모아 "오오" 하고 탄성을 질렀고, 예비 신부는 살짝 눈물을 글썽였다. "그분이 저하고 벤지가 결혼

하길 바라는 줄은 몰랐어요!"

"오, 바라고 있어요. 그보다 더 행복한 일은 없을 거라고 말씀하시는군요. 그리고 두 사람을 **평안의 세계**에서 지켜볼 거라고요."

예비 신부가 얼굴을 일그러뜨렸다. "**평안의 세계**요? 무슨 소리를 하는 거예요? 웨인은 죽지 않았어요."

모리건과 호손에게는 너무 힘든 상황이었다. 둘은 필사적으로 입을 틀어막고 키득거리는 소리가 새 나가지 않게끔 애썼다. 하지만 호손이 요란하게 코웃음을 치는 바람에, 모리건도 더 참지 못하고 눈물이 줄줄 흐를 정도로 웃었다.

반대편에서 주피터가 두 아이에게 눈썹을 치켜들어 보이며, 찌를 듯한 눈빛으로 문 쪽을 가리켰다. 모리건은 웃음을 멈추지 못한 채 호손의 팔을 붙잡았다. 둘이 자리에서 일어나 교령회를 빠져나가려고 하는 순간, 영묘한 말라우가 같이 일어서더니 정확히 모리건을 손으로 가리키며 날카롭게 울리는 목소리로ㅡ

"너는 불을 뿜었구나."

배 속에서부터 올라오던 웃음이 사라졌다. 모리건은 주춤했다. 나가고 싶은 마음이 간절했지만, 발이 그 자리에 붙어 버린 느낌이었다.

말라우는 고개를 옆으로 기울이며 묘한 표정으로 미간을 찡그렸다. "네가 불을 뿜었어." 목소리는 어느새 강하고 분명해졌다. 술기운에 불분명하게 들리던 발음도 또렷해지고, 말을 더 듣지도 않았다. "용처럼. 즐겼나?"

모리건은 눈을 깜박였다. 곁눈으로 호손을 보고 다음으로 주피터를 보니, 둘 다 똑같이 충격을 받은 얼굴이었다. 교령회에 둘러앉은 사람들 모두 방향을 돌려 매우 흥미롭다는 듯이 모리건을 응시했다.

모리건의 얼굴이 점점 뜨거워졌다. 하지만 인정할 수는 없었다. "아니요. 아니에요. 그런 적 없어요."

"아니야, 했어." 말라우가 딱 잘라 말했다.

그걸 어떻게 알지? 어쨌든 아주 사기꾼은 아닌 모양이었다.

"무슨 말을 하는 건지 모르겠네요." 모리건은 최대한 단호하게, 굽히지 않고 말했다.

주피터가 갑자기 자리에서 일어났다. 우아하고 정확한 움직임이었다. 그는 고개를 옆으로 기울이고 한 걸음 가까이 다가서며 모리건의 얼굴을 빤히 바라보았다. "무슨 말인지 정확히 알고 있을 텐데."

모리건도 주피터를 빤히 쳐다보았다. "아저씨, 지금 무슨—"

"화염." 예비 신부가 일어서더니, 고양이처럼 우아한 걸음으로 모리건을 향해 다가왔다. "화염의 참혹 예술."

모리건은 침을 삼키며, 그 말을 머릿속으로 되뇌었다. *화염의 참혹 예술.*

"이게··· 이게 뭐야?" 모리건은 예비 신부와 주피터와 말라우를 차례차례 보다가 다시 주피터에게 눈길을 돌렸다. "주피터 아저씨, 도대체 어떻게 된 거예요?"

옥상에 모였던 나머지 사람들이 한 몸처럼 일어나 모리건에게 모여들기 시작했다. 호손도 예외가 아니었다. 사람들이 서로 밀착해 빈틈없는 원을 만들었다. 어깨와 어깨를 맞대고 움직이는 모습이 너무 매끄럽고 정확해서 자연스럽지 않았다.

사람들은 한 사람처럼 입을 벌리며 말했다.

"화염의 참혹 예술." 목소리의 높낮이가 완벽히 똑같아서 기괴하게도 한 음처럼 들렸다. 모든 단어가 딱딱 끊겼고, 발음은 딱딱했다. "어린 원더스미스에게 나타난 믿기 어려운 첫 번째 징후, 하지만 전례 없는 일은 아니야. 화염은 능통한 기술자의 손에서는 가공할 만한 도구지." 사람들이 상체를 아주 살짝 뒤로 젖히더니 눈을 내리깔고 심사하듯 냉랭하게 모리건을 바라보았다. "물론 *너*는 능통과 거리가 멀지만."

모리건은 지난 할로우마스가 선명하게 떠올랐다. 코븐서틴의 마녀들도 똑같은 속임수를 썼다. 여러 명이 오싹할 정도로 한 사람처럼 말했다. 그때는 호손과 모리건이 원드러스협회 평가전을 치르는 중이었고, 마녀들은 원로들의 지시를 받았다.

이것도 원드러스협회에서 꾸민 걸까? 일종의 시험 같은? 확실히 오늘 밤은 아닐 거라고 모리건은 생각했다··· *확실히 협회*

회원 절반이 실종자를 찾기 위해 출동하고, 나머지 회원에게는 외출 금지령이 내려진 상황에서 그런 시험이 치러질 리 없었다. 오늘 밤은 그런 속임수를 쓰기에 적당한 날이 아니었다.

"누구세요? 원하는 게 뭐예요?" 모리건이 다시 물었다.

사람들이 한 몸처럼 고개를 옆으로 살짝 기울였다. 모두가 입꼬리를 비틀며 익숙한 미소를 지었다. 그 광경에 모리건은 숨이 턱 막혔다. 차갑고 역겨운 두려움이 가슴 한복판에 고여 들었다.

"당신이지." 모리건이 낮게 중얼거렸다.

공기가 고요히 가라앉았다. 바람 한 점 없고 누구 하나 손대지도 않았는데, 돌연 옥상을 밝히던 촛불이 전부 꺼졌다. 불 꺼진 심지에서 연기가 빙그르르 돌며 올라갔다. 은은한 달빛이 반사되어 반짝이는 눈들이 모리건을 에워싸고 똑바로 바라보았다.

"나는 당신이 무섭지 않아." 모리건의 목소리가 떨렸다.

호손이 무리에서 떨어져 앞으로 나오더니 모리건의 어깨에 손을 얹었다.

"지난번에 내가 그랬지." 호손이 다른 사람 같은 차분함과 확신을 보이며 말했다. "누구를 속일 때 조금 더 노련해지는 법을 배워야 한다고, 모리건 크로우."

24장

화염의 참혹 예술

모리건은 에즈라 스콜에게 들었던 말이 가장 친한 친구의 입을 통해 나오자 몹시 당황했다.

"그만둬. 그 애한테서 떨어져." 모리건이 조용히 말했다.

호손이 입아귀를 뒤로 당기며 얼굴과 어울리지 않는 사악한 웃음을 지었다. "싫은데."

호손이 오른손을 들어 자신을 힘껏 내리쳤다. 모리건은 꺅비명을 지르며, 왼손을 들어 같은 행동을 하려는 호손에게 달려들어 그 손을 낚아챘다.

"**그만하라고!** 제발, 하지 마. 도대체 무슨 **짓이야?!**"

호손이 손을 툭 떨어뜨렸다. 움직임이 점점 잦아들고, 얼굴에서는 표정이 사라졌다. 그는 고개를 가슴까지 푹 늘어뜨린 채 차분하게 뒤로 물러섰다. 마치 누가 스위치를 눌러 호손을 끈 것 같았다.

다른 참석자들도 호손을 따라 물 흐르듯이 동시에 움직였다. 사람들이 중간에서 둘로 갈라지자, 가운데 길게 길이 생기면서 저 멀리 옥상의 반대편 끝이 보였다.

그곳 난간에 태평스레 기대어 서 있는 사람은, 몸에 딱 맞는 회색 정장을 입은 에즈라 스콜이었다. 그는 미소를 띤 채로 몇 분 동안 모리건을 바라보았다. 모리건은 미동도 없이 서 있었다. 본능적으로 달아나야 한다는 걸 알았지만, 호손과 주피터와 사람들을 두고 갈 수 없었다.

"사람들을 어떻게 한 거야?" 모리건은 떨리는 목소리를 애써 무시하며 물었다.

"그냥 잔재주 좀 부려 봤어." 에즈라 스콜이 피아노를 연주하듯 두 손을 앞으로 뻗더니 갈고리 모양으로 구부리고 줄을 당겨 꼭두각시 인형을 조종하는 사람처럼 손가락을 움직였다. "가르쳐 줄까?"

모리건은 대꾸하지 않았다. 심장이 두근두근 빠르게 뛰었다.

눈을 가늘게 뜨고 자세히 보면, 에즈라 스콜의 주변에서 희미하게 아른거리는 고사메르의 윤곽이 보였다. 거의 보이지 않는 희부연 금빛 아지랑이였다.

그렇다면, 그는 여전히 네버무어에 없었다. 적어도 몸은. 그건 다행이었다. 하지만 말이 안 되는 상황이었다. 모리건은 옥상을 가로지르다가 에즈라 스콜과 몇 미터 거리를 남기고 멈춰 섰다.

모리건이 따져 물었다. "어떻게 한 거야? 고사메르를 통해서는 아무것도 할 수 없다고, 당신이 나한테 직접 말했잖아."

에즈라 스콜은 합장하듯 지그시 맞댄 손을 자신의 입으로 가져갔다. "아, 보다시피, 이건 위대한 우주의 경이로움이야. 내가 하는 게 아니거든. *네가* 하는 거지."

모리건은 조각처럼 조용히, 정지 상태로 서 있는 사람들을 힐끔 돌아보았다. 그리고 고개를 흔들었다. 절대 자신이 한 일이 아니었다. 내가 어떻게? 내가 왜? 도대체 어디서부터 내 짓이라는 거야?

에즈라 스콜은 모리건이 느끼는 의구심을 이해하는 것 같았다. "물론 직접 하는 건 아니지. 하지만 넌 원더가 네게 집결하고, 집결하고, 계속 집결해서 쓰이는 곳도 없이 방치되도록 *놔뒀어*. 그 에너지는 반드시 어딘가로 가야 해. 원더스미스라면 마땅히 참혹 예술을 수련해서 주기적으로 원더를 소집하고 쌓

214

인 원더를 고갈시켜야 하는데, 오랜 세월 동안 네 주변으로 날아든 에너지는 계속 쌓이기만 해서 이제… 자, 이렇게." 에즈라 스콜이 모리건을 몸짓으로 가리키며 어정쩡한 미소를 지었다. "이렇게 휘몰아치고 부글거리면서 감당할 수 없을 만큼 엄청나게 불어나 버렸어. 원더는 기다리는 데 싫증이 났어. 그리고 네가 용기 내지 못하고 원더를 이용하지 못한 시간 동안, 원더가 너를 이용하도록 길을 터 준 거야."

에즈라 스콜은 활짝 웃으며 고개를 뒤로 젖히고 눈을 감았다. 마치 이제부터 할 말을 음미하는 것 같았다.

"게다가 고맙게도… *나까지 너를 통해* 원더를 이용할 수 있게 해 주고 있잖아."

모리건은 입이 바짝바짝 말랐다. "아니야!" 비난을 받는 것 같았다. 모리건은 그 비난을 진흙 털 듯 얼른 털어 버리고 싶었다. "아니야. 난 아니야. 그건 불가능해."

"맞아. 내가 알아." 에즈라 스콜의 눈이 흥분으로 빛났다. 즐거운 듯 조용히 웃는 나직한 소리가 밤의 정적 속으로 스며들자 모리건은 등골이 오싹해졌다. "*흥미진진*하지 않나? 네가 여기에서 횃불처럼 타오르고 있는데, 어찌나 눈부시게 빛나고 제멋대로인지, 이른바 아무것도 할 수 없는 고사메르를 타고 와서 아주 슬쩍 찔러 본 게 전부야." 에즈라 스콜이 눈을 감고 몸을 앞으로 살짝 숙이며 두 손을 쭉 내밀었다. 그러자 더없이 창백하게 아른아른 빛나는 금빛이 그의 손가락 사이사이에서 피처럼 흘러나오는 게 보였다. 보이는 정도가 아니라, *느껴졌다*. 에즈라 스콜이 고사메르를 밀치자, 햇살처럼 따뜻하고 부드럽게 윙윙거리는 순수한 에너지의 파동이 물결처럼 모리건에게 전달됐다.

"미안." 에즈라 스콜이 히죽히죽 웃으며 두 손을 내밀었다. "너한테 *정말* 표창 던지던 여자애와 그 친구들의 무기를 뒤집어서 공격하게 만드는 기술이 있다고 믿었나? 아기 성묘를 맹수로 변신시킨 게 정말 너라고 믿었어?" 에즈라 스콜이 큰 소리로 웃었다.

"그럼 그때 내가… 내가 불을 뿜었을 때도…" 모리건은 기억을 휘젓는 연기와 재의 맛을 힘겹게 삼켰다. "그것도 당신이었어? 당신이 그랬어?"

희미한 의문 같은 게 에즈라 스콜의 얼굴을 스쳐 지나갔다. "아니. 그 분노의 불길은 네 작품이었지. 하지만 그걸 일으킨 건 원더였어."

그는 잠시 말을 멈추고 뭔가를 곰곰이 생각했다. "원더는 지능적이고 충동적이야. 원더는 날 때부터 원더를 이용하고 지휘하는 능력을 타고난 사람만이 자기를 이용하고 지휘하길 바라지. 만일 우리가 조심하지 않으면, 그러니까 원더를 지나치게 자유롭게 놔두면, 원더를 이용하는 게 아니라 *우리가 원더한테*

이용당하게 되는 거야."

모리건이 머리를 양옆으로 흔들었다. "이해가 안 돼. 그게 무슨 말이야?"

"네가 불을 뿜었던 건, 네가 그렇게 하길 원더가 *원했기* 때문이라는 얘기야." 에즈라 스콜은 마음을 동요케 하는 광적인 눈빛을 하고 있었다. 뒷덜미로 묘한 전율이 흘렀다. 모리건은 그가 원더를 바라보는 열기가 자신에게도 전염된다는 걸 깨달았다. 그 사실을 깨닫자 약간 토하고 싶어졌다.

"네가 딱 한 번 반짝반짝 빛났던 승리의 순간 말이야. 그때 네가 용이 되었던 건, 원더가 생쥐로 사는 너한테 싫증이 났기 때문이라는 말을 하는 거라고."

모리건은 코로 가쁘게 숨을 쉬었다. 눈에 보이지 않고 뭔지 알 수도 없는, 또 앞으로도 영원히 다 이해하지는 못할 것 같은 어떤 힘에 자신의 자유의지를 빼앗길 수도 있다는 게 마음에 들지 않았다.

"절대로 잊으면 안 돼, 모리건 크로우. 원더는 기생물이라는 걸." 에즈라 스콜이 설명을 이어 가자, 그 목소리가 옥상 전체로 퍼졌다. "원더는 우리의 적이야. 절대 잠들지도, 쉬지도 않는 악당이야. 잊거나 체념하는 법도 없지. 끊임없이 감시 상태로 있어. 우리가 방심하기를 기다리면서. 원더스미스는 그들이 진짜 세계로 나올 수 있는 유일한 생명줄이니까. 우리는 원더가 *실존자*로서, *생명체*로서 자신을 경험하는 통로야."

에즈라 스콜은 격앙된 상태로 서성였다. 흥분하고, 안절부절 못하고, 약간 미친 것 같았다.

"네가 유령이라고 생각해 봐!" 그는 거의 울부짖었다. 사나운 목소리가 어둠 속에 울려 퍼졌다. 수면 위로 통통 튀어 날아가는 조약돌처럼, 그가 뱉은 말이 주변을 둘러싼 건물의 옥상으로 쏟아져 뛰어다녔다. "한때 네가 살았던 세상을 돌아다니고 있지만 누구와도 말을 섞을 수 없고, 그 무엇도 만질 수가 없지. 사람들은 너를 그대로 통과해서 쓱 지나가 버려. 그 기분이 어떨 것 같아?"

모리건은 가슴이 쿡쿡 쑤셨다. 그런 건 굳이 가정할 필요가 없었다. 지난 크리스마스에 고사메르 노선으로 옛집인 크로우 저택을 찾아갔을 때 이미 경험한 일이었다. 집은 사람들로 북적거렸지만 할머니 말고는 아무도 자신을 보지도, 듣지도 못했다. 아버지는 실제로 모리건을 통과해서 지나갔다.

"외롭지. 아주… 철저히." 모리건이 조용히 말했다.

"그거야. 유리판에 가로막혀, 그 뒤에서 세상을 지켜보는 기분이지. 그러다가, 어느 날 갑자기, 네가 무언가가 되는 거야. 누군가 네 말을 들을 수 있게 됐거든. 누군가가 *너를 볼 수 있게* 된 거야. 드디어 친구가 생긴 거지! 동지가! 교감을 나눌 상대가. *진정한 사랑이 생긴 거야.* 원더와 원더스미스의 관계가 바로 그런 거지."

"조금 전에는 원더가 적이라고 했잖아." 모리건은 갈피를 잡지 못했다.

침착한 체하던 에즈라 스콜이 순간적으로 싸늘하게 조바심을 드러내며 말했다. "어쨌든 마찬가지야. 원더는… 집요하게, 위태롭게, 원더스미스와 사랑에 빠진다고. 그 에너지는 어디론가 가야 해. 알고는 있나, 크로우 양? 네가 올해 자가 연소에 얼마나 근접했었는지? 내 덕에 네가 목숨을 구했다는 건 알아?" 그가 소리 내어 웃었다. "내가 다른 호의도 베풀었다는 건 말할 필요도 없고."

"호의?" 모리건은 제대로 들은 게 맞는지 의심스러웠다.

"그래, 호의." 에즈라 스콜이 날카롭게 쏘아붙였다. "표창 던지던 여자애와 약한 애들이나 괴롭히던 그 남자친구한테 잊지 못할 교훈을 안겨 준 사람이 누굴까? 쓸모없는 거짓말쟁이 거북이를 네 앞에서 치워 준 사람은 또 누구고? 고맙긴 뭘."

가슴 위로 묵직하고 끔찍한 무언가가 뚝 떨어진 느낌이었다. 모리건은 숨죽여 말했다. "섬뜩한 시장… 당신 짓이었어."

에즈라 스콜은 환호하는 청중 앞에 선 것처럼 고개를 숙여 인사했다. "짜잔."

"알피도, 온스털드 교수님도… *당신*이 납치한 거였어. 우니멀처럼 팔아 버리려고."

그가 눈을 위로 굴렸다. "맙소사, 아니. 그건 너무 힘든 일이고. 내가 한 일은 줄 몇 개를 당긴 게 전부야." 에즈라 스콜이 또다시 손가락을 꿈틀거리며 구부렸다. "사람들이 얼마나 쉽게 조종당하는지, 깜짝 놀랄 정도야. 네가 애지중지하는 그 협회의 뚫을 수 없는 담 안에서도 나를 자진해서 도우려는 자를 찾아냈거든. 하긴, 나는 어디서든 사슬의 가장 약한 고리를 찾아내는 비기를 갖고 있지."

모리건이 미간을 찡그린 채 캐물었다. "협회에서 누군가 당신을 *도왔다고*? 누가?" 하지만 에즈라 스콜은 말없이 입에 지퍼를 채우는 시늉을 했다.

생각만 해도 구역질 나는 일이었다. 바즈 찰턴조차 그 정도로 비열하지는 않을 터였다. *그건 확실해.*

모리건은 고개를 가로저었다. 그 말을 *믿지 않기로 했다.*

"아, 그렇게 질겁한 표정 짓지 마." 에즈라 스콜이 다시 난간에 기대어 서며, 이마에 주름이 잡히도록 얼굴을 찡그렸다. "그리고 기쁘지 않은 것처럼 굴지도 마. 어쨌든 이건 *너를* 위해 한 일이잖아. 솔직히 말하면, 나는 네가 조금 더 고마워할 줄 알았어."

"뭘 고마워하라는 거야? 사람들을 해치는 건 나를 *도와주는* 게 아니야." 모리건이 매섭게 쏘아 댔다.

에즈라 스콜의 한쪽 입꼬리가 비죽 올라갔다. "협회는 너무 오랫동안 너무 편안했어. 나는 그 토대가 살짝 흔들리는 걸 느껴 보기를 바랐지. 인정해, 크로우 양. 그들이 *떠는* 모습을 보면서 기분 좋지 않았나?" 그가 몸을 앞으로 내밀며 목소리를 낮췄다. "네가 불을 내뿜을 때 말이야, 너의 아주 작고 어두운 마음이 사람들 눈에 어린 공포를 보고, 즐거워하지 않았어?"

모리건은 대답하지 않았다. 프라우드풋역 사건이 있던 날을 기억했다. 안쪽에서부터 고조되며 부풀어 올랐던 느낌. 정당한 분노가 혈관을 타고 전기처럼 흘러, 아주 잠깐, 원협에서 가장 강한 사람으로 자신을 탈바꿈시켰던 그 일을 떠올렸다.

승강장에 있던 겁먹은 이들의 얼굴이 아직도 눈앞에 보이는 듯했다. *내가 그걸 즐겼던가?* 늘 두려워하는 사람이 되느니… 차라리 다른 사람이 공포에 떠는 걸 *즐거워하는* 마음이 내게 조금이라도 있나?

모리건은 시선을 돌리며, 답하기를 거부했다.

"그래, 그럴 줄 알았어." 그의 웃음은 굶주린 자칼의 위험한 미소였다. "그래도 *진정한* 네 모습을 보여 줄 수 있어서 기쁘군. 솔직히 말하면 네가 여기서 나와 대화나 하고 있다는 게 놀랍지만." 에즈라 스콜이 달빛이 비친 네버무어의 스카이라인을 내려다보며 말했다. "나는 네가 영웅 행세를 하러 달려갈 줄 알았거든. 너 자신을 '모든 친구를 다 책임져야 하는 사람'쯤으로 여기는 것 같아서 말이야. 내가 틀렸다는 사실이 몹시 반갑군."

모리건은 한쪽 눈썹을 들어 올렸다. "온스틸드 교수님은 친구가 아니야. 어쨌든 스텔스가 출동해서 교수님을 찾고 있고. 스텔스한테 내 도움은 필요 없어."

"그 등딱지 얘기가 아닌데." 재미있어하는 나긋한 목소리가 바람을 타고 모리건의 귀로 날아들었다. "납치된 다른 두 명을 말한 거야. 최면술사하고 예지자."

"케이든스하고 램버스?" 모리건이 중얼거렸다.

배 속이 뒤틀리는 느낌이었다.

"케이든스하고 램버스라니. 그 애들은 내 친구야. 그게 어떻게 나를 돕는 거야?" 모리건은 목소리를 조금 높였다.

에즈라 스콜이 억지웃음 같은 소리를 냈다. "내가 한 짓이 아니야. 협회 안의 내 꼭두각시 인형이, 나를 *자진해서 도우려는* 그 자가 욕심을 좀 부렸는지도 모르지. 자유주 안팎에서 영향력을 행사하는 사람들이 있는데, 돈이 얼마가 들든 협회에서 낭비될 비기를 손에 넣고 싶어 하지. 저 비기 두 개도 아주 쓸모 있는 재능이야. 그리고 떠도는 풍문이 사실이라면, 오늘 경매에는 물건이 하나 더 있다더군. 그 네 번째 물건이 매우 탐나던데." 발꿈치에 무게를 싣고 천천히 몸을 흔드는 에즈라 스콜의 목소리에 웃음기가 묻어났다. "나도 입찰을 하게 될지 모르겠어. 늘 크리스마스트리 꼭대기에 천사를 장식하고 싶었거든."

"카시엘." 모리건이 나직이 말했지만, 에즈라 스콜은 듣지 못한 것 같았다.

모리건은 부질없이 주먹을 쥐었다. 싸울 수 없다는 건 알았다. 그에게 아무것도 할 수 없었다. 심지어 그는 여기 있지도 않았다.

"시장이 어디서 열리는지, 내 친구들이 어디 있는지 알 거야. *말해.*" 모리건은 단호한 목소리를 내려고 안간힘을 썼다.

에즈라 스콜은 고개를 옆으로 기울였다. "글쎄, 그래. 바로 그게 내가 온 이유야. 하지만 맨입으로는 안 되지. 우리는 거래를 할 거야."

"원하는 게 뭐야?" 모리건이 이를 악문 채 물었다.

그가 별거 아니라는 듯 어깨를 으쓱였다. "늘 똑같이 원했던 거. 교육받기."

"이미 말했을 텐데. *절대로* 당신하고는 함께 안 해. 당신은 괴물이고 살인마야."

에즈라 스콜이 눈을 번뜩였다. "더 큰 괴물, 그리고 훨씬 더 큰 위험이 존재해. 크로우 양, 우리에겐 네가 상상할 수도 없는 공동의 적이 있어. 원드러스협회는 네 목줄을 벗겨 내야 해. 네가 원더스미스로 크는 건 나도 바라는 바야. 네가 성장할 자유를 얻지 못하면, 그래서 원더스미스가 되지 못하면 끔찍한 일이 일어날 테니까. 우리 둘 모두 한테."

모리건은 말문이 막혀 에즈라 스콜을 빤히 바라보았다. 공동

의 적이라고? 에즈라 스콜이야말로 자신의 유일한 적이었다.

"자, 그럼 세 번째 수업을 시작해 볼까. 화염의 참혹 예술."

모리건은 미칠 것같이 화가 나서 고개를 흔들었다. 익숙한, 광포한 분노가 안쪽에서부터 쌓이는 느낌이었다. "내 친구들은 *지금* 도움이 필요해. 이런 장난질을 배울 시간이 없다고!"

옥상을 벗어나야 했다. 케이든스와 램버스가 끔찍한 일을 당하기 전에 어디 있는지 찾아야 했다.

"안 돼." 에즈라 스콜이 낮고 험악한 음성을 내며, 난간에 기댔던 몸을 일으켜 앞으로 천천히 두 걸음 내디뎠다. 교령회 참석자들이 움직이는 소리가 들렸지만, 모리건은 돌아보지 않았다. 단 1초도 에즈라 스콜에게서 눈을 뗄 수 없었다. "그 말도 맞아. 넌 지금 시간이 없어. 너한테 집결한 원더가 대단히 위험해지고 있거든. 임계질량에 도달해서 길을 터 주고 할 일을 만들어 주지 않으면 안에서부터 너를 불태워 버릴 거야." 부릅뜬 그의 까만 눈에 모리건의 눈이 보였다. "하지만 네 생명이 위태로운 것으로도 부족하다면, 기꺼이 다른 동기를 만들어 주지."

에즈라 스콜이 미세하게 움직이자, 그의 명령에 따라 모리건 뒤에 모여 있던 사람들이 일제히 앞으로 걷기 시작했다. 사람들은 모리건을 지나치고 에즈라 스콜도 지나치더니 난간 위로 올라가 어깨를 맞대고 서서 어두운 허공을 내려다보았다.

모리건은 호텔 듀칼리온에 처음 왔던, 새로운 연대의 첫날 아침이 떠올랐다. 그날 즐거운 행사가 열렸는데, 놀랍게도 마지막에 모든 참석자가 난간 위로 올라가 하늘 높이 우산을 펼쳐 들고 옥상에서 뛰어내리는 믿음의 도약을 감행했다. 담대하게 나아가라! 모든 사람이 열네 개 층을 둥실, 둥실, 둥실 떠내려가 무사히 바닥에 착지했다.

에즈라 스콜은 모리건의 머릿속이 훤히 들여다보이는 것처럼 두 손을 들며 튕기듯이 날렵하게 움직였다. 숨이 막힐 듯이 놀란 모리건의 눈앞에서 사람들은 난간 위로 단박에 홱 뛰어올라 가지런히 늘어섰다.

에즈라 스콜이 모리건을 돌아보며 싱긋 웃었다. "저들이 우산을 들고 왔을까?"

"멈춰, 안 돼! 호손, 내려와. *내려오라니까.* 주피터 아저씨!" 모리건은 앞으로 뛰어나가 호손의 손을 잡아당기다가 다시 주피터의 손을 세게 당기며 그들을 옥상 바닥으로 끌어 내리려고 안간힘을 썼지만, 꿈쩍도 하지 않았다. 모리건은 분한 마음과 좌절을 동시에 느끼며 자리에서 빙글 돌아서서 에즈라 스콜을 마주 보았다. "왜 이러는 건데?"

"이미 말했잖아." 에즈라 스콜이 조용히 말했다. 귀를 울리는 맥박 소리보다 작은 목소리를 듣기 위해 모리건은 그에게 다가가야 했다. "*네가* 하는 거라고. 지금쯤 네가 갖고 있어야할 원더스미스의 모습을 반이라도 갖추었다면, 내가 이렇게 네

힘을 이용할 수 없었겠지. 잘 알아 둬. 1년 동안 네가 힘을 다스리지 못한 덕분에 내가 네버무어로 들어올 수 있는 아주 쓸만한 창이 생긴 거야. 너한테 뭐든 가르치면 내 손으로 영원히 그 창을 닫게 되겠지. 하지만 재미있는 놀이는 끝났어. 내 장기적인 계획이 훨씬 중요해. 나로서도 *네가 살아 있어야 하니까*.”

“사람들을 풀어 줘.” 모리건이 다시 말했다. 이를 악물고, 공포에 질린 소리를 분노에 찬 소리처럼 갈아 내며 두 주먹을 꽉 쥐었다.

“기꺼이.” 에즈라 스콜이 낮고 침착한 목소리로 대답했다. “약속대로 네 친구들이 있는 곳도 보여 줄 거야. 하지만 그 전에, 화염의 참혹 예술을 배우는 것으로 과잉 상태의 원더를 보내야 해. 그렇지 않으면 너도, 저 사람들도” 그가 무의식 상태의 몽유병자처럼 난간 위에 서 있는 사람들을 가리켰다. “그리고 예지자도, 최면술사도, 천사도, 교수도 전부 다 오늘 밤 차마 눈 뜨고는 못 볼 꼴을 맞게 될 거야. 다 네 손에 달렸어, 크로우 양.”

모리건은 아무 말도 하지 않았다. 말을 할 수 없었다. 안에서 무언가 묵직하고 뜨거운 게 느껴졌다. 손으로 가슴을 지그시 누르자, 밭은 숨이 튀어나왔다.

“**그거야!**” 에즈라 스콜이 모리건을 손가락으로 가리키며 소리쳤다. 그의 눈에 갑작스러운 흥분이 감돌았다. “거기. 그 느낌. 네 심장에 있는 불. 분노와 두려움의 불꽃. 거기에 집중해. 네 안에서 깜박거리며 타오르는 분노에. **그게 바로** 화염이야."

"자, 눈을 감고 네 가슴속에 손을 넣는다고 상상해 봐. 네 주먹이 불길에 다가가서 손가락으로 우리를 만들 듯 감싸는 거야. 눈을 감고, **어서 해.**"

모리건은 망설이다가 눈을 질끈 감았다. 상상의 눈이 떠졌다. 상상 속에 보이는 건 불꽃이 아니라 모닥불이었다. 불은 몸 안을 속속들이 그슬면서 천천히 폐 속으로 이동하며 목구멍 뒤쪽까지 타올랐다. 재 맛이 났다. 모리건은 고개를 흔들고 손을 동그랗게 말아 주먹을 쥐었다.

"못 하겠어."

"할 수 있어. 너는 원더스미스야. 그 불을 지배하는 사람은 너야. 불은 *너의* 명령에 따라 작아지기도 하고 커지기도 해. 그 불을 초에 붙일 건지, 도시를 태워 버리는 데 쓸 건지 네가 결정해야 해."

모리건은 상상 속에서 볼 수 있었다. 횃불 하나가 갈비뼈 뒤쪽에서 밝은 황금빛 불길로 타올랐다. 모리건은 에즈라 스콜이 말한 대로 상상의 손길을 뻗어, 불을 조종하며 살살 꺼 보았다. 그러자 불에서 쉭 소리가 나더니, 밝은 빛이 일렁이는 원더가 마치 작은 폭죽처럼 손가락 사이에서 발사되는 게 보였다. 모리건은 멈칫하며 몸을 움츠렸다.

"두렵다면, 넌 그걸 *지배*하는 게 아니야." 스콜이 소리쳤다. "넌 *생쥐*가 아니라고, 모리건 크로우. 너는 용이야. 이제 눈을 떠. 집중해. 그리고 *내뿜어*."

모리건은 그가 말하는 대로 했다. 불길이 폐에서부터 사막바람 같은 숨결을 타고 올라와 확 일어났다. 그날 원협에서 엘로이즈를 거의 집어삼킬 뻔했던 사납고 걷잡을 수 없는 불덩이가 아니었다. 모리건이 마침내 조종할 수 있는 불길이었다.

그 순간 모리건은 자신이 해야 할 일을 알고 있었다. 원더가 자신에게 순종하리라는 것도 알았다.

모리건은 뾰족한 검은 초 한 개를 똑바로 응시한 채, 가느다란 불줄기를 단호하고 정확하게 내뿜었다. 불줄기는 과녁에 명중했다. 심지에 불꽃이 피어올랐다. 그리고 마치 신호를 기다리고 있던 것처럼, 모리건의 허락이 떨어지길 기다리고 있었다는 듯이 옥상을 장식한 수백 개의 촛에 일제히 불꽃이 일렁였다.

옥상이 따뜻하게 가물거리는 빛으로 가득 찼다.

놀란 듯한 웃음소리가 모리건의 입에서 새어 나왔다.

내가 했어. 그가 아니라.

모리건이 에즈라 스콜에게 돌아섰다. 그의 어두운 눈에 불빛이 반사되어 일렁였다. 에즈라 스콜은 웃고 있지 않았지만, 음산한 얼굴에 떠오른 표정은 틀림없는 만족감이었다.

그는 콧노래를 부르기 시작했다. 감미롭지만 짧은 몇 음뿐이라 노래라고 하기도 어려웠다. 하지만 그것만으로도 모리건은 뒷덜미에 소름이 돋았다. 소리에 답하듯 긴 울부짖음이 어둠 속 어딘가에서 들렸다.

모리건이 경계하는 눈으로 바라보며 말했다. "난 하자는 대로 했어. 우리는 거래를 했고, 당신은 내 친구들이 있는 곳을 말해 준다고 했잖아."

"아니지. 나는 네 친구들이 있는 곳을 *보여* 준다고 했지. 그리고 약속은 지킬 거야." 에즈라 스콜이 한 번 더 조심스럽게 손을 튕기자, 난간 위에 올라섰던 사람들이 뒤돌아서서 옥상으로 뛰어내렸다. 사람들은 무표정한 얼굴을 한 채 원래의 자리로 돌아갔다. 울부짖는 소리가 한 번 더 공기를 갈랐다. 이번에 들린 소리는 저 아래, 거리 쪽에서 올라오는 것 같았다. "갈까?" 에즈라 스콜은 모리건과 같이 뛰어내려 섬뜩한 시장까지 날아갈 생각이라도 하는 것처럼, 옥상 난간 쪽으로 머리를 까딱 움직였다.

모리건은 못 믿겠다는 듯이 헛웃음을 터뜨렸다. "제정신이야? 당신하고는 *아무 데도* 안 가. 케이든스하고 램버스가 어디 있는지 알려 주기만 하면 돼."

에즈라 스콜이 가볍게 고개를 흔들었다. "그렇지 않을걸."

아래쪽에서 다시 울부짖는 소리가 올라왔다. 이번에는 좀 더 가까웠다. 호텔 앞마당에서 나는 것 같았다. 다른 소리도 들렸다. 말이 시끄럽게 우는 소리와 돌 위를 다그닥거리는 말발굽 소리.

"당신하고는 *안 가*. 내가 바보인 줄 알아?" 모리건이 한 번 더 말했다.

"그래. 내 눈에 너는 친구들을 구하려고 어리석은 짓을 할 바보야." 에즈라 스콜은 딱하다는 듯이 미소를 지었다. "그렇다는 걸 보여 주지."

그는 왼손으로 무심하고 가볍게 손짓했다.

그다음은 모든 일이 너무 순식간에 일어나서 모리건은 생각할 틈도 없었다.

얼음처럼 서 있던 사람들 사이에서 호손이 느닷없이 달려 나오더니 옥상 난간을 향해 전력으로 질주했다.

"호손, *안 돼!*" 모리건이 비명을 질렀다. 공포에 휩싸인 모리건은 본능적으로 호손의 뒤를 쫓아갔다. 그리고 손을 내밀어 호손을 붙잡는 순간, 호손의 몸이 가속도를 이기지 못하고 앞으로 휙 쏠렸다. 호손과 같이 옥상에서 떨어진 모리건은 아래로, 아래로, 아래로 곤두박질쳤다. 모리건의 비명은 입을 틀어막는 차가운 가을 공기 속으로 사라졌다.

25장

배신자

마치 땅이 솟아올라 두 아이를 맞아 준 것 같았다.

모리건은 눈을 감고 무서운 속도로 떨어지면서, 자신들을 구해 줄 동아줄이라도 되는 양 호손의 외투를 꽉 움켜잡은 채 충돌의 순간을 기다렸다. 호텔 앞마당에 떨어져 온몸의 뼈가 산산조각이 나기를 기다렸다.

하지만 그 순간은 오지 않았다.

저 아래 어둠 속에서 울부짖는 소리가 터져 나왔다. 말이 요란하게 울어 대는 소리와 말발굽이 부딪히는 소리가 들렸다. 모리건이 번쩍 눈을 뜨자, 불타는 듯한 백여 개의 눈이 모리건을 올려다보고 있었다. 말과 사냥개, 사냥꾼 형상의 그림자가 넘실거리는 연기 속에서 나타났다.

모리건과 호손은 산산조각이 나지 않았다. 바닥에 떨어지지도 않았다. 심지어 떨어지던 속도가 줄어들지도 않았다. 둘은 뚜렷한 형체가 없는 검은 연기 속으로, 연기와 그림자 사냥단 한가운데로 떨어져 바닥에는 조금도 닿지 않았다. 모리건은 다시 한번 그림자 말에 올라타 인적이 거의 없는 텅 빈 네버무어의 거리를 매우 빠른 속도로 달렸다. 어디로 가는 건지 알 수 없었다. 모리건은 옆으로 나란히 달리는 말에 실린 호손을 힐끔 바라보았다. 호손도 지금 일어나는 일을 느끼고 있을까? 꼭 두각시 안의 진짜 호손도 모리건이 느끼는 이 공포를 느낄 수 있을까? 궁금했다.

마침내 질주가 멈췄다. 몸은 덜덜 떨렸지만, 온전한 모습으로 말에서 내려 단단한 땅을 밟았다. 두 사람을 안고 달린 검은 안개가 말끔히 걷히자, 으리으리한 석조 건물이 나타났다. 웅장한 아치형 입구 위에 돌을 파서 새긴 이름을 보자 모리건의 심장이 쿵 내려앉았다.

가로챈 순간들의 미술관

모리건은 몸을 굽혀 바닥으로 쓰러지는 호손을 붙잡아 일으켜 세우려고 애썼다. "괜찮은 거야?"

"그런 것… 같아. 그래." 호손은 멍했지만, 어쨌든 정신이 돌아온 것 같았다. "어떻게, 어떻게 된 거야? 여긴 어디고?"

연기와 그림자 사냥단은 뒤로 물러났지만, 그곳을 떠나지는 않았다. 인근의 어둠 속에 반쯤 몸을 숨기고 타오르는 붉은 눈으로 밖을 주시했다. 모리건은 주위를 둘러보며 에즈라 스콜이 있는지 살폈지만, 사냥단뿐인 것 같았다.

모리건은 미술관을 바라보았다. 출입문이 열려 있고 안에서 시끄러운 소리가 흘러나왔다. 웃음소리와 잡담을 나누는 소리였다. 샴페인 잔을 부딪치는 소리도 들렸다. "여기가 전에 에즈라 스콜이 나를 데려왔던 곳이야. 오늘 밤에 섬뜩한 시장이 열리는 곳을 우리가 찾은 것 같아."

호손이 목이 막힌 듯 이상한 소리를 냈다. "어떻게?"

모리건이 조그맣게 속닥거렸다. "에즈라 스콜. 옥상에 왔었어. 교령회를 하는 동안. 기억이 하나도 안 나?"

호손은 고개를 저었다. "모르겠어. 나가려고 일어선 건 기억나. 우리가 막 웃었잖아. 그러고는… 갑자기 꿈을 꾼 느낌이야. 머릿속에 뭔가 있었어. 이상한 목소리 같은 거였는데. 하지만 마음이 차분해지면서, 그냥 가서 자고 싶었어."

"그게 그 사람이었어. 네 머릿속에 들어갔던 목소리, 그게 에

233

즈라 스콜이었다고." 얘길 들은 호손이 유령처럼 하얗게 질렸지만, 모리건은 아랑곳하지 않았다. "에즈라 스콜이 너를 옥상에서 뛰어내리게 만들어서, 내가 막으려다가 둘 다 떨어졌어. 그런데 연기와 그림자 사냥단이 우리를 받아서 이곳으로 데려온 거고. 호손, 섬뜩한 시장이 *이 건물* 안에서 열리고 있고, 케이든스하고 램버스하고 온스틸드 교수님이 잡혀 있어… 이게 다 에즈라 스콜 짓이었고—"

"당장 나가!" 목이 쉰 것처럼 거친 속삭임 소리에 모리건과 호손은 깜짝 놀랐다. "훠이!"

기다란 형체가 미술관에서 나오더니 허둥지둥 계단을 내려와 아이들 쪽으로 다가왔다. 긴장한 모리건이 달아나려고 호손의 팔을 붙잡았지만, 호손은 모리건을 멈춰 세웠다.

"마일드메이 같아." 호손이 소곤거리고는 조금 더 큰 소리로 불렀다. "마일드메이 선생님! 스텔스가 벌써 이곳에 온 건가요? 와서 수색을—"

"너흰 얼른 도망가." 마일드메이가 가까이 오면서 한껏 숨죽여 말했다. 그는 두 아이의 팔을 잡고 이끌며, 열려 있는 미술관 문을 힐끔거렸다. 모리건은 혼란스러웠지만, 그래도 안도감이 들었다. 어쨌든 둘만의 힘으로 사건을 해결해야 할 상황은 아닌 것 같았다. 협회에서 이미 누군가 나왔다면, 다른 지원 인력도 오고 있을 터였다. 마일드메이는 그늘진 곳으로 숨어들고 나서야 걸음을 멈췄다. "여기서 도망쳐. *당장.*"

"스텔스는 도착했어요?" 모리건이 다시 물으며, 마일드메이의 어깨 뒤를 살피려고 버둥거렸다. "와서 폐쇄하고 있어요? 주피터 아저씨한테 사람을 보내겠다고 했거든요. 여기를—"

"제발, 크로우, 넌 당장 이곳을 떠나야 해. 너는 지금 네가 얼마나 위험한 상황인지 조금도 몰라. 누가 널 보기라도 하면, 네가 여기 있다는 걸 그 사람이 알면……"

"누가 알면요?"

"원더스미스." 마일드메이가 낮은 목소리로 말했다. "모르겠어? 그 사람이 너를 이쪽으로 유인하려고 해. 나한테 직접 너를 데려오라고 했지만… 할 수 없었어. 더는 하지 않으려고."

모리건은 머리가 어질어질했다. "에즈라 스콜이 *선생님한테* 나를 데려오라고 했다고요? 왜 그 사람이, 그게 무슨 뜻이에요? 더는 하지 않겠—"

아.

모리건은 입이 떡 벌어져서 다물어지지 않았다.

협회 안의 내 꼭두각시 인형. 에즈라 스콜이 그렇게 말했다. *나를 자진해서 도우려는 자.*

"당신이었어! 지금껏 에즈라 스콜을 돕고 있던 사람이 당신이었어."

호손이 가볍게 숨을 들이마시는 소리가 들렸다. 마일드메이

는 아파 보였다. 땀투성이에 파르스름한 낯빛을 하고 사시나무
처럼 몸을 떨었다. 하지만 모리건의 말을 부인하지 않았다.

"크로우… 제발." 마일드메이는 입술을 깨물며 울먹였다.
"내 말을 믿어야 해. 정말 너무 미안해. 그동안 내가 했던… 나
로서는…" 그는 손을 부들부들 떨면서 이마를 강아지처럼 찡
그리고 있었다. 모리건이 보기에도 진심으로 속상하고 화가 난
것 같았다. 하지만 본인이 저지른 짓 때문에 화가 난 건지, 들
켜서 화가 난 건지 알 수 없었다. "난 결코… 이건 내가 하고 싶
어서 한 게 아니야! 에즈라 스콜이, 그자가 강요해서 어쩔 수
없이 한 거야."

마일드메이가 한 손으로 머리를 쓸어 넘겼다. 턱은 떨리고
눈에서는 눈물이 흘렀는데, 그 모습이 불쌍하기는커녕 역겨
웠다.

"나는 힘이 없었어. 솔직히 말하면 그래. 나는 억울하고 질투
도 났어. 내가 우리 동기 중에 제일 약하다는 건 다 아는 얘기
니까. 재미없는 애, *지도 소년*, 그런 별명이 늘 따라다녔지." 그
의 얼굴이 추하게 일그러졌다. "나는 중요한 사람이 되고 싶었
어. 그래서 원더스미스가 찾아와서, 나한테, 다른 누구도 아닌
나한테! 도움을 청했을 때, 난 복수할 길을 찾았다고 생각했어.
에즈라 스콜은 원터시 공화국에서 가장 힘 있는 사람이잖아!
그가 자기 제국에 자리를 마련해 주겠다고 약속했어. 자신의

오른쪽 자리로 말이야. 내가 그걸 어떻게 거절하겠어?" 마일드 메이는 잠시 멈췄다가 말을 이었다. "처음에는 그저 별것도 아 닌 정보나 조금씩 전달하는 게 다였어. 누가 다치게 될 줄은 몰 랐다고. 제발 믿어 줘."

"어떤 정보였어요?

"희귀한 비기와 관련된 정보였어. 그런 비기를 가진 사람들 에 대해서 말이야. 어디에 사는지, 뭘 하며 지내는지, 그런 거. 그 사람들이" 이어진 다음 말은 거의 들리지도 않을 정도였다. "그 사람들이 주로 언제쯤 혼자 있는지."

"누구를 납치할지, 어떻게 납치할지, 그런 거네요. 바꿔 말하 면." 모리건은 화가 나서 목소리가 부들부들 떨렸다.

마일드메이는 뒷덜미를 문질렀다. 아직 모리건을 제대로 바 라보지 못했다.

호손은 감정을 억누르고 있는 것처럼 뭔가 야릇한 소리를 냈 다. 이를 악물었다가 벌렸다가 하며 턱을 쉴 새 없이 움직이는 걸 보면서, 모리건은 호손 역시 부글부글 끓어오르는 화를 꾹 꾹 눌러 간신히 참고 있다는 걸 알았다. 호손은 모리건이 아는 사람 중에서도 손에 꼽을 만큼 신의가 있는 친구였다.

"그 사람들이 백골한테 잡혀가서 팔리도록 소개해 준 거네. 구역질 나는 인간." 호손이 화난 목소리로 낮게 말했다.

마일드메이는 정신이 혼미해 보였다. "*부탁이야.* 내가 도우

237

려고 하는 거 모르겠니? 모리건, 원더스미스는 너도 데려오길 원했다고. 하지만 난 거절했어. 내 최고의 학생에게 그런 짓을 할 수는 없었어. 이제 더는 그 사람을 위해 일하지 않겠다고 거부했어. 오늘 여기 온 이유도 그 때문이고! 오늘 밤에 그 사람이 섬뜩한 시장으로 너를 유인하려 한다는 걸 알고 있었기 때문에, 밖에서 기다리다가 막으려고 했어. 저 사람들이 너까지 경매에 올리게 할 수는 없어서, 나는 단지―"

"케이든스는 팔려 가게 놔뒀으면서! 램버스도!" 모리건은 버럭 소리를 내질렀다. 그러고 나서 숨소리처럼 낮고 차디찬 목소리로 말했다. "당신이 어떻게 그럴 수 있죠, 마일드메이?"

젊은 교사는 서럽게 흐느껴 울었다. 그의 눈은 애원하고 있었다. "미안하다. 설명을 못 하겠어. 나는 다만… 겉돌기만 하는 게 신물이 났어, 크로우. 그 기분이 어떤 건지 넌 알잖아? 남들하고 다른 거. 우리는 같아. 너하고 나, 우리는―"

"모리건은 당신하고 전혀 달라!" 호손이 버럭 내뱉자 마일드메이가 움찔 놀랐다. "모리건은 절대 친구를 배신하지 않아."

마일드메이는 무릎을 꿇고 앉아 몸을 떨며 두 손에 얼굴을 파묻었다. 적지 않은 시간이 흐르는 동안, 조용한 미술관 앞에서 들리는 소리라고는 마일드메이가 몸을 들썩이며 흐느끼는 소리와 미술관 안에서 점잖게 흘러나오는 웅성거림뿐이었다.

그런데 그때… 누군가 박수를 치는 소리가 났다.

"브라보, 헨리. 연극배우가 따로 없군." 어둠 속에서 부드러운 목소리가 들렸다.

마일드메이가 혼비백산하여 벌떡 일어서더니 제자리에서 한 바퀴 돌며 말하는 사람이 누구인지 찾았다. 에즈라 스콜이 한쪽 입꼬리를 휘어 올리고 사악하게 웃으며 밝은 곳으로 걸어 나오자 마일드메이가 눈을 둥그렇게 떴다. 한 명의 관객이 치는 손뼉 소리가 거리에 크게 울렸다. 호손이 모리건에게 바짝 달라붙더니 손톱자국이 날 정도로 모리건의 팔을 꽉 붙잡았다. 숨소리도 점점 빨라졌다. 호손은 옥상에서 있었던 일을 전혀 기억하지 못하기 때문에, 지금이 바로 원더스미스와 직접 대면하는 첫 순간이었다.

"여기에 고사메르로 왔어." 모리건이 호손에게 소곤거리면서, 실눈을 뜨고 아른아른 에즈라 스콜을 감싸고 있는 숨길 수 없는 빛을 바라보았다. 모리건은 없는 용기를 끌어모아 씩씩하게 말하려고 애썼다. "그래서 우릴 건드리지 못해."

"그렇구나. 하지만 저 사냥단은 건드릴 수 있잖아." 호손이 간신히 입만 움직여 지적했다. 마치 신호를 받은 듯이 그들을 둘러싼 그림자 속에서 낮게 으르렁거리는 소리가 흘러나왔다. 모리건은 부르르 몸을 떨었다.

에즈라 스콜이 낮고 부드럽게 휘파람을 불자, 늑대들이 나타나 마일드메이를 둥글게 에워쌌다. 털은 칠흑처럼 검고 눈은 이글거리는 잉걸불 같았다. 마일드메이는 몸을 웅크리며 늑대를 피했다. 초라하기 그지없는 모습이었다.

에즈라 스콜이 그를 경멸 어린 얼굴로 바라보았다. "헨리는 네가 경매에서 팔려 나갈 뻔한 걸 자신이 구해 주려 했다고 믿길 바랄 거야, 크로우 양. 하지만 저자도 알아. 내가 너를 경매에 넘기려고 데려온 게 아니라는 걸. 내가 이 모든 일을 어떻게 준비해 놨는지 저자도 알아. *너는 시장을 폐쇄한 영웅이 될 수 있어.* 너는 결국 원더스미스가 될 거고, 모두 그걸 두려워할 거야. 네가 타고난 능력을 사용할 수 있는 환경부터 갖추도록 해." 에즈라 스콜은 목소리를 한층 높였다. "네가 모아온 원더가 나만큼 지루해져서, **너 자신을 질식시켜 죽이기 전에.**"

모리건은 날카로운 말에 깜짝 놀랐다. 심장이 밖으로 튀어나올 것처럼 쿵쿵 뛰어 댔다.

"제발, 모리건. 이 사람 말 듣지 마. 도망가. *그냥 도망가.*" 마일드메이가 애원했다. 그의 눈은 빨갛고 퉁퉁 부어 있었다.

"오, 훌륭해, 마일드메이. 아주 잘했어." 스콜이 미치광이처럼 높은 소리로 키득키득 웃었다. "여기 *헨리*는 네가 섬뜩한 시장을 폐쇄하는 게 자기 이익에 반한다고 판단한 거야, 모리건 크로우. 그동안 수입이 꽤 짭짤했지, 안 그런가, 헨리? 네버무어에서 내로라하는 부자와 손꼽히는 악당 사이에서 이름을 날리고 있더군. 그 사람들을 실망하게 하고 싶진 않을 거야. 그렇

240

지?" 에즈라 스콜이 말을 멈추더니 고개를 돌려 모리건을 똑바로 바라보며 느릿느릿 말했다. "내 말이 무슨 뜻인지 알아듣겠나, 모리건 크로우? 저자는, 지금, 너를, 붙잡고, 시간을, 끌고 있어. 경매가 끝나고 네 친구들이 팔려 나가 두둑한 수수료가 들어올 때까지 여기서 네 발목을 잡고 있는 거라고. 낙찰되는 물건마다 저자가 수수료를 떼어 가니까."

모리건은 마일드메이를 유심히 지켜보았다. 에즈라 스콜이 말하는 동안 묘한 변화가 일어났다. 눈물로 얼룩진 젊은 교사의 소년 같던 얼굴이, 고통으로 정신이 혼미해 보이고 너무 흐느껴 빨갛게 물들었던 얼굴이, 느긋하게 풀어지기 시작했다. 그는 셔츠 소매로 눈을 닦았다. 요란하게 코를 한 번 훌쩍인 마일드메이는 약간 멋쩍은 듯 낯익은 웃음으로 씩 웃었다.

모리건은 목덜미가 오싹해졌다. 너무나 마일드메이다운 모습이었다. 그런데 어쩐지 전혀 마일드메이 같지 않았다. 완전히 낯선 사람처럼 보였다.

그는 빙긋이 웃고, 손목시계를 확인했다. 그리고 *어깨를 으쓱였다.*

"이거 참, 그 수법을 썼어야 했어요." 마일드메이는 평소와 다름없는 다정한 목소리로 돌아가 있었다. "지금쯤 거의 팔렸을 것 같아요. 시간 내줘서 고맙다, 모리건 크로우. 너는 언제나 제일 열심히 듣는 학생이었어." 마일드메이는 박수갈채라도 받은 사람처럼 고개를 깊이 숙여 인사하면서, 계속 소리 내어 웃었다.

분을 이기지 못한 뜨거운 눈물이 왈칵 솟구쳤다. 말이 나오지 않았다. 아무 생각도 들지 않았다. 모리건은 이를 드러내고 사나운 우니멀처럼 으르렁거리며 마일드메이에게 달려들어 그를 바닥에 쓰러뜨렸다.

"배신자!" 모리건이 날카롭게 외치고 다시 달려들었다. 누가 들어도 상관없었다. 혈관 속에서 부글부글 끓는 분노가 느껴졌다. 호손이 두 사람 사이로 끼어들어 모리건을 떼어 내려고 끙끙댔다.

"다시 한번 말하지만, 이건 협회에서 치르는 유치하고 시시한 시험 같은 게 아니야, 크로우 양." 에즈라 스콜은 그들과 떨어져 그림자의 가장자리쯤에 서 있었다. "이건 진짜 현실이야. 실패하면 진짜 결과를 맛보게 된다고. 똑딱똑딱."

몸이 들썩이도록 깊이 심호흡한 모리건은 바닥에 큰 대자로 누워 있는 마일드메이에게서 눈을 휘둥그레 뜬 호손에게로, 그리고 다시 가로챈 순간들의 미술관으로 눈길을 옮겼다. 건물 안에서 새어 나오던 웅성거림이 조금 잦아들어 있었다. 이미 너무 늦었을까? "호손, 가자."

"마일드메이가 달아날 거야. 스텔스를 불러와서—"

"우린 케이든스하고 램버스랑 다른 사람들에게 가야 해." 모리건이 마일드메이를 힐끔 내려다보았다. 그는 갑자기 공황에 빠진 듯 허둥대고 있었다. 낮게 으르렁거리는 소리가 대기를 가득 채우며 울려 퍼졌다. 연기와 그림자 사냥단이 어둠에서 나오고 있었다.

두 친구는 달리기 시작했다. 모리건은 미술관 계단에 이른 다음에야, 섬뜩하게 울부짖는 소리에 뒤를 돌아보았다. 어둠 안에서 불처럼 타오르는 백여 개의 붉은 눈이 보였다.

"우리의 소중한 친구 헨리는 내가 돌보지." 에즈라 스콜의 차가운 목소리가 그림자 속에서 크게 울렸다. "걱정하지 마라."

26장

경매

모리건과 호손은 계단을 뛰어올라 미술관 입구로 들어갔다. 로비에는 아무도 없었다. 지난번 경매 때와 마찬가지로 탁자 한 개 말고는 아무것도 없었다. 모리건은 제일 처음 눈에 띈 비명을 지르는 악마 가면을 집어 들고 냉큼 머리에 뒤집어썼다.

"자." 모리건은 반짝반짝 빛나는 궁중 광대 가면을 호손에게 건넸다. "이걸 써. 빨리."

"저 사람은 어떻게 될 것 같아?" 활짝 웃는 고무 가면도 목소리에 묻어 있는 긴장감까지 감춰 주지는 못했다.

"누구, 마일드메이?" 모리건은 한때 제일 좋아했던 선생님의 운명 따위에는 아무 관심도 없는 것처럼 보이기 위해 애쓰며 열린 문 쪽을 홱 뒤돌아보았다. "좋을 건 없겠지."

둘은 목소리가 들리는 방향을 따라 대기실로 들어갔다. 대기실은 본관으로 이어져 있었다. 모리건은 대기실을 그대로 지나쳐 곧장 본관으로 가고 싶었다. 틀림없이 본관에서 경매가 열리고 있을 거로 생각했다. 하지만 이목을 집중시키며 본관으로 뛰어갈 만큼 어리석지는 않았다. 가면을 쓴 경매 참가자들은 사방에 흩어져 술을 마시며 웃고 떠들었다. 이따금 멈춰 서서 예술 작품이라도 되는 듯 유리구를 감상하며 감탄하기도 했다.

섞여 들어가는 일은 의외로 쉬웠다. 비록 모리건은 다른 참가자보다 머리 하나 정도가 작았지만 말이다. 다행히 호손은 지난여름에 잡초처럼 쑥쑥 자랐다. 용타기 훈련을 열심히 해서 그런지 모리건이 알고 있던 것보다 어깨도 더 벌어져 있었다. 덕분에 몇몇 어른과는 별로 키 차이가 나지 않아서 모리건은 매우 마음이 놓였다.

"이건 *제정신이 아니야*." 호손은 할 수 있는 한 천천히 침착하게 걸음을 옮기며 가면 속에서 나직이 말했다. "저 유리구 말이야. 저게 뭔지 알면, 저렇게······."

모리건은 속이 너무 메스꺼워서 대꾸할 수가 없었다. 어째서 처음부터 진실을 알아채지 못했을까? 어떤 모습은 한가롭고 교묘해서 쉽게 오해할 수 있었다. 하지만 여지없는 죽음과 파괴의 순간을 보여 주는 것도 있었다. 코끼리 떼가 먼지를 일으키며 우르르 달려가는 모습이 있었는데, 그들이 질주하는 샘물에는 야생동물이 가득 모여 있었다. 높이 솟구쳐 밀어닥친 해일에 마을 하나가 통째로 살육당하는 순간과 진흙 범벅의 피 튀기는 전장에 포탄이 날아드는 순간도 있었다. 모리건은 고개를 저었다.

"놀라워." 턱시도를 입은 투실투실한 남자가 가까이에 있는 유리구를 꼼꼼하게 들여다보며 혼잣말을 중얼거렸다. 남자는 특색 없는 하얀 가면을 썼는데, 가면 때문인지 마치 죽음 그 자체처럼 보였다. "전부 진짜야. 왜 있잖아, 이 안에 진짜 사람들이 들어 있어."

남자는 유리구를 두드리며 동물원 울타리 앞에 선 것처럼 안을 살폈다. "죽음 직전의 순간에 멈춰 있어. 경매사가 그러더라고. 대단한 작품이야."

"와, 흥미롭네." 남자와 함께 서 있던 여자는 엄청나게 놀랄 정도는 아니라는 투였다. "우리가 하는 말을 들을 수 있을까?"

"좋은 질문이야." 남자가 유리구를 다시 두드렸다. 남자 주변으로 사람이 모여들었다. "여보세요, 죽은 친구. 거기 있나요. 내 말 들려요? 들리면 눈을 한 번, 안 들리면 두 번 깜박여

봐요." 구경하던 이들은 몹시 재미있는 이야기라도 들은 것처럼 깔깔거리며 웃었다.

"죽는 친구겠지. 아직 완전히 죽진 않았잖아. 그게 핵심인데!" 여자가 심술궂게 낄낄댔다.

모리건은 속이 뒤틀렸다. 호손이 계속 팔꿈치를 잡아당긴 덕에 단호히 앞만 바라보며 계속 걸을 수 있었다. 유리구를 들여다보지 말자고 굳게 마음먹었다. 하지만 본관으로 넘어가는 문에 이르렀을 때 모리건은 참지 못하고 흘깃 뒤를 돌아보았다.

열여섯이나 열일곱 정도 되었을 십 대 소년이 양단 재킷을 입고 검고 긴 부츠를 신은 채 말 등에 올라타 자갈길을 달리고 있었다. 말이 앞발을 들어 올리고 흰자위를 희번덕거리고 있는 걸 보면 겁을 먹었거나 그 비슷한 상태인 듯했다. 소년도 말처럼 공포에 휩싸인 얼굴이었다. 안장에서 튕겨 나온 소년이 자갈길 위로 곤두박질치려는 순간을, 저런 위치에서, 저렇게 세게, 누구나 볼 수 있게……

모리건은 눈을 깜박이며 눈물을 삼켰다.

견딜 수 없었다. 이 모든 것, 가로챈 순간들의 미술관과 마일드메이의 배신과 섬뜩한 시장이 전부 부당하고 역겨웠다. 몸속에 사는 사나운 야생동물이 밖으로 나오려고 몸을 할퀴는 기분이었다. 에즈라 스콜의 말이 귓가에 맴돌았다.

너는 생쥐가 아니야, 모리건 크로우. 너는 용이야.

죽음 안에 갇힌 사람들을 위해 뭔가 하고 싶었다. 그리고 마일드메이는 법의 심판을 받게 하고 싶었다. 이곳에 묶인 공포를 날려 버리고 싶었고, 가면 쓴 백치들의 웃음을 멈추게 하고 싶었다. 하지만 이를 악물고, 분노가 활개를 펴지 못하게 꾹꾹 눌러 담아야 했다.

"케이든스와 램버스가 여기 온 건 친구들 때문이야." 모리건은 혼잣말을 중얼거렸다. "다른 데 정신 팔면 안 돼."

모리건은 눈을 감았다. 가슴속에 손을 넣어, 그곳에서 타오르는 불길을 손가락으로 덮어 조심스레 열기를 꺼 두었다. 아주 잠시 동안만.

미술관의 길 잃은 영혼들은 더 기다려야 할 듯했다.

———◆———

훨씬 큰 두 번째 방에 들어가면서 호손은 요란하게 놀란 티를 냈다. 호손은 기침 소리인 척하면서 남들 모르게 천장을 가리켰다. 모리건은 두려움에 사로잡혀 천장을 올려다보았다.

본관은 매매 물건을 위해 꾸며진 공간이었다. 경매품이 높은 진열대 위에 올라가 있어 객석 어디에서든 다 보였다. 그래서 탈출도 어려울 것 같았다. 아무리 찾아봐도 무거운 사슬과 도르래를 이용하는 것 말고는 진열대를 내릴 방법이 없었다. 각각의 장치에는 두개골 가면을 쓴 우락부락한 보안요원이 두 명씩 붙어 있었다.

알피가 대형 수조 안에 있었던 것처럼, 이번에도 한 명 한 명이 특유의 비기를 흉내 낸 기괴한 장식물로 꾸며져 진열됐다. 가장 멀리 보이는 온스털드 교수는 대형 시계의 분침에 사슬로 묶여 있었다. 분침이 55분을 가리키고 있었기 때문에 거의 수직으로 매달려 있었다. 모리건은 온스털드 교수가 얼마나 많은 시간 동안 저 자리에 묶여 있었을지, 시계 위를 몇 바퀴나 돌면서 피가 거꾸로 쏠렸다가 다시 똑바로 쏠리는 불쾌감을 느꼈을지, 궁금했다. 그가 얼마나 오래 버틸지도?

진열대 위, 오른쪽 벽에 자리 잡은 케이든스는 부드럽게 흘러내리는 환한 자주색 실크 드레스를 입고 요란한 금장식을 달았다. 케이든스 옆에는 어마어마하게 큰 황금 램프가 있었다. 모리건은 눈을 깜박거리면서, 자신이 보고 있는 광경을 이해하려고 애썼다.

"웩. 쟤를 *지니*처럼 입혀 놨어." 호손이 속이 좋지 않은 얼굴로 말했다. "사람들이 생각하는 최면술사가 저런 건가? 돌아다니면서 소원을 들어주고, 시키는 대로 고분고분 말도 잘 듣고? 분명히 케이든스를 만난 적이 없을 거야."

문득 모리건은 어느 순간부터 호손이 케이든스를 기억하기 시작했다는 걸 깨달았다. 뭐가 변한 걸까? 궁금했다. 〈*최면술*

바로 알기〉 수업의 효과가 드디어 나타난 걸까? 아니면 호손과 케이든스가 마침내, 어느 정도는 친구가 되었기 때문일까?

호손이 목을 쑥 빼고 방을 이리저리 둘러보았다. "어! 저기 봐, 저 위에. 저 사람 아니야? 주피터 아저씨가 찾아다니고 있던 사람?"

호손이 올려다본 곳은 거의 머리 바로 위였다. 그곳에는 천사(천상의 존재라고 모리건 혼자 조용히 말을 정정했다)가 공중을 맴도는 것처럼 떠 있었다. 하지만 자세히 보니 굵은 밧줄로 양 날개가 만나는 곳을 묶어 매달아 놓은 것이었다. 천장에 대롱대롱 매달린 천사의 날개는 강제로 가장 멋진 인상을 주는 길이로 펼쳐져 있었고, 두 손은 등 뒤로 묶인 채였다. 주변에는 한가로이 빙그르르 도는 가짜 구름이 여기저기 널려 있었다. 합판에 솜뭉치를 붙여서 낚싯줄로 매단 구름은 마치 형편없는 연극의 무대 장치 같았다.

모리건은 눈을 깜박깜박했다. 천사는 카시엘이 아니었다. 카시엘이 어떻게 생겼는지는 모르지만, 아니라는 건 알았다.

저 사람은 이스라펠이었다.

모리건은 고개를 흔들었다. 지금은 이런 걸 깊이 생각할 시간이 없었다.

호손이 자세히 살펴보면서 인상을 쓰고 말했다. "케이든스의 손을 묶어 놨어. 입에도 테이프를 붙여 놨고. 케이든스가 최면을 걸까 봐 그랬나?"

호손이 본 대로였다. 이스라펠의 입에도 테이프가 붙어 있었다. 노래를 부르며 탈출하지 못하도록 막은 것 같았다.

본관의 다른 쪽 끝, 온스털드 교수 아래에 모여 있던 사람들이 램버스 쪽의 진열대로 이동하고 있었다. 진열대 한가운데의 왕좌에 앉은 램버스는 정교하게 만든 금관을 쓰고 있었는데, 왕관이 머리보다 너무 컸다. 입찰자들을 내려다보는 램버스의 눈이 커다래졌다. 그러고는 상어 떼로 가득한 바다에서 가라앉지 않을 유일한 버팀목이라도 되는 것처럼 왕좌의 팔걸이를 꽉 붙잡았다. 램버스는 반복해서 무언가를 거듭 중얼거리고 있었다.

모리건은 눈을 가늘게 뜨고, 램버스가 하는 말을 알아내기 위해 애썼다. 기도인가? 도와 달라고 간청하나? 무언가 가슴을 쥐어짜는 것 같았다. *가여운 램버스, 겁에 질렸구나.*

"모여 주십시오. 신사 숙녀 여러분, 모여 주세요." 경매사가 외쳤다. 할아버지처럼 자상하고 쾌활한 목소리가 본관 안으로 퍼졌다. 그는 늑대 가면을 쓰고 있었다. 목소리와는 느낌이 사뭇 달랐지만, 경매사로서는 잘 어울렸다.

반복해서 횡설수설하는 램버스의 목소리가 점점 커졌다. 극심한 공포를 느끼는 것 같았다. 이제 램버스가 하는 말이 모리건의 귀에 들릴 정도였다.

"불러. 죽어. 얼어. 불타. 날아." 램버스는 왕좌에 앉아 몸을 떨면서 같은 말을 하고 또 하고, 계속 되풀이했다. "불러, 죽어. 얼어. 불타. 날아."

호손이 미간을 찌푸렸다. "저게 무슨 소리야?"

"마지막 물건에 대한 입찰을 시작하기 전에, 다시 한번 이 보잘것없는 경매에 참석해 주신 여러분 감사드립니다. 여러분은 세상 제일가는 나쁜 놈이고 또한 세상 제일가는 부자들이라 저희도 초대장을 보내 드릴 수 있었습니다. 이 두 가지 이유로 이 자리에 여러분을 모시게 되어 대단히 기쁩니다." 기분 나쁜 농담에 와자한 웃음이 터지면서 박수가 길게 이어졌다. 호손이 모리건의 팔을 꽉 움켜쥐었다. 모리건은 그게 자신더러 참으라는 뜻인지, 호손 자신이 참으려고 애쓰는 건지 알쏭달쏭했다.

"마지막 물건이래. 그러니까 다른 사람들은 벌써 팔아 버린 거야." 모리건이 호손에게 소곤거렸다. 가슴이 조여드는 느낌이었다. 아니나 다를까 케이든스 쪽에 서 있던 보안요원들이 어마어마하게 큰 금속 사슬을 끌어당기며 케이든스의 진열대를 내리기 시작했다.

공포가 거대하고 차가운 손놀림으로 모리건을 휘감았다. 어떻게 해야 하지? 뭘 할 수 있지? 만일 지금 케이든스를 돕겠다고 달려 나간다면 이대로 정체를 들키고 램버스를 그저 운명에 맡겨야 하는 꼴이 될 터였다. 하지만 램버스를 구하기 위해 어찌어찌해서 저 높은 곳까지 올라간다고 해도 그사이에 *케이든*

스는 사라져 버릴 게 뻔했다. 게다가 온스털드 교수는 어떻게 해야 하지? 또 이스라펠은?

모리건은 이렇게까지 무력하고 속수무책인 기분은 처음이었다. 에즈라 스콜은 이 모든 일을 계획하고 끔찍한 자리에 자신을 던져 놓았다. 모리건이 참혹 예술을 사용하길 바란다면서. 하지만 쥐꼬리만도 못한 재능이 이런 곳에서 무슨 소용이지? 원더를 부를 수는 있다. 그래서 초 몇 개에 불을 붙일 수는 있다. *엄청나네.* 하지만 찰턴 오총사의 공격을 물리치고 새끼 고양이를 변신시켰던 사람은 에즈라 스콜이었다. 그런데 모리건이 뭘 할 수 있을까?

원더를 부를 수 있어. 모리건은 자신에게 말했다. *그걸 할 수 있잖아. 그렇게 시작하자.*

"*모닝타이드의 아이는 명랑하고 순하지.*" 모리건이 조용히 노래했다. 목소리가 불안정하게 흔들렸다. 호손이 놀란 눈으로 모리건을 바라보았다. "*이븐타이드의 아이는 사악하고 사납지—*"

"모리건—?

"쉿." 모리건은 눈을 감았다. 반응이 없었다. 왜 효과가 없지? "*모닝타이드의 아이는 새벽을 열고 온다네.*"

늑대 가면을 쓴 경매사가 관객을 주무르고 있었다. "이 물건을 보기 위해 오래 기다리셨습니다. 암요. 지금 주체할 수 없이 넘쳐 나는 돈이 빨리 써 달라고 들썩들썩 난리가 났을 겁니다."

"*이브타이드의 아이는 질풍노도를 몰고 온다네*……."

"이제, 시작합시다. 섬뜩한 시장 역사상 가장 기대되는 품목을 소개해 드리겠습니다. 람야 베타리 아마티 라 공주 전하입니다."

모리건이 노래를 멈췄다. 호손도 얼음이 된 것 같았다.

공주라고?

"파이스트상 왕실의 일원인 람야 공주는 여왕의 손녀로 왕위 계승 서열 4위입니다. 라 왕실에서 왕위 계승권자 한 명이 단기 예지자라는 사실을 알고 원드러스협회의 요란한 친구들에게 보내 교육을 맡겼지요." 관객석에서 야유가 터져 나왔다. "이 때문에 왕실은 제1당인 윈터시당에 반역죄를 범하게 되었습니다. 공화국 측 소식통에 의하면, 윈터시당은 람야 공주의 건강이 나빠져 몸져누워 있는 줄 알고 있답니다. 수완 좋은 아마 여왕이 돈을 주고 가난한 마을 빈민 몇 명을 궁으로 데리고 가서, 몇 년만 빈둥거리며 손녀 행세를 하라고 했다는군요!"

모리건은 경매사의 말을 믿을 수 없었다. 램버스가 자유주 사람이 아니라고 했다. 자신처럼, 윈터시 공화국의 네 개 주 가운데 한 곳에서 왔다는 말이었다. 램버스는 이곳에 오고 싶어서 온 게 아니었다! 게다가 공주라니!

"저 애한테 약간 귀티가 난다고 생각하긴 했어." 호손이 소곤거렸다.

"쉿."

아버지가 윈터시당에서 일했기 때문에, 모리건은 거기가 어떤 곳인지 어느 정도 알고 있었다. 만일 이게 사실이라면, 램버스가 정말 파이스트상 왕실의 일원이 맞고 윈터시당의 법을 어기고 공화국을 몰래 빠져나왔다면, 램버스는 훨씬 더 위험한 상황에 부닥쳐 있었다. 공화국 사람들은 자유주라는 게 있다는 사실 자체를 묻어 두고 있었다.

"*어디로 가느냐, 오, 아침의 아들아?*" 모리건은 노래했다. 가사를 입 밖으로 뱉기 힘들 만큼 심하게 떨렸다.

경매사가 모리건의 의구심을 확인해 주었다. "윈터시당이 알게 되면 라 왕실에는 나쁜 소식이 되겠지요." 경매사가 연극처럼 자기 목이 잘리는 시늉을 하자 관객이 즐거워하며 웃음을 터뜨렸다. "반역죄는 윈터시 공화국에서 사형으로 처벌할 수 있는 범죄지요. 그 사실 때문에 이 상품의 가치가 몇 배로 뛰는 것입니다. 가능성이 끝이 없으니까요, 여러분."

호손이 씩씩댔다. "뭔가 해야 해. 주의를 분산시키거나, 아니면… 아니면 뭐라도! 모리건, *도와줘*."

하지만 모리건은 듣고 있지 않았다. "*저 높이 태양과 함께 바람이 따뜻한 곳으로.*" 눈을 질끈 감은 채 경매사와 호손과 몹시 불쾌한 관객을 차단하고 주변 공기의 흐름에 집중하려고 애썼다. *"어디로 가느냐, 오, 밤의—"*

노래를 멈추었다. 효과가 있었다. 느낌이 왔다.

처음에는 미묘하게, 그저 대기에 작은 파문이 이는 것 같았다. 그리고 손가락 끝이 알알했다.

모리건이 눈을 뜨자, 세상이 밝은 금빛으로 바뀌어 마치 태양 위에 서 있는 것 같았다.

"일단 람야 공주가 지닌 아주 귀하고 유용한 비기를 손에 넣은 다음, 몸값을 받고 공주를 가족에게 돌려보낼 수 있습니다." 경매사가 설명을 이어 가며 표독스레 웃었다. "아니면 공갈 협박용으로 더 잡아 둬도 되고, 윈터시당에 팔아넘긴 다음 라 왕실이 무너지는 걸 구경해도 좋겠지요! 하고 싶은 대로 하세요, 여러분. 하지만 금액을 높게 책정할 겁니다. 1만 5,000크레드로 시작합니다. 1만 5,000크레드, 입찰하실 분 계신가요?"

이전과는 느낌이 달랐다. 이곳에서 처음으로 원더를 불렀을 때는 원초적인 힘을 손에 쥔 쾌감이 순식간에 사라지고 아무런 통제도 할 수 없는 무력감만 남았다. 원더를 불렀지만, 모리건은 원더를 어떻게 해야 하는지 몰랐다. 하지만 원더는 알고 있었다. 어쩐지 알고 있었고, 폭동을 일으켰다.

이번엔 그렇지 않았다. 아주 매끄러웠다.

집결한 원더는 모리건의 의도에 따라 가지런히 움직였다. 오늘 밤에 있었던 모든 일, 아니 *1년* 동안 계속 벌어졌던 모든 일에 대해 모리건이 느낀 당연한 분노는 마침내 원더가 간절히 바라던 목적을 부여했다. 모리건은 마일드메이의 탐욕과 배신을 생각했다. 사람들을 죽음의 순간 안에 감금한 마틸드 러챈스의 잔인함을 생각했다. 지금껏 자신을 꼭두각시 인형처럼 조종했던 에즈라 스콜 또한 생각했다. 그는 악몽 같은 상황을 만들어 모리건에게 던지고 끝내도록 판을 짰다. 그리고 모리건은 비기와 *생명*을 사고팔 권리가 있다고 생각하는 이들의 무지하고도 무심한 악의, 악을 생각했다.

가장 가까이에 있던 유리구가 산산조각이 나면서, 안에 갇혀 있던 내용물이 폭발하듯이 여기저기로 쏟아져 나왔다.

자동차를 타고 달리던 젊은 청년들이었다. 공포로 비명을 질러 대는 청년들을 태웠던 자동차는 균형을 잃고 도로에서 튀어 나가는 순간을 벗어나 다른 유리구를 박살 냈다.

경매사와 입찰자들이 무슨 일이 일어났다는 걸 알아차리자마자 두 번째 유리구에서 비극적인 순간이 바닥으로 쏟아져 나왔다. 폭풍우가 요동치고 벼락이 떨어지는 바다에서 배에 탄 채 두려움에 휩싸인 선원들이었다. 배가 쿵 소리를 내며 산산이 부서지면서 또 다른 유리구를 깨뜨렸다. 벌 떼에 포위당한 여자였다. 연달아 깨진 유리구에서는 오두막 지붕 위로 돌덩이가 굴러떨어지면서 산사태가 쏟아졌다. 그렇게 또 다른 유리구가 부서지고, 또 부서졌다.

모리건은 도미노 효과를 노렸다. 그리고 이내 유리구가 박살 나면서 쏟아지는 내용물이 유리구보다 부피가 크다는 사실을 깨달았다. 속박을 벗어난 실물이 서로 섞이면서 본관은 아수라 장이 되었다. 온갖 것이 뒤엉켜 실내는 급속도로 가득 차기 시작했다. 우르르 몰려가는 코끼리 떼는 관중을 둘로 갈라놓았다. 비명을 질러 대는 불협화음의 한복판에서 백상아리는 펄떡거리며 산산조각이 난 유리 감옥을 나왔다.

경매 참가자들은 허둥지둥 안전한 곳을 찾아다녔지만, 소란은 수그러들지 않았다. 유리구는 계속해서 줄줄이 박살 났다. 성난 군중과 목숨을 건 결투, 광란의 전장이 쉴 새 없이 쏟아져 나왔다.

모리건은 순식간에 벌어진 참상을 빤히 바라보았다.

내가 뭘 한 거지?

모리건이 생각한 건 그저 주의를 다른 곳으로 돌리는 일이었다. 그렇게 해서 친구들을 구하고, 또 유리구 안에 갇힌 사람들도 해방해 끝내는 편안히 잠들게 해 줄 수 있다고 생각했다. 하지만 이건 관심을 돌리는 정도가 아니었다. 이건 *광란*이었다. 이제 어떻게 램버스와 케이든스를 구할 수 있지? 두 아이에게 가까이 갈 수도 없었다. 이 난리 속에서는 *자신*을 지키는 일도 쉽지 않아 보였다.

"모리건!"

258

호손이 쓰러질 듯이 휘청거리며 모리건을 와락 붙잡았다. 가까이 있던 유리구가 깨지면서 집채만 한 파도가 쏟아져 나왔다. 모리건은 난생처음 본 크고 무시무시한 파도였다. 둘은 꼭 달라붙어 꼼짝도 못 한 채 벽처럼 일어서 머리 위로 솟아오른 물길을 물끄러미 바라보며 파도가 덮칠 순간만 기다렸다. 저 파도를 맞고도 살아남긴 힘들 것 같았다.

바로 그때, 모든 것이… 멈추었다.

귀가 먹먹해질 정도로 요란했던 비명도, 고함을 질러 대던 우니멀도, 무섭게 흐르던 물도, 모든 것이 한순간 쥐죽은 듯 조용해졌다. 머리 위로 치솟았던 해일은 눈으로 감지하기도 어려울 만큼 속도가 느려져 마치 긴장감에 바르르 떠는 것 같았다. 모리건에게 들리는 거라고는 자신의 심장박동 소리와 호손의 가쁜 숨소리뿐이었다.

정적을 깬 것은 본관 맞은편에서 날아든 힘없이 쌕쌕거리는 목소리였다.

"서둘러라! 아주… 오래… 끌기는… 힘들다."

27장
노래로는 견줄 자가 없지

온스털드 교수는 자신이 묶인 시계 위에서 모리건을 똑바로 바라보면서 신중히 생각한 듯 천천히 반짝이는 눈을 한 번 깜박였다.

그가 다시 비기를 사용한 것이었다. 세상을 기어가는 속도로 느리게 만들었다. 마치 엄청나게 큰 우주 거인이 손가락 하나로 이 행성을 지그시 눌러, 정상적인 속도로 궤도를 돌지 못하게끔 잡고 있는 느낌이었다.

모리건이 온스털드 교수의 범상치 않은 재능을 목격한 건 오늘이 두 번째였다. 하지만 이번에는… 이번에는 *훨씬* 더 이상했다.

그때는 책과 종이, 똑딱거리는 벽시계, 그리고 마일드메이와 모리건까지 모두 다 시간 안에 얼어붙다시피 잡혀 있었다.

그런데 지금은 어떻게 된 일인지 모리건은 주변과 상관없이 평소대로였고, 호손도 조금 전과 다름없이 자신에게 매달려 있었다. 반면 아수라장이 된 주변의 모든 것이 정지했다. 해일은 높이 솟구쳐서 둘의 머리를 내려다보았다. 번개는 뜨겁고 눈부신 백열을 발하며 거대한 전나무를 절반으로 쪼개는 순간에 멈춰 있었다. 어디를 둘러봐도 가면을 쓰고 화려한 옷을 입은 사람들이 움직이지 못한 채, 빠져나올 수 없는 파괴의 순간 안에 갇혀 있었다. 거의 천장 높이에 달하는 *빙산* 하나가, 눈에 띄는 생명 전부를 위협하고 있기도 했다. 모든 가로챈 순간들이 하나로 얼어붙어 거대한 예술 작품이, 하나의 거대한 유리구가 되었다.

"무슨 일이 일어난 거야? 네가 그랬어? 네가 멈춘 거야?" 호손의 목소리가 넓고 조용한 본관 안에 울려 퍼졌다. 숨소리가 너무 급하고 거세서 모리건은 호손이 호흡곤란이라도 일으킬 것만 같았다.

모리건은 그제야 할로우마스를 경황없이 보내느라 그 전날 거북원 교수와 있었던 일을 깜박 잊고 호손에게 자세히 이야기 하지 않았다는 걸 깨달았다. "아니야. 온스털드 교수님이야. 이 게 교수님의 비기야."

호손은 이 사실을 자연스럽게 받아들이는 것 같았다.

"쟤들을 어떻게 풀어 주지?" 호손이 움직이며 물었다. 호손 은 모리건을 해일 밑에서 끌고 나와 도망치려다가, 가면을 쓰 고 얼어붙은 경매 참가자 사이를 이리저리 헤치며 나아갔다. "나는 사슴을 타고 램버스에게 올라가 볼게. 너는 가서 케이든 스를 도와줘. 그러면—"

"아니야." 모리건은 말을 하려다가 멈췄다. "아니, 잠깐만."

램버스가 되뇌던 말이 머릿속에 떠올랐다.

불러. 죽어. 얼어. 불타. 날아.

그저 두려움에 휩싸여 지껄인 헛소리가 아니었다. 그걸 생각 했어야 했다. 램버스의 머릿속 레이더가 무언가를 잡아낸 것이 었다. 램버스는 곧 일어날 일을 자신이 이해할 수 있는 유일한 방법으로 묘사하고 있었다.

불러. 모리건이 원더를 불렀다.

죽어. 이곳에 있는 모든 사람이 죽고 있었다. 수백 번도 더, 수백 가지 방법으로.

얼어. 온스털드 교수가 시간을 얼렸다.

그렇다면 남은 것은—

"불타." 모리건이 중얼거렸다. "날아."

소리 내어 말하는 순간, 모든 게 명료해졌다. 모리건은 해야 할 일이 뭔지 정확히 알 수 있었다. 눈앞에 예지자 램버스가 펼쳐 둔 다음 지침이 놓여 있었다.

"호손, 가서 케이든스를 도와줘. 케이든스의 진열대는 바닥하고 가까우니까, 그냥 올라가서 묶인 걸 풀어 줘. 그런 다음 케이든스를 데리고 여기를 나가야 해. 우리가 왔던 길로 돌아가서 바로 미술관을 나가. 최대한 멀리 가."

호손은 고개를 저었다. "하지만, 너도 같이 가야 하잖아?"

"나는 이스라펠부터 도와야 해. 설명할 시간이 없어." 모리건은 호손의 고집스러운 표정을 보고 조금 더 단호하게 말했다. "호손, 가! 케이든스를 도와줘. 온스털드 교수님이 계속 시간을 붙들고 있을 순 없어."

"그럼 램버스는 어떻게 하고? 온스털드 교수님은?"

"내가 알아서 할 거야. 얼른 가."

호손은 의문을 거두지 않은 채로 돌아서서 재앙에 빠진 현장을 최대한 빨리 달려 케이든스에게 건너갔다.

모리건은 천장 높이 매달린 이스라펠이 밧줄에 묶인 곳을 올려다보았다. 양 날개가 만나는 양쪽 어깨뼈 사이였다.

사 단계. 불타.

이건 모리건이 할 수 있었다. 그날 밤 옥상으로 에즈라 스콜이 찾아오기 전이라면, 절대 믿지 못했을 것이다. 하지만 이제는 알았다. 원더가 자신과 함께 있었다. 그리고 자신을 돕고 *싶어* 했다.

모리건은 눈을 감고 자신의 안에서 에너지가 불꽃을 튀기는 장면을 떠올렸다. 그리고 가슴속 불길을 손가락으로 만든 우리로 감싸는 모습을 상상했다. 너무 골똘하게 생각할 겨를은 없었다. 효과가 있을지 걱정할 시간도 없었다. 모리건에게는 여유가 없었다. 깜박이던 불길이 모리건의 확신과 함께 점점 환해졌다. 모리건은 눈을 뜨고 불을 내뿜었다.

불길이 *정확히* 명중할 때의 기분은 정말 기가 막혔다. 자기 힘의 원천과 완벽히 일치하는 느낌은 끝내줬다. 모리건은 이스라펠의 날개를 묶었던 밧줄을 바르게 겨냥해 불태웠지만, 이스라펠은 떨어지지 않았다. 이스라펠이 여전히 그 자리에 떠 있는 건 온스털드 교수가 비기로 시간을 멈추었기 때문이었다. 처음 맛본 성공으로 온몸에 자신감이 붙은 모리건은 다시 한번 이스라펠의 손목을 묶은 밧줄에 불길을 뿜었고, 기적처럼 확실하게 성공을 거두었다. 이스라펠의 피부에 그슬림 하나 생기지 않았다.

여유는 많지 않았다. 마치 시간이 몸을 떠는 것처럼, 허공에서 미세한 떨림이 느껴졌다. 온스털드 교수가 제어할 수 있는 시간이 얼마 남지 않은 듯했다.

"이스라펠." 모리건은 강하고 또렷한 목소리로 천장에 떠 있는 천사를 불렀다. 그가 주변에서 일어나는 일을 듣고 볼 수 있다는 걸 알았다. 모리건도 온스털드 교수의 교실에서 직접 경험한 일이었다. 온 세상이 멈추고 몸은 얼어붙어도, 정신은 영향을 받지 않았다. "내 말 잘 들어요. 몇 분 있으면 움직일 수 있을 거예요. 램버스에게, 그러니까 람야 공주에게 날아가 주세요. 그 애를 데리고 이곳을 나가세요." 모리건은 램버스가 앉아있는 진열대를 가리켰다. 물론 이스라펠은 아무 말도 하지 않았지만, 모리건은 그가 알아들었다고 확신했다. 이스라펠은 짙은 갈색 눈으로 모리건을 뚫어지게 바라보고 있었다.

그때 뒤에서 쨕쨕거리고 끙끙거리는 소리가 들렸다. 호손이 조각 같은 상태의 케이든스를 거의 끌다시피 안아서 데려온 것이었다.

"내가 바로 나가라고—"

하지만 모리건의 목소리는 귀청이 뜯겨 나갈 듯 무시무시하게 끼익 우지끈 신음하는 빙산의 이동 소리에 묻혀 버렸다. 마치 세상이 망해 가는 소리 같았다. 시간이 다시 빨라지기 시작했다. 처음에는 서서히, 그러다가 곧 속도를 올렸다.

"**가!**" 모리건이 호손에게 소리쳤다.

"싫어! 너를 두고는 안 갈 거야, 바보야." 호손이 고집을 부렸다.

케이든스는 천천히 정신이 돌아왔다. 몸이 흔들리면서 호손과 같이 넘어질 뻔했는데, 호손이 재빨리 붙잡아 케이든스를 일으켜 세웠다.

위에서 날개를 퍼덕이는 소리가 들렸다. 이스라펠이 얼음 상태에서 벗어나 아름답게 날갯짓을 하더니 모리건이 말한 대로 곧장 램버스에게 날아갔다.

"호손, *가*." 모리건도 고집을 꺾지 않았다. "케이든스, 호손 좀 데리고 여기서 나가. 여기 일은 내가 잘 알아. 나도 바로 나갈 거야. 약속할게."

호손은 입을 꾹 다물고 창백한 얼굴로 잠시 모리건을 바라보다가 억지로 고개를 끄덕였다. 그리고 케이든스와 함께 대기실로 달려갔다.

사실 거짓말이었다. 모리건은 뭘 어떻게 해야 할지 몰랐다.

하지만 뭐라도 해야 했다. 노구의 온스털드 교수는 모리건을 경멸했*지만*, 마지막 남은 힘으로 *시간을 멈춰* 모리건과 친구들을 구하도록 했다. 그를 혼자 남겨 두고 갈 수는 없었다.

"제가 도와드릴게요." 모리건은 온스털드 교수를 향해 큰 소리로 외치며, 다시 한번 가속도가 붙은 광란의 현장 속에서 길을 찾으려고 노력했다. 교수님의 진열대를 조종하는 사슬이 있는 곳까지 갈 수 있다면… 음, 그다음엔? 모리건은 알지 못했다.

번개에 쪼개진 나무가 쿵 하며 눈앞으로 쓰러지자 모리건은 비명을 질렀다. 하마터면 머리에 맞을 뻔한 걸 피했지만, 온스 털드 교수가 있는 쪽이 나무에 완전히 막혀 버렸다.

거북원은 이제 고개도 가누지 못했다. 그는 모리건을 바라보며 주름진 딱딱한 입으로 한마디를 뱉었다.

"도망쳐."

모리건은 고개를 저었다. 마음이 어지러이 소용돌이쳤다. 교수님을 구할 방법이 있을 거야. 틀림없이 있어!

온스털드가 힘없이 고개를 끄덕였다. 1초가 다르게 기운이 빠져나가고 있었다.

"가거라! 도망쳐!" 온스털드 교수가 명령했다.

심장이 쿵 내려앉는 느낌이었다. 좌절감에 눈시울이 뜨거워졌다. 온스털드에게 다가갈 방법이 없었다. 이것이 온스털드의 끝이었고, 그는 이 사실을 알고 있었다. 그리고 자기 곁으로 모리건을 끌어들일 생각이 없었다. 온스털드는 지금도 모리건의 생명을 구하는 중이었다.

둘 사이에 서로를 이해하는 표정이 오갔다. 그다음 모리건은 뒤돌아서 달렸다. 엄청난 혼란 속에서 몸을 낮게 수그리고 생쥐처럼 종종걸음으로 괴물의 소굴을 빠져나왔다. 대기실을 지나 입구로 나와 시원하고 어두운 밤공기 속으로 뛰어들었다. 모리건은 멈추지 않고 달려 한 블록 떨어진 곳에서 옹송그린 채 숨을 고르고 있는 호손과 케이든스가 있는 곳까지 갔다. 용 케 빠져나온 몇몇 경매 참가자가 인근 거리의 어둠 속으로 사 라졌다.

모리건은 미술관을 돌아보았다. 건물 안에 전시되어 있던, 유리구 속의 그 모든 위험과 참사는 이상하게도 건물 밖으로 조금도 넘쳐 나오지 않았다. 저 혼돈이 저절로 에너지를 잃고 사라지기까지, 그리고 자신이 유리구에서 해방한 이들이 마침 내 안식을 얻기까지 얼마나 오랜 시간이 걸릴까, 모리건은 궁 금했다.

아득한 침묵을 깨는 날갯짓 소리와 함께 이스라펠이 나타났 다. 이스라펠은 모리건 옆에 사뿐히 내려앉았다. 품에 안긴 램 버스는 몸을 떨고 있었지만, 무사했다.

"고맙습니다. 스텔스를⋯ 불러야 해요. 도와주실 수 있어 요?" 모리건은 여전히 숨이 가빴다.

"여기서 벗어나야 해." 이스라펠이 말했다. 호손과 케이든스 는 펄쩍 뛸 정도로 깜짝 놀랐다. 이스라펠의 음성은 모리건이 기억하는 그대로여서, 잃어버린 뭔가가 그리워지는 느낌이었 다. 검은 날개 위로 흐르는 금빛 혈관에 미술관의 불빛이 반사 되어 꼭 이스라펠이 빛나는 것 같았다. 그는 기진맥진해 보였 다. 모리건은 델포이 음악당 구관을 찾아갔던 날 밤, 이스라펠 에 대해 주피터가 해 주었던 이야기가 떠올랐다. *이스라펠 같*

은 *사람은 다른 이들의 감정을 빨아들이거든.* "꼭 붙어 다녀. 호텔 듀칼리온으로 돌아가고. 그리고 중요한 얘기니까 잘 들어. 반드시 귀를 막고 달려야 해. 손으로 최대한 힘껏 귀를 누르고, 적어도 세 블록을 지날 때까지는 손을 떼면 안 돼. 알겠니?"

아이들은 혼란스러운 얼굴이었지만, 알았다는 뜻으로 고개를 끄덕였다.

그리고 몸을 돌려 달리기 시작했다. 세 아이가 앞서 뛰는 모습을 바라보던 모리건은 문득 걸음을 멈추었다.

이대로 그냥 가도 될까? 가로챈 순간들의 미술관은 스스로 무너져 내렸고, 무수한 죽음의 순간은 도미노처럼 넘겨져 저 벽이 간직한 마법 속에 묻혔다. 그 안에는 경매 참가자들이 있었고… 그들이 *아주* 악질적이라는 것은 알지만, 그렇다고 해도… 그런 사람들은 이런 식으로 최후를 맞아도 당연한 걸까? 다른 이들의 참사 속에 뒤얽혀 같이 휘몰아치는 난장판을 이루면서? 뭔가 *해야 하는 게* 아닐까?

온스털드 교수님은? 그 거북원 교수님은 모리건을 혼내고, 원더스미스가 얼마나 사악한 존재인지 알려 주는 데 얼마 안 남은 마지막 몇 달을 쏟아붓고… 자신을 희생하여 모리건과 친구들을 구했다. 자신이 아니라 원더스미스의 목숨을 살린 것이다.

"모리건 크로우." 돌아보니 이스라펠이 모리건의 뒤를 맴돌

269

며 천천히 규칙적으로 날개를 퍼덕여 땅 위에 낮게 떠 있었다. 그의 시선은 냉정했지만, 모리건을 내려다보는 눈에는 다정함 과… 또 다른 무언가가 엿보였다. 그것은 숨길 수 없는 당혹감 같은 것이었다. 거의 매일같이 세상이 자신을 당황하게 한다고 느꼈던 모리건이 깊이 공감하는 감정이었다. "오늘 밤에 네가 내 목숨을 구해 줬어. 네게 큰 빚을 졌다." 이스라펠은 잠시 입 을 굳게 닫고 모리건을 보기만 했다. 분명 할 말이 더 있어 보 였는데, 말을 해야 할지 결정을 못 했거나… 아니면 적절한 표 현이 떠오르지 않는 것 같았다. 이스라펠은 한숨을 푹 내쉬었 다. "원협 사람들한테는 말도 꺼내지 않는 게 좋을 거야. 나는 너한테 신세를 지면 안 돼."

모리건은 뭐라 대답해야 할지 알 수 없었다.

"일이 복잡해져. 알겠지? 우리 둘 모두한테." 그가 강조하듯 이 말하면서, 의미심장한 표정으로 모리건을 바라보았다.

모리건이 눈치채지 못한 사이, 이스라펠은 이미 창을 환하게 밝힌 미술관 쪽으로 돌아선 채 허공으로 떠오르고 있었다. 유 리가 박살 나는 소리가 들렸다. 또 어떤 유리구가 깨지면서 환 한 오렌지빛 불덩이가 터져 나왔다가 거대한 파도에 부딪혀 금 세 꺼졌다. 둥그렇게 말린 연기 기둥이 창을 통해 빠져나와 악 령처럼 위로 올라갔다. 멀리서 들리는 희미한 울음소리에 목에 서 털이 곤두섰다.

"뭐 하세요?" 모리건이 큰 소리로 물었다. 눈물이 핑 돌고 목소리도 잠긴 듯 탁했다. 이스라펠은 건물 안으로 다시 들어가려는 걸까? 천사도 저 소용돌이 안에 갇힐까? "사람들을 구해 주려고요?"

"아니." 낮고 애절한 목소리가 바람을 타고 모리건에게 내려와 있는지도 몰랐던 심장에 작은 흔적을 남겼다. "그들은 구할 수 없어."

"그럼 지금 뭐 하려고—"

"집으로 가." 이스라펠이 명령했다.

호손과 케이든스, 램버스가 길 끝에서 모리건을 부르는 소리가 들렸다. 모리건은 두 손으로 귀를 막고 돌아서서 달리려다가, 다시 한번 스치는 생각에 멈춰 섰다.

뒤돌아보니 천사 이스라펠이 미술관 계단 위에 내려와 있었다. 환하게 불을 밝힌 입구와 대비되는 검고 아물아물한 형체가 그림자 같은 윤곽을 드러냈다. 그는 그 자리에 서서 한동안 움직이지 않았다. 모리건은 이스라펠이 도대체 무엇을 할 수 있을까 생각하다가… 기억났다.

노래로는 견줄 자가 없지.

델포이 음악당 구관에 갔던 날 밤, 주피터가 해 준 말이었다.

완전무결하고 완벽한 평온이 찾아들지. 주피터는 또 이렇게 얘기했다. *외롭고 슬픈 기억은 아득한 옛일이 되지. 마음은 충*

만해지고, 이 세상에서 낙담할 일 같은 건 두 번 다시 없으리라
생각하게 되는 거야.

이스라펠은 저 사람들을 구할 수 없었다.

오직 노래를 불러 줄 수 있을 뿐이었다.

주피터는 이스라펠의 노래를 들으면 어떻게 되는지 모리건
에게 경고했다. 그래서 들으면 안 된다는 걸 알고 있었다.

그렇지만 이런 기회를 언제 또다시 만날 수 있을까?

모리건은 두 귀를 덮고 있던 손을 내렸다. 친구들이 이름을
부르는 소리가 사라지고, 파도가 포효하고 대포가 불을 뿜는
소리도 사라지고, 이제 막 멀리서 들리기 시작한 사이렌 소리
마저 사라지고… 모리건은 노래하는 이스라펠의 감미로운 천
상의 목소리를 처음 들었다.

단 1초, 단 한 음이었다.

며칠 뒤에도, 몇 주 뒤에도, 또 몇 년 뒤에도, 모리건이 그 한
음의 소리와 그 순간의 느낌을 기억 속에 불러들여 보면, 겨울
날 햇볕 아래서 온기를 쬐며 한 번도 본 적 없는 어머니에게 안
겨 있는 모습이 떠오르곤 했다. 결코 살아 있는 생명을 다치게
한 적이 없다는 뼛속 깊이 박힌 즐거운 확신이 떠올랐다. 아무
도 자신에게 진짜 상처를 준 적이 없고, 앞으로도 줄 수 없을
거라는 확신이었다. 비 온 뒤의 땅 냄새도 떠올랐다.

그다음에 일어난 일도 기억났다. 잘그락거리며 자갈을 밟는

여러 명의 발소리와 강한 힘으로 급하게 모리건의 귀를 덮어 모든 소리를 차단한 손의 감촉. 위를 쳐다보았을 때 보였던 몹시 화가 난 커다란 파란 눈과 눈앞으로 떨어지던 생강색 머리카락. 정신이 돌아오면서 이제 안전하다는 걸 알게 되어 즐거우면서도 괴로웠던 느낌까지.

28장

창을 닫으며

"다섯 명 체포했어. 사는 게 무료했던 부자 몇 명하고 부패한 정치인 한 명." 주피터가 한숨을 쉬었다. "달아난 사람들이 더 많아. 안타깝지만 혼란스러운 틈을 타고 빠져나간 거지. 바퀴벌레처럼. 심문받은 사람들은 하나같이 재미있는 구경을 하러 간 것뿐이라고 주장하고 있어. 뭔가에 입찰했다는 자백은 아무도 하지 않겠지."

주피터는 스모킹팔러에 있는 소파 겸용 침대를 하나 골라 몸을 던졌다. 벽에서는 너무 순해서 거의 버터 같은 느낌이 나는 레몬 향 연기("정신의 예리함과 삶에 대한 열정을 증진시킨다"라고 문에 붙은 일정표에 소개되어 있다)가 흘러나왔다. 모리건의 머릿속 안개를 치료하는 데 도움을 주는 연기였다. 지난밤 가혹하고 혼란스러운 참사를 목격한 여파로 삶에 대한 열정이 살짝 뒤틀렸는지, 현재 모리건이 유일하게 열정을 보이는 일은 벽을 바라보면서 닭고기 완자 수프를 먹는 것이었다.

주피터는 레몬 연기를 깊이 들이마시며 지친 듯이 눈을 비볐다. 램버스와 케이든스와 호손을 직접 집에 데려다준 주피터는 모리건까지 듀칼리온에 데려다 놓은 뒤 곧바로 다시 나가 스텔스의 조사를 도왔다. 점심시간은 벌써 지났고, 잠은 한숨도 자지 못했다.

듀칼리온 옥상에서 몽롱한 최면 상태를 벗어난 주피터는 멍하고 벙벙한 정신으로 모리건과 호손이 사라졌다는 사실을 알아채고는 단번에 섬뜩한 시장과 어떤 관련이 있다고 확신했다. 그는 생각나는 대로 모두 모아 스팅크와 스텔스를 도왔다. 탐험가연맹의 동료와 협회 동기, 피네스트라, 프랭크, 케저리, 챈더 여사, 마사, 찰리와 잭까지 밖으로 출동해 그들이 생각할 수 있는 가장 어둡고 가장 은밀하고 가장 위험한 장소를 샅샅이 뒤졌다. 하지만 아무런 소득이 없었는데… 또다시 수수께끼의 인물이 익명으로 스텔스에 가로챈 순간들의 미술관 위치를 제보했다. 스텔스는 쇠퇴하여 버려진 지역 안의 엉망으로 얽히고 꼬인 골목 뒤에 숨어 있던 미술관을 발견했다.

미술관 위치를 제보한 사람이 누군지는 아무도 몰랐는데, 모리건은 제보자가 에즈라 스콜일지도 모른다는 말은 하지 않을 생각이었다.

모리건이 일어나서 주피터에게 차를 따라 주며 물었다. "그래도 체포된 사람들은 감옥에 가지 않아요?"

주피터는 고마워하며 모리건이 건네는 찻잔을 받았다. 모리건은 맞은편 안락의자에 앉아 몸을 둥글게 말고 가슴에 쿠션을 끌어안으며 웅크렸다. "그 사람들을 기소할 만한 혐의가 없어, 모그. 법을 어겼다는 증거가 전혀 없어. 현금이 오갔다는 기록도 없고. 암시장 거래는 불법이지만, *실제* 거래가 있었다는 증거는 남아 있질 않지. 특히 미술관이 무너진 지금은. 다들 거기서 파티를 하는 줄 알았다고 우기고 있어." 주피터가 화를 삭이느라 목 안쪽에서 낮게 으르렁거리는 소리를 내보냈다. "쓰레기 같은 놈들."

"마일드메이는요?"

주피터가 인상을 팍 찡그렸다. "으음, 그 쓰레기는, 가 버렸어. 흔적도 없이 사라졌지. 우리가 아는 건 거기까지야."

"연기와 그림자 사냥단 짓이군요." 모리건이 아무렇지도 않게 말했다. 모리건은 이미 그날 밤 자신이 겪은 이야기를 들려

주었는데, 주피터가 그중 얼마큼을 오려 내서 스텔스에게 전달
했는지는 알 수 없었다. "아저씨, 그럼 혹시 사람들이…" 모리
건은 질문을 *끝까지* 할 수 없었다. 자신이 어떤 식으로 말을 맺
으려 했는지도 또렷하지 않았다.

잡아서 없앨까요? 네버무어에서 *쫓아낼까요?*

"그럴 수 있지." 주피터가 모호함 따위는 무시한 채 말했다.
"물론 증거를 찾지는 못했지만…" 그 역시 말꼬리를 흐리며 차
를 한 모금 홀짝였다. "그래, 누가 알겠니. 혹시 도망갔을지. 머
리가 좋으면, 일단 그렇게 많은 사람을 속일 정도로 그자가 상
당히 교활하다는 건 너나 나나 인정할 수 있는 부분이니까, 그
렇다면 지금쯤 멀리 도망쳤겠지. 앞으로도 계속 도망 다닐 테
고. 하지만 걱정할 거 없어, 모그. 스텔스는 포기하지 않았으니
까. 결국은 찾아낼 거고, 그자는 법에 따라 처벌받을 거야."

모리건은 잠시 말이 없었다. "난 선생님을 좋아했어요. 물
론… 전에요."

"알아."

"제일 좋아하는 선생님이었어요."

"선생님이 두 명밖에 없었지만, 그래. 좋은 건 좋은 거지." 주
피터가 짚어 주었다.

그가 찻잔을 거의 다 비우는 동안, 모리건은 나름대로 생각
을 정리하느라 머리를 붙잡고 씨름 중이었다.

"선생님은 나한테 잘해 주셨어요." 이윽고 모리건이 입을 열었다. "마일드메이… 선생님도 재미있고, 수업도 즐거웠어요. 내가 뭔가에 재능이 있다는 기분도 들었고요. 그런데 온스털드 교수님은… 그분은 나를 싫어했어요. 1년 내내 정말 끔찍했어요. 그래서 난 *내가* 끔찍한 존재가 된 기분이었어요." 모리건은 울컥 치미는 감정을 힘겹게 가라앉혔다. "그런데 마일드메이가 섬뜩한 시장을 알선했대요. 우리를 전부 다 배신한 거예요. 온스털드 교수님은 내 생명을 구해 주셨고요."

주피터는 묵묵히 들었다.

"이… 이 사실들을 서로 연결할 수가 없어요." 모리건이 주피터를 바라보며 미간을 찌푸렸다. 하고 싶은 말을 어떻게 해야 할지 정리가 안 됐지만, 주피터는 고개를 끄덕이며 계속 말할 수 있도록 용기를 주었다. "두 번째 사실 때문에 첫 번째 사실이 바뀌지는 않아요. 마일드메이의 경우도 그렇고, 온스털드 교수님의 경우에도요."

주피터가 한숨을 쉬었다. "뭐라고 해야 할지 모르겠다, 모그. 어떤 사람은 용감하지만, 남을 괴롭히고. 어떤 사람은 다정하지만, 겁쟁이인 거야."

"마지막에는 그렇게 다정하지도 않았잖아요?" 모리건은 마일드메이가 정체를 들킨 뒤 어깨를 으쓱이던 모습을 떠올렸다. *멋쩍은 듯 씩 웃던 모습. 너는 언제나 제일 열심히 듣는 학생이*

없어. "쓰레기."

주피터는 자리에서 일어나 서성대기 시작했다. 그가 콧날을 꼬집으며 말했다. "내가 이해가 안 되는 건 네버무어에 들어올 수도 없는데, 어떻게 이 모든 일을 들키지도 않고 계획했느냐는 거야. 정말 고사메르로 여기까지 온 게 확실하니?"

"네. 말씀드렸잖아요. 마일드메이가 에즈라 스콜을 돕고 있었다고요."

"섬뜩한 시장에 관한 부분은 그래, 알겠어. 하지만… 네가 설명한 일은 마일드메이가 할 수 없는 거야. 옥상에서 꼭두각시 소동을 벌인 일 같은 거. 에즈라 스콜이 실제로 거기 있었던 건 아니라고 했잖아."

"네, 없었어요." 에즈라 스콜이 모리건에게 했던 이야기를 떠올리자 무언가 가슴을 짓누르는 느낌이 들었다. "아저씨, 저였어요. 에즈라 스콜이 제가… 자기한테 창을 만들어 줬다고 그랬어요."

주피터가 걸음을 멈추었다. "창이라고?"

"네버무어로 들어오는 창이요. 내가 참혹 예술을 사용할 줄 몰라서, 나한테 집결한 원더가 갈 곳이 없었대요. 원더가 너무 밝게 타올라서 고사메르로 조금만 밀어내면 끝이었대요. 그런 식으로 나를 통해서 원더를 이용했던 거였어요. 그럼 처음 섬뜩한 시장에 갔을 때 아기 성묘가 변신했던 일도 말이 되죠. 그

때 내가 그랬잖아요. 아니… 나를 통해서 에즈라 스콜이 그렇게 한 거였죠. 그리고 옥상에서 꼭두각시 조종을 했던 것도, 또…" 모리건은 망설이다 말을 멈췄다. 주피터에게 엘로이즈와 표창 사건은 한 번도 얘기한 적이 없었다. 하지만 모리건이 말을 다 끝내기도 전에, 주피터가 참담한 신음을 흘렸다.

"이런 멍청한." 주피터가 소파 침대에 털썩 주저앉았다. 얼굴을 문질러대는 두 손에 갇혀 목소리가 웅얼웅얼 들렸다. "멍청이. 멍청한 천치."

"누구요? 에즈라 스콜이요?"

"아니, *나*. 난 볼 수 있었거든." 짙은 자홍빛으로 붉어진 얼굴을 한 주피터가 알 듯 말 듯한 몸짓으로 모리건을 가리켰다. "너, 원더, 임계질량. 네 주변에 원더가 점점 많아지는 게 보였어. 너무 밝아져서 가끔 걸러 내야 할 때도 있었고, 안 그러면 너를 보기만 해도 눈이 멀어 버릴 정도여서 말이야."

모리건은 눈이 두 배로 커졌다. "그런 걸 할 수 *있다고요*?" 위트니스로서 주피터가 가진 능력의 폭과 깊이는 모리건에게 여전히 미지의 세계였다.

"그래, 할 수 있어. 그런데 뭔가 조처를 하기는커녕 무시해 버린 거야." 주피터가 한숨을 쉬며 이마에 주름을 잡고 모리건을 똑바로 바라보았다. "어린 원더스미스는 틀림없이 그게 정상일 거라고 생각했어! 모그, 정말이야. 이렇게 될 줄은 전혀 몰랐어. 에즈라 스콜이 그렇게 할 수 있을 줄은—"

"아저씨가 몰랐다는 거 알아요! 말도 안 되는 소리 하지 마세요. 이건 아저씨 잘못이 아니에요."

"*내 잘못이 맞아.* 어쨌든, 어느 정도는 말이야. 네가 어떤 위험에 놓여 있는지 내가 알아챘어야 했어. 에즈라 스콜이 할 수만 있다면 뭐든 이용하리라는 것도 알아야 했고. 카시엘과 팍시무스 럭에 알피 스완까지, 몇 달 동안 정신이 팔렸어. 너무 거기에 열중해 있었구나. 내 눈앞에서 벌어지는 일에 집중했어야 할 때였는데."

"카시엘!" 모리건이 벌떡 몸을 일으켜 세워 앉으며 말했다. "정말 새까맣게 잊고 있었어요! 그래서 카시엘은 어떻게 됐어요? 팍시무스 럭은요?"

"팍시무스 럭에 대해서는 스텔스가 꼬리를 잡았어. 뒤를 밟아 공화국 안까지 들어갔지. 이건 *극비*야. 하지만 카시엘은…" 주피터는 무척 당혹스러운 얼굴로 어깨를 으쓱였다. "솔직히 전혀 모르겠어. 탐험가연맹의 자원을 해명할 길 없을 만큼 쏟아부으며 영토 안팎으로 찾아다녔는데, 결국 사건을 천계시찰단에 넘겨줬어. 우리만큼 활동 범위가 넓진 않지만, 아무래도 하늘을 감시할 수 있으니까. 정보는 계속 받기로 했어."

"그러니까 에즈라 스콜이나 섬뜩한 시장하고는 아무 관계가 없다는 거예요?"

주피터는 뜸을 들이며 바닥을 응시한 채 레몬 연기를 들이마
시다가 이윽고 입을 열었다.

"그래. 이 건은 관계가 없는 것 같아."

"이스라펠은 괴로워해요? 둘이 친한 친구예요?" 모리건이
물었다.

"카시엘은 사실 누구하고도 친구가 아니야." 주피터가 숨을
훅 들이마시더니 정신이 들었는지 일어나 앉아 지나간 대화의
맥을 다시 붙잡았다. "나는 이해가 안 돼. 에즈라 스콜은 왜 그
런 *절제*를 보여 줬지? 네가 정말 에즈라 스콜한테 네버무어로
들어오는 창을 만들어 줬다면, 그래서 그게 너를 통해 자신의
힘을 사용할 방법이 됐다면, 네가 무슨 짓이든 다 하게끔 만들
수도 있었잖아! 끔찍한 범죄를 저지르거나, 아니면… 아니면
네버무어를 떠나게 할 수도 있었어!" 그럴 수도 있었다는 걸 깨
달은 주피터는 눈이 튀어나올 정도로 놀란 듯했다. "그런데 *지
금 어디 있는 거지? 왜 너를 그냥 보내 준 거야?"

모리건도 아침 내내 그걸 생각했다. "에즈라 스콜이 웃긴 말
을 했어요."

"하하, 웃긴 말, 아니면―?"

"이상한 말이요. 자기하고 나한테 공동의 적이 있대요." 모
리건은 에즈라 스콜이 했던 말을 정확히 기억해 내려고 애쓰며
미간을 찡그렸다. "나한테 원더스미스가 될 자유가 있어야 한

대요. 내가 원더스미스가 되는 게 자기에게도 더 좋다고요. 왜
냐하면… 끔찍한 일이 일어날 거랬어요. 그리고 나한테 능력을
사용하는 법을 가르쳐 주면 본인 손으로 창을 닫는 건데, 자기
는 장기적인 계획이 더 중요하다고 했어요. 내가 살아 있어야
한다고도 했어요."

주피터가 긴장한 듯 딱딱한 목소리로 말했다. "모그, 그자는
너를 심리적으로 몰아세우고 있어. 저기 어딘가에 끔찍한 적
이 숨어 있고, 자신이 너한테 도움을 줄 수 있다는, 그런 믿음
을 심어 두려는 거지. 그자는 너를 겁주고 싶어 해. 네 두려움
을 이용해서 너를 지배하려는 거야."

"알고 있어요." 모리건이 말했다. 확신에 찬 목소리였지만
마음은 아직 그 확신을 따라가지 못하고 있었다. 모리건은 안
락의자에서 몸을 옆으로 홱 돌려 한쪽 손잡이에 두 발을 달랑
달랑 걸쳐 놓았다. "그런데 고사메르랑 창 이야기는 에즈라 스
콜의 말이 맞아요? 혹시 내가 참혹 예술을 제대로 배워야 에즈
라 스콜이 나를 통해서 그런 걸 못 하게 되는 걸지도 모르잖아
요."

주피터는 말이 없었다. 하지만 모리건의 눈에도 보일 정도
로 갑작스레 활기가 돌고, 눈빛은 새로운 자극을 받아 밝게 빛
났다.

"아저씨." 모리건이 대답을 재촉했다.

주피터가 벌떡 일어났다. "우산 챙겨라."

———◆———

프라우드풋 하우스에 도착해서 주피터가 이곳까지 온 이유를 설명해 줄 즈음, 모리건은 욕지기 나는 두려움에 잠겨 있었다. 그건 작년 이맘때의 마음 졸였던 증명 평가전과 죽기만 기다리던 이브타이드에 느낀 무서움이자 독사가 한가득 담긴 양동이에 누군가의 손을 찔러 넣는 것 같은 괴로움이었다.

주피터는 주임 교사들의 사무실 문을 크게 두드렸다. 그리고 누가 대답할 새도 없이 디어본이 서 있는, 하나밖에 없는 책상 앞으로 성큼성큼 걸어갔다. 모리건은 조심스럽게 몇 걸음 뒤에서 따라 들어갔다. 주임 교사 디어본과 눈을 마주치지 않으려고 필사적으로 시선을 피했다.

"머가트로이드 선생님에게 할 이야기가 있습니다만."

디어본이 주피터를 바라보며 눈을 깜박였다. "뭐라고 했나요?"

"**머가트로이드**. 그 선생님과 이야기를 해야 한다고요. 지금." 모리건은 주피터의 턱 근육을 살폈다. 그가 형식적으로 붙잡고 있는 얄팍한 예의에 금이 가는 소리가 들리는 것 같았다. "긴급 사안입니다."

"글쎄요. 직접 보고 계시다시피, 자리에 없군요." 디어본이 태연하게 말했다.

"머가트로이드." 주피터가 디어본의 눈을 들여다보며 불렀다. 손도 마주쳤다. "여어! 머가트로이드. 거기 어디 있는 거 다 알아요. 나와요. 당신한테 할 얘기가 있어요."

모리건이 움찔 놀랐다. 지금 뭘 *하는* 거지? 죽으려고 작정했나?

"노스 대장, 어떻게 감히." 디어본이 흠칫 놀라며 날카롭게 쏘아붙였다. "우리 둘 중 누구 한 사람이라도 반응할 거로 생각한다면—"

"내가 생각하는 걸 정확히 말씀드리죠." 주피터가 목소리를 높이자 문 앞을 지나가던 몇몇 회원이 호기심 어린 눈빛으로 안을 힐끔거렸다. "당신들은 이 아이를 교육하는 문제를 놓고 1년 내내 권력 다툼을 했어요. 당신들의 근거 없는 두려움 때문에 모리건만 피해를 봤죠. 심지어 모리건과 다른 회원들을 위험에 빠뜨렸어요. 당신들은 이해도 못 할 만큼 큰 위험에. 그렇게 후원자와 주임 교사 사이에 있어야 할 신뢰도 깨뜨렸어요. 이제부터는 내가 모리건의 교육에 훨씬 더 관심을 두고 주시할 겁니다. 머가트로이드, **나와요!**"

"그러지 마, 마리스, *안 돼*—"

디어본의 얼굴이 끔찍한 모양으로 일그러졌다. 목이 불편할 정도로 돌아가면서 손가락이 굽고 근육이 요동쳤다. 기묘하지만 이제는 익숙한, 탁탁, 으드득 뼈가 움직이는 소리가 들리더니 무시무시한 머가트로이드가 불쑥 눈앞에 나타났다. 머가트로이드는 갈라진 자줏빛 입술을 벌려 미소 같기도 하고 협박 같기도 한 표정을 지었다. 그리고 퀭한 회색 눈을 가늘게 뜨고 주피터를 쳐다보았다.

"무례하군." 마력 학교 주임 교사가 낮게 으르렁거리는 듯한 소리로 말했다. "원하는 게 뭡니까?"

주피터는 거침없었다. "모리건이 마력 학교에 왔어야 했다고 말했죠. 그날, 원로관에서 우리 모두가 모리건을 망쳐 놨다고 했잖아요."

머가트로이드가 아랫입술을 쭉 빼며 잘 모르겠다는 얼굴로 말했다. "내가?"

"네." 주피터가 말했다. "누군가 모리건에게 참혹 예술을 가르쳐야 한다고 했죠. 그 말이 옳았어요. 여기 원드러스협회에 있는 누군가가 모리건에게 참혹 예술을 가르쳐야 합니다. 모리건이 더 위험한 스승에게 배우기 전에 말입니다." 주피터가 머가트로이드에게 의미심장한 눈빛을 보냈다. "내 말이 무슨 뜻인지—"

"그자가 돌아왔군." 머가트로이드가 주피터의 말을 끊고 모리건을 보며 직접 물었다. "에즈라 스콜이, 왔었군. 그렇지?"

머가트로이드가 생기 없이 뿌연 회색 눈으로 응시했다. 눈을 깜박이던 모리건은 본능적으로 강렬한 눈길을 피해 주피터를 바라보았다. 그가 고개를 끄덕였다.

"어, 네."

"수작 몇 개를 가르쳤고?"

"어, 네."

머가트로이드는 대답을 듣고도 놀라거나 두려워하는 기색이 없었다. 그저 뾰족한 누런 이 사이로 공기를 훅 들이마셨다. "그럴 줄 알았다. 네가 섬뜩한 시장의 문을 닫았다는 얘기를 들었지. 그런 식으로 못된 짓을 배웠을 줄 알았다." 모리건은 비난처럼 들리는 말에 발끈했지만, 주임 교사는 모리건을 보며 감탄했다는 듯 가볍게 고개를 끄덕였다. "잘했다."

"아, 음… 고맙습니다."

한숨을 쉰 머가트로이드가 프라우드풋 하우스의 문을 내다보며 비웃었다. "내, 경고하지 않았던가요? 멍청한 늙은이 3인방이라니까. 처음부터 그렇게 말했건만. 화를 자초하는 거라고. 그런 걸 납작 누르려고 하는 건 말이요. 폭죽이 가득 든 냄비에 뚜껑을 덮고 풀을 발라 놓는 꼴이라고. 위험하지."

"그럼 당신이 받아 줄 거죠? 모리건이 디어본 쪽이 아니라는 걸 알잖아요. 모리건은 우리 쪽과 관계가 있는 아이예요. 마력예술학교요."

모리건은 두려움에 속이 울렁거렸다. 주피터가 자신에게 최상의 환경을 만들어 주고 싶어 한다는 건 알았지만, 정말 이게 좋은 생각이라고 믿는 걸까? 디어본이 주임 교사인 것도 충분히 안 좋은 상황이었지만, 머가트로이드가 훨씬 더 심하다는 건 누구나 인정하는 사실이었다.

그렇지만, 두려움만 있는 건 아니었다. 조금 다른, 감지하기도 쉽지 않은 감정이 있었다. 아주 조그만 배경음악처럼 윙윙 울리며, 그럴 수 있다고 편드는 감정이었다. 어쨌든 원더스미스 노릇이 어떻게 일반적이야?

마력 학교의 주임 교사도 이 문제를 생각하는 듯했다. "글쎄… 저 애는 정확히 마력 쪽도 아니잖소?"

"일반 쪽도 아니죠." 주피터가 딱 잘라 말했다.

"아니지." 머가트로이드가 콧방귀를 뀌며, 속속들이 뜯어보는 눈으로 모리건을 살펴보았다. 그리고 모리건이 뒤로 물러서고 싶을 정도로 바짝 다가서서 마음을 긁어 대는 쇳소리 같은 목소리로 말했다. "그레고리아 퀸은 너를 이 신성한 건물 안에 숨겨 둘 수 있다고 생각했지. 그러면 네가 자유주에 문제가 되지 않을 거라고. 또다시 원드러스협회가 청소해야 할 엉망진창 꼴은 보지 않을 거라고. 내가 그 바보한테 그랬지. 폭죽을 보관하기에 가장 안전한 곳은 저 밖의 탁 트인 곳이라고."

또다시 원드러스협회가 청소해야 할 엉망진창 꼴. 이번에도 그런 얘기였다.

모리건은 이런 말에 담긴 의미가 억울했다. 모리건은 아무 말 없이, 눈도 깜박이지 않고, 머가트로이드의 얼굴을 똑바로 바라보았다.

"음." 머가트로이드가 결심을 굳힌 듯, 고개를 한 번 끄덕였다. "그럼 갑시다. 내가 이 어린 맹수를 맡아 보지요."

모리건은 좋아해야 하나 말아야 하나 알 수 없었지만, 주피터는 온몸의 긴장을 풀며 가슴이 들썩이도록 안도의 한숨을 내뱉었다.

"고맙습니다, 주임 선생님." 주피터가 말했다.

머가트로이드는 쪼글쪼글한 손을 무심하게 한 번 튕기는 것으로 그 말을 일축했다. 프라우드풋 하우스를 내려오는 길에, 머가트로이드가 마녀처럼 혼자 낄낄거리며 웃는 소리가 들렸다.

"오호, 둘시가 *으르렁거리겠군*."

29장

마지막 요구

　다음 날 아침, 원협 회원 전체가 호출을 받고 프라우드풋 하우스 뒤쪽의 깔끔하게 손질된 정원에 모였다. 퀸 원로와 윙 원로, 그리고 사가 원로는 심각한 얼굴로 발코니에 모여 있었다.

　"지금쯤 여러분 모두 우리 교수진 중 가장 연장자이자 협회의 명예로운 회원이었던 헤밍웨이 Q. 온스털드 교수님의 비극적인 사망 소식을 들었을 겁니다." 퀸 원로가 마이크에 대고 연설을 시작하자, 정원 바닥 위로 넓고 또렷하게 목소리가 울렸다. "우리는 모두 온스털드 교수님께 커다란 은덕을 입었습니다. 교수님은 용기와 희생이라는 엄청난 위업을 이루시는 과정에서 돌아가셨습니다. 현시점에서 섬뜩한 시장과 그것의 파괴에 대한 이야기를 아직 듣지 못한 사람은 아무도 없을 거로 생각합니다. 경매에 넘기기 위해 협회 회원을 납치했던 범인 또한 우리 회원 가운데 한 명이었다는 극악무도한 사실까지도 말이지요."

정원이 낮고 성난 웅성거림으로 가득 찼다.

이곳에 모인 사람이라면 누구나 마일드메이가 저지른 범죄를 영원히 용서하지 않을 거라 말해도 과언이 아니었다. 물론 제일 마지막까지 용서하지 않을 이들은 모리건과 친구들이었다. 어쩌면 마일드메이는 연기와 그림자 사냥단 옆에 있는 편이 더 안전할지도 몰랐다.

홈트레인에서 내린 919기 아이들은 곧장 정원으로 걸어와서 단단한 매듭처럼 서로 모여 있었다. 모리건과 호손은 할로우마스 밤에 있었던 이야기를 해 달라는 아이들의 성화에 벌써 열두 번이나 그날의 상황을 들려주었는데, 아직도 어느 한 부분만 다시 얘기해 보라는 부탁이 심심찮게 들어왔다. 모리건은 당연히 에즈라 스콜이 나오는 부분은 말하지 않았다. 대신 마일드메이가 모든 일을 혼자서 꾸몄다고 생각하도록 내버려 두었다.

치어리 씨는 아이들에게서 떨어지지 않았다. 이틀 동안 유별나게 케이든스와 램버스를 챙겼다. 모리건과 호손에게도 마찬가지였다. 케이든스는 짜증나는 척 했지만, 속으로는 기뻐한다는 걸 모리건은 알 수 있었다. 치어리 씨는 지금도 뒤에서 팔짱을 끼고 서서 어미 곰처럼 919기 아이들을 지키고 있었다.

반면, 램버스는 누구에게도 말 한마디 하지 않았다. 평소보다 더 거리감이 느껴졌다. 모리건은 램버스가 무슨 생각을 하고 있는지 궁금했다. "람야 공주"의 비밀이 모리건과 호손과 케이든스 사이에서 안전하게 지켜질 거라는 걸 램버스가 알게 되기를 바랐다. 모리건은 램버스와 단둘이 남는 순간에 그 사실을 꼭 말해 주자고 다짐했다.

퀸 원로가 연설을 이어 갔다. "내가 할 말은 이겁니다. 아주 오래 전, 우리 회원 중 하나가 원드러스협회에 깊은 수치심을 남긴 적이 있었습니다. 여러분 앞에 맹세하건데 배신자는, 그 무가치한 이름은 두 번 다시 내 입에 오르지 않을 것이며, 잡아서 법의 심판대에 세울 것입니다. 믿어 주십시오."

"내일 오후에 우리는 용감한 친구이자 동료인 온스털드 교수님에게 작별을 고하는 추도식을 원로관에서 거행할 것입니다. 고인을 기리고자 하는 분들은 모두 참석해 주길 당부합니다. 한편, 꼭 언급하고 넘어가야 할 부분은, 우리 중등부 학생 두 명이……."

그때 모리건의 주의를 잡아끄는 게 있었다. 누군가 모리건의 손에 종이를 밀어 넣은 것이었다. 모리건은 누구인지 보려고 고개를 돌렸지만, 워낙 사람들이 빽빽하게 모여 있어 저 멀리 뒤쪽에서 어디론가 황급히 사라지는 예복 자락만 가까스로 확인할 수 있었다.

손에 쥐여 준 것은 접힌 쪽지였다. 귀퉁이에 모리건의 이름이 적혀 있었다.

"…바로 그러한 용기와 지략을 증명하며 여기 우리와 함께 서 있고—"

"우리 얘기야. 용기와 지략이래. 재미있고 잘생겼다는 건 깜박했나 봐." 호손이 모리건의 귀에 소곤거렸다.

하지만 모리건은 퀸 원로가 눈에 들어오지 않았다. 떨리는 손으로 쪽지를 펴서 그 안에 적힌 내용을 두 번 읽었다.

모리건 오델 크로우.

우리는 919기의 비밀을 지켰다.
하지만 너에게는 위험한 비밀이 있다.

여기 있는 모든 사람에게 네가 원더스미스라고 밝혀라.
시계가 정각의 종을 다 울리기 전까지다.

그렇지 않으면 우리는 공화국 탈주범
람야 베타리 아마티 라 공주에 대한 비밀을 폭로하겠다.

원드러스협회에
그리고 온 세상에

모리건은 가슴이 철렁했지만, 머리는 어느새 상황을 파악했다.

협박 쪽지가 가리키고 있던 사람은 처음부터 모리건이 아니었다! 협박범들이 폭로하겠다고 위협한 비밀은 모리건의 비밀이 아니었다. 그건 램버스의 비밀이었다.

속에서 묵직하게 울렁거리는 느낌이 번졌다. 919기 동기들은 협박범에 맞서 모리건을 보호했고, 각자 충실히 자신에게 떨어진 과제를 수행했다. 정말 하기 싫은 일일 때조차 그랬다.

이제 모리건의 차례였다. 모리건은 눈을 감고 분노와 두려움을 삼켰다. 이 일을 꾸민 배후를 찾아내겠다고, 그 어느 때보다 단단하게 결심했다. 누구든 여기서 끝낼 리 없었다.

"나가, 모리건." 치어리 차장이 모리건의 어깨를 다독이듯 꽉 잡은 다음 가볍게 앞으로 밀었다.

"네, 네?"

"퀸 원로님이 방금 네 이름을 불렀잖아. 너랑 호손을." 눈을 들어 보니 차장이 얼굴 가득 따뜻한 미소를 짓고 있었다. 하지만 모리건은 같이 웃을 수가 없었다. "나가, 몽상가 아가씨, 올라가."

모리건은 뭔가 뒤틀리면서 검게 변하는 느낌을 안고, 호손을 따라 사람들 사이를 지나갔다. 하얀 대리석 계단을 올라 활짝 웃으며 자신들을 내려다보던 원로들이 서 있는 곳에 이르렀다. 모리건은 그 길을 걷는 게 죽음의 행진 같았다. 갑자기 얼굴이 붉어지고 귓속은 윙윙 울렸다.

두 아이가 원로들에게 도착했을 때, 프라우드풋 하우스 시계탑에서 정각을 알리는 타종을 시작했다. 9시였다. 종소리도 아홉 번. 모리건의 가슴이 쿵쾅거렸다.

하나.

검은 망토를 입은 관중이 발코니 아래서 두 손을 번쩍 들고 오랫동안 요란한 박수를 이어 갔다. 호손은 모리건을 돌아보고 씩 웃으며 사람들에게 손을 흔들었다. 호손의 볼은 발그레하게 달아올라 있었다. 호손이 팔꿈치로 모리건을 쿡 밀어 살짝 앞으로 보냈다. 모리건이 나서지 않는 게 부끄러워서라고 오해한 것이었다.

"나가. 넌 그럴 자격이 있어."

둘.

침울했던 분위기는 어느새 급속히 축하하는 자리로 바뀌었다. 게다가 축하를 받는 주인공이 *모리건*이었다. 모리건과 호손이었다. 모리건은 수많은 사람 속에서 주피터가 자랑스럽다 못해 거의 울먹이는 얼굴로 서 있는 모습을 발견했다. 입이 말랐다. 어떻게 이 자리를 망칠 수 있을까?

단순히 분위기만 망치는 게 아니지, 모리건은 생각했다. *모든 것*을 망치는 일이었다. 원협에서 괜찮은 삶을 살 모든 기회를 망치게 될 터였다. 자신도. 동기도 전부.

셋.

올해 초에 퀸 원로가 했던 말이 아직 기억 속에 새겨져 있었다.

만일 누군가 우리의 신뢰를 깼다는 사실이 밝혀지면… 여러분 아홉 명 전원이 원협에서 제명당할 겁니다. 영원히.

모리건은 자신의 삶과 다른 여덟 아이의 삶을 이제 곧 망가뜨릴 참이었다.

넷.

동기들은 모리건을 용서하지 않을 것이다. 협회 회원들 전체가 모리건의 정체를 알게 되면 곧 모두의 증오를 받게 될 것이다. 횃불과 삼지창을 들고 교정에서 쫓아내지만 않아도 다행일 것 같았다.

다섯.

하지만… 램버스는. 경매에 마련된 왕좌에 앉은, 겁에 질린 자그마한 람야 공주의 모습이 불쑥 생각났다. 경매사가 라 왕실의 반역죄를 이야기할 때, 윈터시당이 진실을 알고 나서 램버스와 가족에게 무슨 짓을 할지 이야기할 때, 그 얼굴을 휩쌌던 공포가 눈앞에 보이는 듯했다.

여섯.

늑대 가면을 쓴 경매사의 얼굴이 생생히 기억났다. 그의 활기찬, 친척 아저씨 같은 목소리도 귓가에 들리는 것 같았다. *"반역죄는 윈터시 공화국에서 사형으로 처벌할 수 있는 범죄지요."* 속이 뒤틀렸다.

일곱.

이곳에 모인 모든 사람은 가족이 되어야 했다. 평생의 신의. 그것은 원드러스협회의 약속이었다. 하지만 마일드메이는 약속을 깨뜨렸다. 모두가 서로를 보호하고 나쁜 일은 절대 일어나지 않을 거라는, 속 편한 착각이 산산조각이 난 지는 오래됐다. 모리건에게는 그랬다. 램버스에게 이곳은 안전하지 않았다. 그 아이의 비밀이 알려지면, 안전을 보장할 수 없었다. 모리건은 온스털드 교수를 떠올렸다. 그는 자신에게 남은 힘을 마지막 한 방울까지 다 써서 아이들을 구했다.

자기의 비밀을 지키려고 친구의 비밀을 지키지 못한다면, 살면서 어떻게 자신을 참고 견딜 수 있을까?

그렇게는 할 수 없었다.

모리건은 바들바들 떨리는 손으로 쪽지를 꽉 움켜쥐었다.

여덟. 박수 소리가 잦아들자 퀸 원로가 계단 위로 올라와 다시 마이크 앞에 섰다. "이 두 아이는 비범하게 행동했고, 아이들이 구현한 가치들은 우리가—"

"나는 원더스미스다." 모리건은 있는 힘껏 소리를 질렀다.

아홉.

시계가 정각을 가리켰다.

깜짝 놀란 호손의 입에서 목이 막힌 듯한 나직한 소리가 흘러나왔다. 그곳에 모인 모든 사람이 모리건의 말을 들을 수 있었다. 협박범들도 틀림없이 모리건이 외치는 소리를 들었을 터였다. "나는 원더스미스다!"

아침마저 숨죽인 듯했다.

돌연 어디선가 잘 모르겠다는 듯 머뭇거리며 웃는 소리가 들려왔다. 누군가 따라 웃었다. 그러자 모리건의 외침이 재미있지만 영문 모를 일이라고 만장일치로 합의라도 한 것처럼, 조용한 웃음소리가 정원 전체로 경쾌하게 번졌다. 여기저기서 투덜거리던 소리는 순식간에 자취를 감추었다.

그러다가 진상을 깨달은 사람들은 다시 침묵에 빠져들었다.

모리건은 "속았지!" 하고 외치지 않았다. 원로들도 아무 말이 없었다.

"그럴 리 없어!" 뒤쪽 어딘가에서 누군가 소리치자, 다른 회원들도 합세했다. 다른 이들도 점차 농담이 아니라는 걸 알아챘다. 원로들이 정말로 이 위험한 존재를 원협 한복판에 불러들였다는 걸 알게 됐다. 아무도 그 사실을 믿고 싶어 하지 않았다. "거짓말이야!"

모리건은 동기들을 바라보았다. 아이들은 충격을 받아 멍해지거나, 화가 나서 벌게져 있었다. 거의 모든 것이 얼음처럼 멈춰 선 순간, 사람들을 밀치며 발코니로 다가오는 외로운 인물이 모리건의 눈에 들어왔다. 주피터는 겁에 질린 듯했지만, 험악한 얼굴이었다. 마치 곧 나쁜 일이 일어나리라는 걸 한발 앞서 알고 있는 사람 같았다. 그 모습을 본 모리건은 더 두려워졌다.

하지만 퀸 원로가 한 손을 들어 주피터에게 오지 말라고 신호했다. 주피터는 계단 밑에 멈춰 섰다. 그는 잠시 원로들을 경계의 눈초리로 살피더니 뭔가를 이해한 것 같았다. 눈빛에 역력했던 두려움이 말끔히 사라지고 모리건은 읽어 내기 힘든 다른 감정이 나타났다.

"자" 퀸 원로의 목소리가 야외용 확성기를 통해 지지직거리며 흘러나왔다. "신사 숙녀 여러분, 오늘 아침 우리가 축하해야 할 일이 하나 더 있는 것 같군요."

모리건은 도통 알아들을 수 없는 말이었다. 모리건은 입을 벌렸다가 다물고는, 눈을 깜박이며 퀸 원로의 신기루 같은 한마디를 되뇌었다. 축하해야 할 일이 하나 더 있다고? 퀸 원로는 내가 뭐라고 했는지 듣긴 했나?

"919기가 다섯 번째 최종 평가전을 지금 막 통과했습니다." 퀸 원로는 흡족한 미소를 지으며 새로운 소식을 공표했다. "여러분 모두 아주 똑똑히 기억하리라고 생각합니다. 1학년 시절 신의 평가전Loyalty Trial의 책임을 맡는다는 게 어떤 건지 말입니다. 물론 기수마다 평가하는 방법은 다르지만, 목표는 같습니다. 자신이 한 서약을 충실히 지키는가를 검증하는 것이죠."

몇몇은 무슨 상황인지 알겠다는 표정이었다. 모리건은 919 기 동기들이 퀸 원로의 말을 듣고 이해하는 모습을 지켜보았다. 옆을 돌아보니 호손은 입을 다물지 못하고 서 있었다.

"이것으로 919기의 마지막 시험이 완료되었습니다. 그러므로 우리는 다시 한번, 더 큰 자부심을 품고 이들을 맞이합니다. 919기 여러분, 한 해 동안 여러 난관과 위험 앞에서 여러분이 서로에게 보여 준 신의는 앞으로 살아가는 데 큰 도움이 될 겁니다. 여러분은 평생 함께할 형제자매입니다. 서약을 해서 그런 것이 아니라, 여러분 스스로 증명해 냈기 때문입니다."

정원에 모인 회원들은 몹시 당황한 듯했다. 사람들은 여전히 오리무중에 빠져 있었다. 모리건의 기이한 선언은 농담이었을까? 시험 때문에 한 행동이었을까? 아니면 눈앞에 서 있는 사람이 정말로 백몇 년 만에 원드러스협회에 들어온 원더스미스란 말인가? 에즈라 스콜 이후로 최초였다. 모리건은 혼란스러

워하던 이들이 점차 불안해하거나 반신반의하거나 웃음을 터
뜨리거나 화를 내거나 하며 여러 가지 반응으로 나뉘는 모습을
지켜보았다. 어떻게 받아들여야 하는지 누구도 갈피를 잡지 못
하고 있는 게 분명했다.

　"협회는 다양하고, 때로는 위험한 재능을 양성한 풍부한 역
사를 가졌습니다. 하지만 사가 원로와 윙 원로, 그리고 나는 우
리를 타락시킬 힘이란 걸 알고도 안으로 끌어들이는 일은 결코
없습니다. 실제로 섬뜩한 시장을 무너뜨리고 원드러스협회의
두 생명을 구한 모리건 크로우 학생은 스스로 선을 위한 힘이
라는 걸 보여 주었습니다. 유익하고, 흥미롭고, 좋은 사람이라
는 것을, 그래서 우리가 기꺼이 우리라고 부를 수 있는 사람이
라는 것을 말이지요. 크로우가 원더스미스인지 모르나, 정확히
오늘부터 *우리의* 원더스미스입니다."

　퀸 원로가 회원들을 안심시키기 위해 한 말에 싸늘하고 걱정
어린 침묵이 되돌아왔다.

　퀸 원로가 침묵을 압도하는 목소리로 연설을 이어 나갔다.
"다시 한번 말씀드리지만, 여러분이 했던 서약은 각자의 기수
뿐 아니라 우리 협회를 구성하는 원드러스 회원 모두에게, 가
장 연로하신 어른부터 가장 어린 학생까지 모두에게 적용되는
것입니다. 모리건 크로우와 관련된 진실은 원협 안에 간직될
것이며, 나는 여러분 한 사람 한 사람이 서약을 지켜 이 비밀을

외부인들로부터 보호해 주리라 믿습니다. 잊지 마십시오. 형제
자매여, 평생의 신의로."

군중이 한목소리로 대답했다. "언제나 하나로 맺어져, 칼처
럼 진실하여라."

퀸 원로가 흡족한 얼굴로 고개를 끄덕였다.

"자, 그럼." 퀸 원로는 손짓으로 나머지 919기 아이들을 불
렀다. "우리의 막내둥이 학생들이 앞으로 나오면, 그렇지, 어
서. 여러분은 나와 함께, 더없이 중요한 이정표를 세운 919기
를 위해 축하의 마음을 전해 주기 바랍니다."

원로의 지시가 있었는데도 아래쪽 정원은 그다지 축하하는
분위기가 아니었다. 그나마 근엄한 눈길을 못 이겨 건성건성
산발적으로 박수를 치던 이들도 곧 자리를 마치고 해산했다.

정원을 가득 메웠던 사람들은 사방으로 흩어지면서도 모리
건에게 시선을 던졌다.

모리건은 방금 일어난 일 때문에 정신이 멍했다. 호손도 아
직 이해를 못 했는지, 화가 나서 씩씩거리는 것도 같고 재미있
어서 킥킥거리는 것도 같은 이상한 소리를 계속 내고 있었다.

모두 돌아가고 그곳에는 919기 아이들만 남았다. 기념식을

마치자, 치어리 씨는 계단을 뛰어올라 아이들을 한 명 한 명 안아 주고 홈트레인으로 쏜살같이 돌아갔다. 같이 참석한 후원자들은 다정하고 따뜻하게 악수를 건네고 축하를 해 주었다. 주피터는 모리건을 위해 기쁜 얼굴을 보이려고 노력했지만, 모리건은 그가 자리를 뜨면서 원로들을 힐끗 볼 때 분노로 이글거리던 눈빛을 놓치지 않았다.

발코니에 모인 919기 아이들은 몸을 웅크리고 어색하게 둘러앉았다. 아직은 누구도 수업에 들어가기 위해 자리를 뜰 마음이 생기지 않는 것 같았다. 무슨 말을 해야 할지 얼른 생각나지도 않는 듯했다.

마침내 타데가 입을 열었다. "이해가 안 돼. 왜 우리한테 모리건의 비밀을 지키라고 협박한 거야? 어차피 전부 다 모인 자리에서 본인 입으로 말하게 할 작정이었으면서? 너무 더러운 수법이야."

"그건 *검증*이었어, 타데." 마히르가 말했다.

"그게 *검증*이었다는 건 나도 알아, 마히르." 타데가 마히르의 목소리를 흉내 내며 말했다. "내 말은 단지… 너무……."

"비열하다고?" 케이든스가 말했다.

"그래! 너무 *비열해*. 우리한테도 그렇지만, 모리건한테 특히 더 그랬잖아." 타데가 외쳤다.

그 말에 모두 뜻밖이라는 얼굴로 타데를 바라보았지만, 그중에서도 제일 놀란 모리건은 사레가 들린 듯 캑캑거렸다. 호손도 캑캑거렸지만, 간신히 기침 소리인 척 넘어갔다.

"네 건 뭐였어, 모리건?" 아칸이 모리건의 손에 들린 쪽지를 고갯짓으로 가리키면서 궁금하다는 듯이 미간에 주름을 잡았다. "그렇게 스스로 정체를 밝히지 않으면 어떻게 한대?"

모리건이 쪽지를 보호하듯이 주먹을 꽉 쥐었다. "나, 난 말 못 해."

마히르가 웃었다. "뭐? 무슨 소리야, 넌—"

"정말 못해."

"말도 안 되는 소리—"

"나하고 관련된 거, 맞지?" 조용한 목소리가 뒤쪽에서 들리더니, 참담한 표정의 램버스가 결심을 굳힌 얼굴로 나섰다. 아이들이 입을 다물었다. "퀸 원로님은 우리가 모두 신의 평가전에 합격했다고 하셨지만, 그 말씀은 틀렸어. 나는 아니야."

"너희 전부 형제자매를 자신보다 먼저 생각하는 선택을 했어. 하지만 나는 정직하지 못한 쪽을 선택했어. 너희가 지키는 비밀은 모리건의 비밀일 뿐이라고, 그렇게 믿어도 모른 체했어. 나 자신도 그게 사실이라고 생각하면서, 하지만… 마음 한편에서는, 의문이 들었어… 사실 저건 *나의* 비밀이 아닐까."

"무슨 비밀인데, 램버스?" 아칸이 다정하게 물었다.

램버스는 침착하게 깊이 숨을 들이마셨다. "내 이름은 램버스 아마라가 아니야. 난… 람야 베타리 아마티 라 공주야. 라 왕실의 일원이고, 파이스트상의 실크랜즈Silklands 출신이야." 램버스가 잠시 말을 멈추고, 어안이 벙벙한 아이들의 얼굴을 둘러보았다. "램, 그냥 램이라고 불러."

참 이상했다. 침착하고 우아하게 고백하는 램은 아홉 명 중 가장 작았지만, 모리건에게는 3미터는 되는 것처럼 커 보였다. 램은 실로 *제왕*이었다.

"파이스트상이라면, *공화국*에서 왔다는 거야?" 타데의 얼굴이 울긋불긋 벌게졌다.

"응."

"너 첩자야?" 프랜시스가 심문하듯이 물었다.

호손이 콧방귀를 뀌며 한심하다는 듯이 눈을 굴렸다. "프랜시스, 첩자가 아니고 공주야."

"둘 다일 수도 있잖아! 우리 고모가 그러는데 네버무어에는 윈터시 공화국에서 보낸 첩자가 많대. 그게 아니면 왜 *여기*까지 온 건데?"

"아, 정신 좀 차려!"

"나는 첩자가 아니야." 램이 말했다. "우리 가족이 나를 이곳에 보낸 이유는 내 비기를 사용하는 법을 배워 오라고 그런 거야. 비기 때문에 툭하면 머리가 깨질 듯이 아프고 몸도 안 좋아졌거든. 원협에 오고 나서야 예지력에 좀 더 잘 대처하는 법을 배웠어."

램은 눈가가 빨개지고 목소리가 흔들렸다. "하지만… 나를 여기 보내지 말았어야 했어. 공화국에서 자유주로 넘어오는 건 불법이야. 우리는 자유주가 존재한다는 사실조차 알아선 안 돼. 만일 윈터시당이 알게 되면 우리 가족은 모두 감옥에 갇히거 나… 더 심한 벌을 받을 수도 있어. 훨씬 더 심한 벌을." 램은 사시나무 떨듯 몸을 떨었다. "할머니께서 내게 그러셨어. 비밀을 지키지 않으면 나 때문에 모두가 끔찍한 위험에 빠질 거라고. 하지만 나는 형편없는 거짓말쟁이야. 그래서 너희하고는 되도 록 말도 하지 않는 편이 낫겠다고 마음먹었던 거야. 미안해."

"우리는 아무한테도 말하면 안 돼." 모리건이 동기들을 한 명씩, 차례차례 바라보았다. "이 일은 우리끼리만 아는 거야. 찬성하지? 형제자매들, 그렇지?"

"평생의 신의로." 아이들이 입을 모아 단호히 응답했다.

램은 코를 훌쩍였다. 표정이 후련해 보였다. 약간 격앙된 것 같기도 했다. 램이 무슨 말을 하려는 것 같았는데, 그때—

"실례 좀 할까." 아래쪽 정원에서 차가운 목소리가 쩌렁쩌렁 울렸다. 디어본이 아이들을 노려보고 있었다. "다들 꾀병 부리 기로 작당한 게 아니면 지금 들어가야 할 수업이 있을 텐데?"

아홉 아이는 허둥지둥 프라우드풋 하우스 안으로 달려 들어 갔다. 동그란 황동 레일포드가 줄줄이 늘어서서 수업에 들어갈

아이들을 기다리고 있었다.

모리건은 잠시 꾸물거리고 서서, 이미 단정한 제복을 공연히 매만지고 정돈했다.

호손이 눈썹을 치켜올렸다. "맞다. 그럼, 잘하고 와."

"고마워." 새 흰 셔츠의 소맷동을 바로 잡는데, 마음이 약간 떨리고 설레기도 했다. "점심 먹을 때 봐?"

"그럼." 호손은 체능 층으로 향하는 레일포드에 올라탔다. "잊지 말고, *다* 적어 와. 얼마나 괴상한 곳인지 정확히 알고 싶단 말이야. 그리고 머가트로이드한테 그때 얼리던 거 *또* 하게 할 수 있는지 한번 해 봐! 그거 멋있었거든." 호손은 씩 웃으며 말했다. 문이 쓱 닫히기 시작하자 그 틈으로 얼굴을 밀어 넣으며 소리까지 질러 댔다. "들었어? *멋있었다고.*"

모리건이 픽 코웃음을 지으며 돌아섰다. 램과 케이든스가 레일포드의 문을 열어 놓고 모리건을 기다렸다.

"오는 거야, 마는 거야?"라고 묻던 케이든스는 뛰어온 모리건이 레일포드에 오르자마자 **지하 6층 : 마력예술학교**라고 표기된 라벨을 당겼다.

감사의 글

세계 최고의 출판 그룹인 아셰트 어린이 그룹Hachette Children's Group, 아셰트 오스트레일리아와 뉴질랜드, 그리고 리틀브라운 북스포영리더Little, Brown Books for Young Readers(LBYR)에 고맙고 또 고마운 마음을 전한다. 이들은 성실하고 창의적이며 사려 깊고 즐거운 태도로 이 일을 신나는 놀이로 이끌어 주었다. 나에게는 더는 바랄 게 없는 훌륭한 출판팀이었다.

편집자 헬렌 토마스Helen Thomas와 알비나 링Alvina Ling, 수잔 오설리번Suzanne O'Sullivan, 그리고 커린 캘린더Kheryn Callender가 보여 준 재능과 가르침에 특별한 감사를 보낸다.

작가라면 누구나 바라마지 않을 최고의 국제 PR 드림팀인

308

애슐리 바턴Ashleigh Barton과 돔 킹스턴Kingston, 타니아 매켄지-쿡 Tania Mackenzie-Cooke, 캐서린 맥아나니Katharine McAnarney 그리고 에 이미 돕슨Amy Dobson에게도 고맙다고 말하고 싶다. 이들 덕분에 이 말도 안 되는 상황이 예상치 못한 기쁨으로 돌아왔다.

　루이스 셔윈-스타크Louise Sherwin-Stark와 힐러리 머리 힐Hilary Murray Hill, 메건 팅글리Megan Tingley, 멜 윈더Mel Winder, 루스 올 타임스Ruth Alltimes, 피오나 해저드Fiona Hazard, 케이티 카텔Katy Cattell, 루시 업튼Lucy Upton, 디콜라 구디Nicola Goode, 피오나 에반 스Fiona Evans, 앨리슨 패들리Alison Padley, 헬렌 휴즈Helen Hughes, 캐서린 폭스Katherine Fox, 레이철 그라브스Rachel Graves, 앤드루 싱 클레어Andrew Sinclair, 앤드루 카타나크Andrew Cattanach, 앤드루 코 헨Andrew Cohen, 케이틀린 머피Caitlin Murphy, 크리스 심즈Chris Sims, 다니엘 필킹턴Daniel Pilkington, 헤일리 뉴Hayley New, 이자벨 스타 스Isabel Staas, 진마리 모로신Jeanmarie Morosin, 저스틴 랙틀리프 Justin Ractliffe, 케이트 플러드Kate Flood, 케이라 리커렌초스Keira Lykourentzos, 페니 에버셰드Penny Evershed, 사라 홈즈Sarah Holmes, 션 카처Sean Cotcher, 소피 메이필드Sophie Mayfield, 에밀리 폴스터 Emilie Polster, 제니퍼 맥크렐랜드-스미스Jennifer McClelland-Smith, 발 레리 웡Valerie Wong, 빅토리아 스테이플턴Victoria Stapleton, 미셸 캠 벨Michelle Campbell, 젠 그레이엄Jen Graham, 버지니아 로더Virginia Lawther, 사샤 일링워스Sasha Illingworth, 루카이야 다우드Ruqayyah

Daud, 앨리슨 슈크스미스Alison Shucksmith, 애슐리 리처즈Ashleigh Richards, 사차 베글리Sacha Beguely, 그리고 수지 매독스-케인Suzy Maddox-Kane에게 깊은 감사를 전한다.

믿기 힘들 정도로 훌륭한 표지 그림을 선사해 준 비트리즈 카스트로Beatriz Castro와 제임스 마드센James Madsen에게도 고맙다.

몰리 커 혼Molly Ker Hawn과 제니 벤트Jenny Bent, 빅토리아 카펠로Victoria Cappello, 아멜리아 호지슨Amelia Hodgson, 그리고 벤트에이전시Bent Agency의 모든 직원에게 깊은 감사의 마음을 전한다. 쿠퍼Cooper 팀의 멋진 팀원들에게도 고맙다고 말하고 싶다. 이들이 동료들 간에 보여 주는 서로 간의 지지와 응원, 존경 덕에 나는 말로 다 하지 못할 만큼 행복하다.

네버무어를 사랑하고 지지를 보내 준 독자들과 서점의 직원들, 도서관원, 선생님과 블로거들에게 무한한 감사를 전한다. 모리건을 품에 안았다가 다른 이에게 인도해 준 이들도 무척 고맙다. 그 친절하고 열성적인 행동에 나는 마음이 벅찼다. 또한 모든 추천의 글과 리뷰, 편지, 태그, 트위터 메시지에 감사한다.

팍시무스 럭이라는 이름을 사용할 수 있게 해 준 나의 대녀 엘라Ella도 고맙다(엘라가 이 이름을 혼자서 생각해 낸 게 세 살 때였으니, 우리 모두 당장 물러나야 할 것 같다). 네이퍼빌에서 만난 재미있는 여자아이 오리아나Aurianna에게도 인사를 전한다. 나는 이 이름을 이 책에 슬쩍했다. 오리아나는 나를 웃게 했고, 나는 오리아나를 호텔로 만들었다.

작가 지망생들이여! 제마 쿠퍼Gemma Cooper처럼 정감 있고 유머러스하며 활기 넘치고 당돌한 에이전트를 만나라. 최고 일류이자 언제나 당신 편인 극강의 낙천주의자로, 확실히 믿을 수있고, 발목이 잠기는 웅덩이에서 물에 빠져 죽는 줄 알고 있는 당신을 땀 한 방울 흘리지 않고 건져 올리는 그런 에이전트 말이다. 당신을 격려하기 위해 감동적인 일본 치어리더 어르신들의 사진을 새벽 2시에 문자로 보내 주는 에이전트라면 더 말할 것도 없다.

고마워요, 제마 쿠퍼.

마지막으로 내 가족과 친구들, 특히 최고의 홍보팀이 되어준 딘Dean과 줄리Julie에게 끝없는 감사를 보낸다. 그리고 내 책의 첫 독자가 되어 공명판의 역할을 해 주고, 박장대소할 이야기들로 의욕을 불러일으켜 주었으며, 괴상하고 독특한 방향 오일을 선물해 준 샐리에게 언제나처럼 고마운 인사를 전한다.

그리고 엄마, 말 그대로 그 밖의 모든 일에 대해 감사해요. 내가 아는 한 가장 경이로운 엄마, 10점 만점에 11점이에요.

원더스미스 : 모리건 크로우와 원더의 소집자 2

초판 1쇄 인쇄 2019년 8월 5일
초판 1쇄 발행 2019년 8월 10일

지은이 제시카 타운센드
옮긴이 박혜원

펴낸이 김연홍
펴낸곳 디오네

출판등록 2004년 3월 18일 제313-2004-00071호
주소 서울시 마포구 성미산로 187 아라크네빌딩 5층(연남동)
전화 02-334-3887   **팩스** 02-334-2068

ISBN 979-11-5774-637-8 04840
         979-11-5774-635-4 04840(세트)

※ 잘못된 책은 바꾸어 드립니다.
※ 값은 뒤표지에 있습니다.

디오네 는 아라크네 출판사의 인문·문학 분야 브랜드입니다.